RAÍZES

Abecê de folclore

Abecê de folclore

Rossini Tavares de Lima

São Paulo 2003

Copyright © 2003, Livraria Martins Fontes Editora Ltda.,
São Paulo, para a presente edição.

1ª edição
1952
Conservatório Dramático e Musical de São Paulo
6ª edição
1985
Editora Ricordi
7ª edição
agosto de 2003

Transcrição das partituras
Vitor Steiner Ferreira
Revisão técnica
José Gerardo Matos Guimarães
Acompanhamento editorial
Helena Guimarães Bittencourt
Preparação do original
Alessandra Miranda de Sá
Revisões gráficas
Rita de Cassia Sorrocha Pereira
Sandra Garcia Cortes
Dinarte Zorzanelli da Silva
Produção gráfica
Geraldo Alves
Paginação
Moacir Katsumi Matsusaki

Dados Internacionais de Catalogação na Publicação (CIP)
(Câmara Brasileira do Livro, SP, Brasil)

Lima, Rossini Tavares de, 1915-1987.
 Abecê de folclore / Rossini Tavares de Lima. – 7ª ed. – São Paulo :
Martins Fontes, 2003. – (Raízes)

 Bibliografia.
 ISBN 85-336-1813-1

 1. Cultura popular 2. Cultura popular – Brasil 3. Folclore 4. Folclore – Brasil 5. Folclore – Brasil – Pesquisa 6. Folclore – Estudo e ensino I. Título. II. Série.

03-4291   CDD-398

Índices para catálogo sistemático:
1. Folclore   398

Todos os direitos desta edição reservados à
Livraria Martins Fontes Editora Ltda.
Rua Conselheiro Ramalho, 330/340 01325-000 São Paulo SP Brasil
Tel. (11) 3241.3677 Fax (11) 3105.6867
e-mail: info@martinsfontes.com.br http://www.martinsfontes.com.br

ÍNDICE

Prefácio	IX
Dia do folclore	XIII
Mês do folclore	XV

Uma palavra	1
Outros títulos	5
Conceitos	9
Fato folclórico	15
Música folclórica	21
Linguagem e literatura	31
A pesquisa	49
Entrevista	63
Questionário	75
História de vida e dia-a-dia	81
Interpretação	89
Aproveitamento	99
Campo de ação	105
Fontes da música folclórica	113

História do conto popular	125
Exposições e museus	139
Regiões folclóricas do Brasil	159
Comissão Nacional de Folclore (1951-1974)	163
Indígenas	175
Africanos	183
Português e outros	193
Folclore em textos literários coloniais	205
Comunicação e folclore	229
Bibliografia	235
Pequeno dicionário musical	247

PREFÁCIO

O livro *Abecê de folclore* foi publicado pela primeira vez em 1952, por iniciativa do Conservatório Dramático e Musical de São Paulo. Teve capa ilustrada por Oswald de Andrade Filho e foi dedicado a Renato Almeida, importante estudioso do folclore brasileiro. A primeira edição, modesta em número de páginas – não chegavam a 140 –, mas não em conteúdo, destinava-se a oferecer subsídios aos alunos do Conservatório. Por outro lado, extrapolando essa função, apresentava ao público em geral uma temática nova: a cultura popular.

Pelo menos sob o ponto de vista oficial, a valorização dos estudos de folclore no Brasil ocorre a partir do I Congresso Brasileiro de Folclore, em 1951. E sua principal conquista, segundo Rossini Tavares de Lima, foi a elaboração da Carta do Folclore Brasileiro. Esta, aliás, passou por um processo de releitura, por ocasião do VIII Congresso Brasileiro de Folclore, realizado na Bahia em 1995.

Rossini Tavares de Lima foi crítico musical, jornalista, pesquisador. Freqüentou curso de direito, mas não se fez advogado. Foi, e gostava de ser, professor. Era o título que mais prezava. Reconhecia-se como professor. Por mais de 40 anos desenvolveu seus estudos de folclore. Pesquisando, ensinando, publicando artigos, fazendo conferências, publicando livros, muitos livros, elaborando sua Teoria da Cultura Espontânea, contribuiu para a produção de conhecimento. Com isso os conteúdos do *Abecê de folclore* foram aumentando, e o livro, ganhando corpo à medida que ia sendo reeditado.

A partir da década de 1980, o *Abecê de folclore* passou a fazer parte de bibliografias de concursos públicos para professores. Sendo também utilizado para aulas e pesquisas em colégios, faculdades e universidades, ampliou significativamente sua influência no meio educacional. Desse modo, contribuiu para mudar o "conceito de folclore" até então "imaginado" por muita gente. O leitor comum encontra no *Abecê de folclore* um painel representativo do que compõe a cultura popular brasileira. O estudante, além disso, encontra informações que contribuirão para a sua formação intelectual. E isso tem garantido o sucesso das várias edições.

A atuação de Rossini Tavares de Lima na direção do Museu de Folclore de São Paulo deu à instituição um caráter sério e renovador. O Museu de Folclore sempre foi um espaço de pesquisa. Os cursos oferecidos, a exposição permanente – que se atualizava constantemente com a incorporação de novas peças coletadas em pesquisas de campo –, os projetos de pesquisa, tudo era acompanhado atentamente pelo professor. Esta seriedade contribuiu para a formação de discípulos que hoje continuam o trabalho idealizado pelo mestre. Em sua homenagem, atualmente o museu denomina-se Museu de Folclore Rossini Tavares de Lima. Muitas das pesquisas produzidas no Museu de Folclore foram orientadas a partir dos conteúdos do *Abecê de folclore*. E o professor Rossini renovava suas idéias, pois, intelectual esclarecido, sabia que o conhecimento científico precisa ser constantemente renovado.

Este livro proporciona ao leigo uma leitura agradável, ao mesmo tempo que o instrui. Mostra-lhe um conhecimento novo e variado, que ele passa a reconhecer como seu. No *Abecê* entramos em contato com a Ciência do Folclore – como defendia Rossini – e com a etimologia da palavra folclore, com os vários títulos que precederam a denominação atual, com os conceitos e metodologias que norteiam as pesquisas. O estudo da música, da linguagem e da literatura folclórica apresenta-se de modo compreensível. Os contos populares e sua importância no panorama cultural brasileiro recebem tratamento destacado. Outra importante contribuição é a retrospectiva, na qual é apresentada a contribuição das exposições e museus e o histórico da Comissão Nacional de Folclore. Além disso, a presença do folclore na literatura colonial brasileira é algo que merece atenção especial do leitor.

Faz-se necessário esclarecer que a maior parte da documentação apresentada neste livro é da década de 1950. No entanto, ele continua muito atual. O capítulo sobre comunicação e folclore é a prova disso.

Por fim o Pequeno Dicionário Musical, que encerra o *Abecê de folclore*, é uma preciosidade enquanto registro de época. Este não é um livro didático, e sim um livro sobre cultura, em especial, sobre a cultura popular brasileira. Sua atualidade está em oferecer a possibilidade de discussão e reflexão a respeito deste acervo, ainda hoje pouco valorizado: a cultura popular. Ou, como defendia o professor Rossini Tavares de Lima, a cultura espontânea.

J. GERARDO M. GUIMARÃES,
Membro da Associação Brasileira de Folclore

DIA DO FOLCLORE

A 17 de agosto de 1965, pelo Decreto n? 56.747, foi criado o Dia do Folclore, no Brasil, nos seguintes termos:

"O Presidente da República, usando da atribuição que lhe confere o artigo 87, inciso I, da Constituição e:

Considerando a importância crescente dos estudos e as pesquisas do Folclore, em seus aspectos antropológico, social e artístico, inclusive como fator legítimo, para o maior conhecimento e mais ampla divulgação da cultura popular brasileira;

Considerando que a data de 22 de agosto, recordando o lançamento pela primeira vez, em 1846, da palavra *Folk-Lore*, é consagrada a celebrar este evento;

Considerando que o Governo deseja assegurar a mais ampla proteção às manifestações da criação popular, não só estimulando sua investigação e estudo, como ainda defendendo a sobrevivência dos seus folguedos e artes como elo valioso da continuidade tradicional brasileira, decreta:

Art. 1? Será celebrado, anualmente, a 22 de agosto, em todo o território nacional o Dia do Folclore.

Art. 2? A Campanha de Defesa do Folclore Brasileiro, do Ministério da Educação e Cultura e a Comissão Nacional de Folclore, do Instituto Brasileiro de Educação, Ciência e Cultura e respectivas entidades estaduais deverão comemorar o Dia do Folclore e associarem-se a promoções de iniciativa oficial ou privada, estimulando ainda nos estabelecimentos de curso primário, médio e superior, as celebrações que realcem a importância do Folclore na formação cultural do país."

MÊS DO FOLCLORE

O primeiro Estado brasileiro que instituiu o Mês do Folclore, em agosto, foi o de São Paulo. Isso se deu através do Decreto n.º 48.310, de 27 de junho de 1967.

Eis os seus termos:

"Considerando que desde 1950, por iniciativa de diversas entidades culturais, vem sendo comemorado em São Paulo o *Mês do Folclore*, em agosto, visando divulgar, estudar e pesquisar os fatos da cultura popular brasileira e a despertar o interesse, especialmente dos jovens, para a ciência do folclore;

considerando que o Congresso Internacional de Folclore, reunido em Buenos Aires, Argentina, em dezembro de 1960, aprovou proposta do Brasil no sentido de o mês de agosto ser considerado o *Mês do Folclore*;

considerando que, nos termos da proposta, aprovada no referido conclave, esse mês deve ser destinado à prática e à difusão de conhecimentos relativos ao folclore;

considerando que o Poder Público não deve ficar indiferente à difusão e à defesa do folclore, pelo que ele representa como espelho da alma popular, e amálgama de conhecimentos e práticas que contribuem para fortalecer os laços da comunidade, da Nação e da fraternidade humana,

Decreta:

Art. 1º Fica instituído, no Estado de São Paulo, o mês de agosto como o *Mês do Folclore*;

Art. 2º O programa dos festejos comemorativos do mês do folclore, anualmente renovado, será elaborado por uma comissão constituída pelo Secretário de Estado dos Negócios do Governo.

Parágrafo 1º Sempre que possível, deverão ser incluídos nesses atos comemorativos a participação dos museus folclóricos das demais unidades da Federação, notadamente do Norte e do Sul do país.

Parágrafo 2º Deverão igualmente participar dessas festividades, que poderão compreender, além de solenidades externas, de caráter popular, representações, aulas, palestras, conferências e cursos sobre temas folclóricos, as entidades regionais que cultuam as tradições folclóricas paulistas.

Art. 3º O Departamento de Educação, da Secretaria de Educação, em entendimento com a Comissão instituída pela Secretaria do Governo, disciplinará a participação da escola pública nessas comemorações, em todo o Estado.

Art. 4º A Comissão expedirá certificados de participação, com direito a pontos em concurso público de magistério, aos professores que mais se destacarem na realização das comemorações patrocinadas pelo Departamento de Educação.

Art. 5º Este decreto entrará em vigor na data de sua publicação, revogadas as disposições em contrário."

A Renato Almeida

UMA PALAVRA

O criador da palavra *folk-lore*, aportuguesada para *folclore*, foi o arqueólogo inglês William John Thoms. Nasceu em Westminster, a 16 de novembro de 1803. Desde a juventude, dedicou-se ao estudo da bibliografia e das "antiguidades populares". Fundou a revista *Notas e Perguntas*, para o intercâmbio de dados de literatura popular, dirigindo-a entre 1849 a 1872. De suas obras, destacam-se *Canções e lendas da França, Espanha, Tartária e Irlanda* e *Canções e lendas da Alemanha*. Faleceu a 15 de agosto de 1885.

Em 1846, William Thoms endereçou carta à revista *The Atheneum*, de Londres, sob o pseudônimo de Ambrose Merton, com a principal finalidade de pedir apoio para um levantamento de dados sobre usos, tradições, lendas e baladas regionais da Inglaterra.

Os principais tópicos da carta, divulgada no número 982 da publicação, a 22 de agosto de 1846, especialmente em relação aos primeiros registros da palavra *folclore*, são os seguintes:

I – "Suas páginas mostraram amiúde tanto interesse pelo que chamamos, na Inglaterra, de 'antiguidades populares' ou 'literatura popular' (embora seja mais precisamente um saber popular do que uma literatura e que poderia ser com mais propriedade designado com uma boa palavra anglo-saxônia, *folklore* – o saber tradicional do povo), que não perdi a esperança de conseguir sua colaboração,

William John Thoms.

na tarefa de recolher as poucas espigas que ainda restam espalhadas no campo no qual os nossos antepassados poderiam ter obtido uma boa colheita."

II – "Tais dados seriam de grande utilidade, não apenas para o inglês estudioso de antiguidades. As relações entre o *folk-lore* da Inglaterra *(lembre-se de que reclamo a honra de haver introduzido a denominação 'folk-lore', como Disraeli introduziu 'father-land', na literatura deste país)* e o da Alemanha são tão grandes, que esses dados provavelmente servirão para enriquecer futura edição da *Mitologia de Grimm*."[1]

---

1 Texto original da carta de Thoms:
"Suas páginas mostraram amiúde tanto interesse pelo que chamamos, na Inglaterra, de 'antiguidades populares' ou 'literatura popular' (embora seja mais precisamente um saber popular do que uma literatura e que poderia ser com mais propriedade designado com uma boa palavra anglo-saxônia, *folk-lore* – o saber tradicional do povo), que não perdi a esperança de conseguir sua colaboração na tarefa de recolher as poucas espigas que ainda restam espalhadas no campo no qual os nossos antepassados poderiam ter obtido uma boa colheita.
Quem quer que tenha estudado os usos, costumes, cerimônias, crenças, romances, refrãos, superstições etc., dos tempos antigos deve ter chegado a duas conclusões: a primeira, quanto existe de curioso e de interessante nesses assuntos, agora inteiramente perdidos; a segunda, quanto se poderia ainda salvar, com esforços oportunos. O que Hene procurou com

Dessa maneira, surgiu a palavra *folclore*, formada de dois vocábulos do inglês antigo *folc*, com a significação de povo; e *lore*, traduzindo estudo, ciência ou, mais propriamente, o que faz o povo sentir, pensar, agir e reagir.

Entretanto, só foi confirmada em 1878, com a fundação da Sociedade de Folclore, em Londres, da qual foi primeiro presidente William John Thoms, e cujo objetivo era "a conservação e a publicação das tradições populares, baladas lendárias, provérbios locais, ditos vulgares, superstições e antigos costumes e demais matérias

---

seu every-day book etc., o *Atheneum*, com sua larga circulação, pode conseguir com eficácia dez vezes maior reunir um número infinito de fatos minuciosos que ilustram a matéria mencionada, que vivem esparsos na memória de seus milhares de leitores e conservá-los em suas páginas até que surja um Wilhelm Grimm e preste à Mitologia das Ilhas Britânicas o bom serviço que o profundo tradicionalista e filólogo prestou à Mitologia da Alemanha. Este século dificilmente terá produzido livro mais notável – imperfeito, como seu próprio autor confessa na segunda edição de *Deutsche Mytologie*. E que é isso? Uma soma de pequenos fatos, muitos dos quais, tomados separadamente, parecem triviais e insignificantes – mas, quando considerados em conjunto com o sistema no qual os entrelaçou sua grande mentalidade, adquirem um valor que jamais sonhou atribuir-lhes o que primeiro os recolheu.

Quantos fatos semelhantes uma só palavra sua evocaria, do Norte e do Sul, de John O'Grot à Ponta da Terra! Quantos leitores ficariam contentes em manifestar-lhe seu reconhecimento pelas notícias que lhes transmite todas as semanas, enviando algumas recordações dos tempos antigos, uma lembrança de qualquer uso atualmente esquecido, de alguma lenda em desaparecimento, de alguma tradição regional, de algum fragmento de balada.

Tais dados seriam de grande utilidade, não apenas para o inglês estudioso de antiguidades. As relações entre o *folk-lore* da Inglaterra (lembre-se de que reclamo a honra de haver introduzido a denominação *folk-lore*, como Disraeli introduziu *father-land*, na literatura deste país) e o da Alemanha são tão grandes, que esses dados provavelmente servirão para enriquecer futura edição da *Mitologia* de Grimm. Deixe-me dar-lhe um exemplo dessas relações: um dos capítulos de Grimm, que trata largamente do papel do cuco na Mitologia Popular – de caráter profético que lhe deu a voz do povo –, cita muitos casos de derivar predições do número de vezes que seu canto é ouvido. E menciona também uma versão popular "Que o cuco nunca canta antes de se ter fartado, três vezes, de cerejas". Fui recentemente informado de um costume que existia outrora em Yorkshire, que ilustra o fato da conexão entre o cuco e a cereja – e isso, também, em seus atributos proféticos. Um amigo me comunicou que crianças em Yorkshire costumavam antigamente (e talvez ainda costumem) fazer uma cantiga de roda em torno de cerejeiras com a seguinte invocação:

> Cuco cerejeira,
> Venha cá e nos diga
> Quantos anos teremos de vida.

Cada criança sacudia a árvore – e o número de cerejas derrubadas indicava o número de anos de vida futura.

Eu sei que o verso infantil que citei é bem conhecido; a maneira, porém, de aplicá-lo não foi anotada por Hene, Brande ou Ellis – e é um desses fatos que, insignificantes em si mesmos, têm grande importância quando formam elos de uma grande cadeia –, um destes fatos que uma palavra do *Atheneum* recolheria em abundância para uso de futuros investigadores no interessante ramo das Antiguidades Literárias – nosso *folk-lore*. AMBROSE MERTON."

concernentes a isso". E daí por diante, passou a ser adotada por quase todos os estudiosos do mundo.

Os estudos e investigações da matéria a que Thoms deu o título de *folclore* são, no entanto, anteriores ao aparecimento da palavra.

A ciência, disse com acerto Ismael Moya, não nasce de uma palavra como Minerva nasceu da cabeça de Júpiter. "A ciência é como um rio, que começa nos trêmulos fios dos mananciais montanheses e que, à medida que avança, se dilata mercê de seus afluentes grandes ou pequenos até se transformar numa corrente majestosa, profunda e avassaladora."

E tal acontece com o folclore, cujos "trêmulos fios" se encontram na mais alta Antiguidade, na Índia, no Egito, na Grécia.

Bibliografia

MOYA, Ismael. *Didáctica del folklore*. Buenos Aires, El Ateneo.

OUTROS TÍTULOS

Apesar da larga aceitação do vocábulo *folclore*, que acabou substituindo "antiguidades populares", "literatura popular" ou mesmo "antiguidades literárias", estudiosos das mais diversas origens têm utilizado outros títulos para designar a matéria. Ingleses mesmo usam *folkways*; franceses: *tradicionismo, antropopsicologia, demopsiquia*; espanhóis: *demosofia, demopedia, tradições populares*; italianos: *demopsicologia, ciência démica, etnografia*; alemães: *volkskunde*; portugueses: *etnografia*. No Brasil, Joaquim Ribeiro sugeriu, para substituir *folclore*, a expressão *populário*. Ultimamente, passou a ser adotada, na Inglaterra, e, depois, nos Estados Unidos, a expressão *folklife*, que se origina do sueco *folkliv*.

Vários títulos aqui enumerados, porém, delimitam o seu campo, considerando objeto do folclore apenas o estudo do fato folclórico espiritual ou imaterial. E entre estes, alguns são anteriores à palavra *folclore*, a exemplo de *etnografia* e *volkskunde*.

Etnografia apareceu em 1807, por sugestão de Camper, com a significação de "descrição de povos." No ano seguinte, 1808, divulgou-se o vocábulo *volkskunde* em obra de L. A. von Armim, escrita em colaboração com K. Brentano. *Volk*, em alemão, traduzindo povo, coletividade; *kunde*, estudo, conhecimento.

Em 1839, com a Sociedade de Etnologia de Paris, surgiu o termo *etnologia*, para designar uma ciência cujo objetivo era o estu-

Tocador de bumbo de Caiapó. Piracaia, SP.

do dos diversos fatores físicos, intelectuais e morais, as línguas e as tradições históricas, que diferenciam raças. A Etnologia seria, então, a parte teórica, e a Etnografia, a prática da ciência geral que estuda os caracteres físicos e a cultura dos agrupamentos humanos.

Posteriormente, houve muita confusão na aplicação das palavras *folclore, etnologia e etnografia*. Falou-se em "etnografia dos meios rurais", "folclore dos povos primitivos", "etnografia dos povos selvagens" ou apenas "semicivilizados", "folclore dos meios populares das nações civilizadas", "etnologia dos nossos ameríndios".

Mas a confusão foi se desfazendo, com a corrente de opinião que situa a Etnologia ou Antropologia Cultural, chamada Social por alguns, como ciência que tem por objeto o estudo das razões primeiras ou que cuida da interpretação e do estabelecimento de leis explicativas, no tocante a fatos registrados, elaborados e confrontados pela Etnografia, entre os povos que não possuem linguagem escrita, chamados, por isso, ágrafos, e comumente denominados *primitivos* ou naturais; e pelo folclore, no domínio dos povos que possuem escrita e conhecidos por civilizados ou históricos.

O etnólogo, portanto, dependeria do etnógrafo e do folclorista. A estes caberia coletar, elaborar, confrontar o material, a fim de que o etnólogo ou antropologista cultural pudesse "situar e resolver os problemas que esse material lhe apresentasse", em última instância.

Na verdade, porém, escreveu com muita razão Herskovits: "nenhum pesquisador inicia o estudo de uma cultura, sem vistas técnicas que lhe sirvam de guia para as notas que registra e lhe forneçam problemas a serem submetidos à prova".

Em conseqüência, etnólogos, antropologistas culturais ou sociais realizam eles mesmos as tarefas de que se encarregariam os etnógrafos, ao circunscrever seu campo de ação, preferencialmente, ao estudo das culturas ágrafas, naturais ou primitivas. E o mesmo vem acontecendo com os folcloristas, que deixaram de ser simples coletores de material, para indagar das razões dos fatos que registram. O folclorista de hoje, escreve Kenneth S. Goldstein, é, amiúde, trabalhador de campo, pesquisador de biblioteca e analista, tudo ao mesmo tempo.

E em face dessa atitude, o vocábulo *etnologia* praticamente foi sendo aplicado ao estudo da cultura de sociedades que não possuem escrita, e o *folclore,* ao daquelas denominadas letradas, como a nossa.

O que dizer da palavra *etnografia*? Por haver sido aplicada quase sempre como sinônimo de *folclore*, principalmente pelos folcloristas ou etnógrafos que vivem ainda em função do dualismo "material (etnografia)-espiritual (folclore)", é de se desejar que continue a ser considerada como mero sinônimo.

Afinal, será um meio de pôr um paradeiro nessa confusão de nomeclatura, que constitui obstáculo ao desenvolvimento dos estudos da matéria.

Bibliografia

Moya, Ismael. *Didáctica del folklore*. Buenos Aires, El Ateneo.
Gennep, Arnold van. *Folklore français contemporain*. Paris, Auguste Picard, 1937-1958, 9 v.
Herskovits, Melville J. "Problemas e métodos em antropologia cultural", *Sociologia*, revista didática e científica. São Paulo, v. V, n? 2, 1943.
Toschi, Paolo. *Il folklore*. Roma, Editrice Studium, 1960.
Ribeiro, Joaquim. *Folklore brasileiro*. Rio de Janeiro, Zélio Valverde, 1944.
Colfin, Tristam III (org.). *O folclore dos Estados Unidos*. São Paulo, Cultrix, 1970.

CONCEITOS

Desde William John Thoms até hoje, com raras exceções, o folclore tem sido considerado, em última instância, a ciência das Antiguidades Populares, isto é, do que há de antigo na cultura de nossa sociedade.

Na Inglaterra, escreveu Eleanor Hull, foi conceituado como "história de sobrevivências", "expressão da psicologia do homem primitivo" etc. Reconhecia-se o folclore como sendo próprio das classes humildes, de onde saiu a fórmula de Hoffmann-Krayer – "*o vulgar do povo*". Gomme, grande figura da Sociedade de Folclore, dizia que sua base fundamental era a tradição, acrescentando que não se concebe folclore sem esta característica. E seu objeto foi sempre a cultura espiritual, mitos, lendas, romances, até 1944, quando a própria Sociedade de Londres ampliou seu campo, admitindo neste, também, os artefatos.

Limitando-o ao estudo dos grupos étnicos nacionais, os alemães diziam que é a história espiritual da comunidade germânica que leva à compreensão científica da espécie, da essência e do tipo de um povo. Há muito, porém, estendem o conceito de *volkskunde* ao estudo dos objetos, das expressões da cultura material.

Na Itália, recorde-se a orientação de Raffaele Corso, o qual explica que o objeto do Folclore ou etnografia é a tradição, onde se mostre ou esteja presente nas classes humildes ou superiores. E es-

Palhaço de Folia de Reis. Ibirá, SP.

clarece que seu "terreno mais rico e fértil é o representado pelos pastores e camponeses, pelos campos e aldeias, que são os oásis sagrados da herança de nossos antepassados, longe das correntes da modernidade, que circulam nas metrópoles, nos grandes centros cosmopolitas". Quanto à extensão do campo, os italianos, desde o tempo de Giuseppe Pitré, são de parecer que o folclore compreende tanto a cultura espiritual quanto a material.

Em 1886, na França, o folclorista Paul Sébillot escrevia que o folclore é "uma espécie de enciclopédia das tradições, crenças, costumes das classes populares ou de nações pouco avançadas em evolução... É o exame das sobrevivências, que remontam às primeiras idades da humanidade...". Acrescentava, a seguir, que estas tanto podem ser espirituais quanto materiais, ao incluir no estudo do folclore o das artes populares.

Cinqüenta anos mais tarde, Pierre Saintyves o conceitua como "ciência da cultura tradicional dos meios populares, dos países civilizados". E ao criticar os que consideram apenas o fato espiritual objeto do folclore, afirma: "Folcloristas de valor restringem o estudo do folclore à cultura espiritual do povo, excluindo todos os seus conhecimentos técnicos. Assim acontece com Miss Ch. S. Burns e Krohn. Como, entretanto, justificar esta conclusão uma vez que se pretende abranger o saber tradicional do povo? Uma técnica, porventura, não é um conhecimento?"

Em Portugal, de Leite de Vasconcelos a Jorge Dias, o folclore tem sido considerado o estudo do fato espiritual, de caráter tradicional. O fato material pertence ao domínio da ergologia e ambos ao da etnografia, designação mais comumente usada pelos portugueses para os dois ramos: o material e o espiritual.

Para Jorge Dias, o folclore seria mesmo um aspecto da etnografia, estudo descritivo e circunscrito de uma área cultural, cujo objetivo é a investigação da literatura popular; e a etnografia, um dos ramos da etnologia ou antropologia cultural. Segundo o etnólogo português, aos folcloristas deve interessar o estudo da literatura que se transmite socialmente, de pais a filhos, de vizinho a vizinho, com exclusão do saber adquirido racionalmente, quer seja obtido pelo próprio esforço individual, quer seja a conseqüência do saber organizado, que se adquire em estabelecimentos oficiais (escolas, institutos, conservatórios, academias, universidades etc.).

Posição idêntica adotaram os antropólogos norte-americanos. Franz Boas afirma que o folclore é um aspecto da etnologia, que estuda a literatura tradicional dos povos de qualquer cultura. Herskovits o considera estudo dos mitos, fábulas, provérbios, adivinhas, versos, juntamente com a música, e expressões menos tangíveis dos aspectos estéticos da cultura. Em 1950, Ruth Benedict o explicava como sendo o estudo das sobrevivências populares, incluindo provérbios, contos e expressões populares e toda investigação relacionada aos contos populares.

No Congresso Internacional de Etnografia, de Arnhem, Holanda, em 1955, especialistas europeus, além de Stith Thompson, dos Estados Unidos, mantiveram-se favoráveis à limitação do sentido do folclore ao estudo da cultura espiritual.

No Brasil, Joaquim Ribeiro, em 1944, escrevia, dentro da orientação de Saintyves, que o folclore é a ciência que estuda a cultura tradicional e popular em todas as suas feições e modalidades, integrando, portanto, no seu campo de ação, o fato material. Mas, não demorou, Artur Ramos, de acordo com os norte-americanos, explica como "divisão da antropologia cultural que estuda aqueles aspectos da cultura de qualquer povo, que dizem respeito à literatura tradicional: mitos, contos, fábulas, adivinhas, música e poesia, provérbios, sabedoria tradicional e anônima".

Exceção feita aos que não admitem o fato material – objetos ou artefatos – dentro do campo de ação de nossa ciência, a orientação, quanto à caracterização do folclore, nos diferentes países e mesmo no Brasil, no período anterior à realização do I Congresso Brasileiro de Folclore, tem sido a mesma, com pequenas diferenças. A expressão "antiguidades populares" do velho Thoms era e é ainda o ponto de referência de muitos ingleses, alemães, italianos, franceses, portugueses, norte-americanos e mesmo alguns compatriotas.

Sob a influência das discussões do I Congresso Brasileiro do Folclore, de 1951, e procurando combater os que explicavam o folclore apenas através do fato espiritual, tradicional e anônimo, sugerimos, então, a seguinte definição: "Folclore é a ciência que estuda os fatos da cultura material e espiritual, criados ou adaptados pelos meios populares dos países civilizados, que, podendo ou não apresentar as características anônimo e tradicional, são essencialmente de aceitação coletiva." E Renato Almeida o conceituou: "é o conjunto das manifestações não institucionalizadas da vida espiritual e das formas de cultura material dela decorrentes ou a ela associadas nos povos primitivos e nas classes populares das sociedades civilizadas".

Estudando "Alguns problemas e aspectos do folclore teuto-brasileiro", o antropólogo brasileiro Egon Schaden considerou o folclore um "fenômeno cultural, relativo ao saber, à arte, às técnicas e aos costumes populares, isto é, tradicionais e de autoria em geral anônima, em oposição a criações análogas de origem erudita ou científica". Esclarecia, ainda, que "se para as sociedades primitivas não tem, de ordinário, sentido a distinção entre as duas categorias de fenômenos, ela pode ser útil no estudo das formas de vida rurais e urbanas".

Mas preferimos defini-lo como ciência sociocultural que estuda a cultura espontânea do homem da sociedade letrada. "Na sociedade do observador", como assinala Claude Lévi-Strauss.

O folclore é uma ciência do homem, que analisa o homem cultural, nas suas expressões de cultura espontânea, do sentir, pensar, agir e reagir, e também no contexto da sociedade em que vive, portanto, como homem social.

Em 1969, folcloristas norte-americanos fizeram depoimentos sobre sua orientação, que se mostra, em muitos pontos, idêntica à nossa. Francis Lee Utley escreve que começam a prestar maior atenção ao aspecto vital da cultura material. Exemplifica com o estudo de

Warren Roberts, relativo à arquitetura doméstica, a classificação dos tipos de medas de feno de Austin Fife e o trabalho de Don Yoder a respeito da cultura dos alemães da Pensilvânia. O mesmo folclorista afirma que, em certo sentido, todos nós somos *folk* e que não se deve insistir em que toda a transmissão seja oral. Outra estudiosa da matéria, Maria Leach, diz, com razão, que o folclore é o adversário do número em série, do produto estampado e do padrão patenteado e não é simplesmente literatura transmitida oralmente. Mac Edward Leach comenta que o folclore está presente desde o momento em que o homem começou a observar sua própria cultura.

Bibliografia

Gennep, Arnold van. *Manuel de folklore français contemporain*. Paris, Auguste Picard, 1937-1958, 9 v.

Ribeiro, Joaquim. *Mesa redonda sobre folclore*. Comissão Nacional de Folclore do IBECC. Rio de Janeiro, Semana Folclórica, 22 a 28 de agosto de 1948.

Corso, Raffaele. *Folklore*. Roma, 1923.

——. "La nueva concepción del folklore", *Boletín de la Asociación Tucumana de Folklore*. Tucumán, República Argentina, ano 1, v. 1, n° 9/10, 1951.

Sébillot, Paul. *Le folklore*. Paris, 1913.

Herskovits, Melville J. *El hombre y sus obras*. México-Buenos Aires, Fondo de Cultura Económica.

Saintyves, Pierre. *Manuel de folklore*. Paris, 1936.

Ribeiro, Joaquim. *Folklore brasileiro*. Rio de Janeiro, Zélio Valverde, 1944.

Ramos, Arthur. *Estudos de folk-lore*. 2ª ed. rev. Rio de Janeiro, Casa do Estudante do Brasil, 1958.

Schaden, Egon. "Alguns problemas e aspectos do folclore teuto-brasileiro", *Revista de Antropologia*, v. 7, ns. 1 e 2, jul./dez. 1959.

Comissão Paulista de Folclore. "O conceito de fato folclórico", in *Anais do 1° Congresso Brasileiro de Folclore*. IBECC, Ministério das Relações Exteriores, Serviço de Publicações. II v.

Almeida, Renato. *Inteligência do folclore*. Rio de Janeiro, Livros de Portugal, 1957.

Toschi, Paolo. *Il folklore*. Roma, Editrice Studium, 1960.

Lévi-Strauss, Claude. *Antropologia estrutural*. Rio de Janeiro, Tempo Brasileiro, 1967.

FATO FOLCLÓRICO

No I Congresso Brasileiro de Folclore, realizado no Rio de Janeiro, em 1951, a Comissão Paulista de Folclore, tendo como relatores Oracy Nogueira e o autor deste livro, enviou comunicação sobre o assunto, propondo que se pusesse em discussão o conceito de *fato folclórico*. Nessa comunicação, concluía-se que os fatos folclóricos são as maneiras de pensar, sentir e agir de um povo, preservadas pela tradição oral e pela imitação, e menos influenciadas pelos círculos e instituições, que se dedicam à renovação e conservação do patrimônio científico e artístico humano, como os intelectuais, e à fixação de uma orientação religiosa e filosófica, como as igrejas e as instituições sectárias, em geral. Tais maneiras de pensar, sentir e agir caracterizam-se, repetindo-se de um modo estereotipado, embora, em alguns casos, os indivíduos cheguem a se distinguir pela habilidade em combinar e recombinar os elementos que servem de conteúdo a certa manifestação folclórica ou pela capacidade criadora, que revelam ao se expressar através de cânones prescritos.

Em conseqüência dessa comunicação, o I Congresso Brasileiro de Folclore aprovou e inseriu na Carta do Folclore Brasileiro o seguinte conceito de fato folclórico: "constituem o fato folclórico as maneiras de pensar, sentir e agir de um povo, preservadas pela tradição popular ou pela imitação, e que não sejam diretamente influenciadas pelos círculos eruditos e instituições que se dedicam

Figureiras de Taubaté, SP.

ou à renovação e conservação do patrimônio científico e artístico humano, ou à fixação de uma orientação religiosa e filosófica. São também reconhecidas como idôneas as observações levadas a efeito sobre a realidade folclórica, sem o fundamento tradicional, bastando que sejam respeitadas as características de fato de aceitação coletiva, anônimo ou não, e essencialmente popular".

A seguir, na primeira edição deste *Abecê de folclore*, em 1952, o autor o definiu como tudo o que resulta do pensamento, do sentimento e da ação do povo, cujo *habitat* preferencial é constituído pelo meio popular, isto é, o espaço em que vivem os grupos sociais do campo e da cidade, menos influenciados pela ciência oficial, pela intelectualidade de um país civilizado. Admitiu que possa ser criado ou aceito e adaptado, recriado pela simples imitação, não possua o fundamento tradicional, no sentido de algo que se herda dos antepassados, e prescinda do anonimato, além de poder subsistir na grande burguesia e entre os homens do mais alto nível de instrução e pensamento, pois, na realidade, não há muralhas que sejam obstáculo a que o folclore se difunda por todos os grupos sociais.

Afinal, no Congresso Internacional de Folclore, de São Paulo, no mês de agosto de 1954, tomando por base a comunicação da Comissão Paulista de Folclore relatada por Lizette Toledo Ribeiro Nogueira, Oracy Nogueira e o autor, a 1ª Comissão, sob a presidência de Jorge Dias, de Portugal, tendo como relator Joaquim Ribeiro, e secretário Guilherme Santos Neves, ambos do Brasil, aprovou o conceito seguinte de fato folclórico:

"Considera-se fato folclórico toda maneira de sentir, pensar e agir, que constitui uma expressão da experiência peculiar de vida de qualquer coletividade humana, integrada numa sociedade civilizada.

O fato folclórico caracteriza-se pela sua espontaneidade e pelo seu poder de motivação sobre os componentes da respectiva coletividade. A espontaneidade indica que o fato folclórico é um modo de sentir, pensar e agir, que os membros da coletividade exprimem, ou identificam como seu, sem que a isto sejam levados por influência direta de instituições estabelecidas. O fato folclórico, contudo, pode resultar tanto de invenção quanto de difusão.

Por poder de motivação do fato folclórico se tem em vista que, sendo ele uma expressão da experiência peculiar de vida coletiva, é constantemente vivido e revivido pelos componentes desta, inspirando e orientando o seu comportamento.

Como expressão de experiência, o fato folclórico é sempre atual, isto é, encontra-se em constante reatualização. Portanto, sua concepção como sobrevivência, como anacronismo, ou vestígio de um passado mais ou menos remoto, reflete o etnocentrismo[1] ou

---

1. Tendência comum em considerar a cultura do grupo, a que pertence o observador, como a medida de todas as coisas.

Rei dos reis de Congo. Congada de Atibaia, SP.

outro preconceito do observador estranho à coletividade, que o leva a reputar como mortos ou em via de desaparecimento os modos de sentir, pensar e agir desta.

Como expressão da experiência de vida peculiar da coletividade, o fato folclórico se contrapõe à moda, como à arte, à ciência e às técnicas eruditas modernas, ainda que estas lhe possam dar origem."

Convém ainda lembrar que folclórico não é, como muita gente diz e repete, apenas a tradição, o anonimato e o que se divulga pela transmissão oral.

Tradição é a experiência humana que vem do passado e vai para o futuro e, portanto, não pode ser característica do folclore, mas de toda a existência cultural do homem. Anonimato é uma expressão que, conforme Renato Almeida, cheira a ranço do século XIX, ao tempo em que se admitia a autoria coletiva dos fenômenos folclóricos ou que estes eram obra de todo um povo. Não há obra coletiva no folclore: tudo tem um único e exclusivo pai, que é determinado homem, um poeta, cantor, artista, artesão etc. Os nomes de muitos, porém, ficaram perdidos, esquecidos. Como aliás ocorre na própria criação erudita, na qual há produções cujos nomes dos autores se perderam.

Também não se deve considerar a transmissão oral como característica do fenômeno folclórico. Recorde-se, a propósito, que incluímos no folclore a literatura chamada *de cordel* – *de cordel* porque é exposta pendurada em cordel ou barbante ou porque é considerada inferior ou de pouco merecimento. E também as receitas de cozinha, doces e bebidas inscritas nos cadernos das donas-de-casa; os pasquins registrados em folhas de papel de embrulho; o entrecho dramático de Congadas e Cavalhadas também anotado em cadernos.

Para concluir, recorde-se que o fato folclórico pode ter, perfeitamente, uma origem erudita. No Brasil, por exemplo, poesias de Castro Alves, Laurindo Rabelo, Casimiro de Abreu, Afonso Celso e outros foram utilizadas em *modinhas*, que granjearam enorme difusão pelos salões do Império. Depois, as coletividades, principalmente urbanas, do país as aceitaram, adaptaram e usaram, em numerosas variantes, transformando-as em fatos folclóricos. E por quê? Porque apresentam a marca da aceitação coletiva que pode muito bem explicar o folclore, desde que esta tenha se dado de maneira espontânea e jamais provocada diretamente pelos meios de difusão do pensamento erudito.

Bibliografia

Comissão Paulista de Folclore. "Conceito de fato folclórico", in *Anais do 1º Congresso Brasileiro de Folclore*. Ministério das Relações Exteriores, Serviço de Publicações. II v.

Almeida, Renato. "Carta do folclore brasileiro", in *Anais do 1º Congresso Brasileiro de Folclore*. Ministério das Relações Exteriores, Serviço de Publicações. I v.

——. *Inteligência do folclore*. Rio de Janeiro, Livros de Portugal, 1957.

MÚSICA FOLCLÓRICA

No geral, a arte musical pode ser compreendida em três planos: o erudito, o popular e o folclórico. Estes planos, porém, não constituem compartimentos estanques. Entre eles não há barreiras, muralhas. Pelo contrário, observam-se contatos, influências, interdependência.

No erudito encontram-se as criações que nasceram da elaboração intelectual de quem, possuindo qualidades intrinsecamente artísticas, foi levado à composição graças a sérios estudos da ciência e da arte da música, realizados no âmbito da cultura oficial de um país. Seus criadores se destacaram no *métier* por dons naturais, porque tiveram o privilégio de possuir sensibilidade e emoção acima da média comum, mas ainda porque, orientados pelos seus mestres, foram iniciados e bem aprenderam os fundamentos das chamadas *ciências da música*. Neste plano acham-se todos os grande compositores, que podem ou não modelar e inspirar suas concepções em certos elementos do popular ou, melhor dizendo, do popularesco, e na arte folclórica: temas, ritmos, escalas, harmonias, maneiras de executar e entoar melodias como também de acompanhá-las etc.

No plano popular, conforme sugestão do II Congresso Brasileiro de Folclore de Curitiba, em 1953, encontram-se obras criadas por autor desconhecido, dentro de uma técnica mais ou menos aperfeiçoada e transmitida pelos meios comuns de divulgação musical. Uma distinção que se poderia fazer entre a música popular

Moçambique de Cunha. Aparecida, SP.

ou popularesca e a erudita é a de que aquela existe em função da moda e, muitas vezes, da moda do *society* internacional, daí não apresentar a relativa fixidez que se pode observar tanto na erudita como na folclórica. Também, falta-lhe na criação a técnica superior da erudita, podendo ser comparada, em alguns casos, às produções da chamada música ligeira. Seus compositores, todos conhecidos pelos meios normais de publicidade, no geral não fizeram estudos necessários para efetivar a obra de arte, e em grande parte deixam de ser criadores de melodias, ritmos, fórmulas, para tomá-los de empréstimo seja da música erudita, seja da folclórica. Por isso, é possível afirmar-se que música popular é a que subsiste numa zona intermediária que, sendo por vezes criadora, transporta para este ou aquele público muita cópia, modelo e imitação da erudita e folclórica, diluída, alterada, modificada pelos esquemas internacionais propostos pelas orquestras de dança dos grandes centros, especialmente da América do Norte.

Aí também ocorre a manifestação que se denomina *música sertaneja*, a qual se desenvolve mediante ação direta da música folclórica e da música popular ou popularesca.

No plano folclórico, de acordo com a já citada sugestão do Congresso de Curitiba, acham-se as peças musicais que, criadas ou aceitas coletivamente ao meio do povo, e destinadas à vida funcional da coletividade, se mantêm por transmissão oral, preferencialmente, transformando-se, variando ou apresentando aspectos novos. Estas peças respeitam a evolução do agrupamento a que pertencem nas suas diferentes manifestações do sentir, pensar, agir e reagir. E nelas deve-se considerar, além dos elementos formais – esquema temático, estrutura rítmica, harmonia, desenvolvimento melódico –, a entoação da voz, a técnica da emissão, a posição do corpo do cantor etc. Também é importante a referência ao número de pessoas que participam da execução e o modo como cooperam para a realização, acrescentando-se ainda, as circunstâncias em que se canta ou toca, função social e psicológica e o conteúdo emotivo.

Privar a execução folclórica de um só de seus elementos constitutivos equivale a destruir o valor da peça. O menos importante é justamente aquele a que se costuma dar maior consideração: o temático. Ele é o único que pode ser substituído pela coletividade por aceitação ou adaptação, sem que se modifique fundamentalmente a realização musical.

A música folclórica, a não ser quando procede do erudito ou de raro popular ou popularesco, que se amoldou à maneira folclórica, é concebida espontaneamente* por quem ignora por inteiro os aspectos teóricos da ciência e da arte musical. E como se disse, seu autor imprime na produção o sentir, pensar, agir da sua coletividade, sem qualquer interferência direta dos meios oficiais de propaganda musical, e a difunde oralmente, graças à aceitação da referida coletividade.

Mas, se é verdade que ela difere das manifestações do plano erudito e popular ou popularesco, também se diferencia da música que se usa designar pelo nome de *primitiva*, que compreende as realizações artísticas de alguns grupos indígenas da América, negros do sul do Saara, pigmeus, bosquímanos, hotentotes, melanésios, polinésios etc. Esta arte vive sem qualquer contato permanente direto ou indireto com a erudita, popular ou popularesca, quando justamente a folclórica existe em sociedades nas quais se desenvolvem paralelamente ao menos duas formas distintas de expressividade musical: uma erudita e outra popular. É certo que entre os agrupamentos mencionados surgem, às vezes, duas realizações musicais diferentes, mas não passam de manifestações de uma única razão expressiva, com função bem definida.

Lembre-se, por fim, que entre os elementos que compõem o quadro cultural de uma comunidade o musical é um dos mais estáveis e duradouros. O indivíduo pode abandonar seu grupo social, afastar-se milhares de quilômetros do lugar em que nasceu, modificar o hábito de vida, modo de pensar, língua e religião e conservar, nos limites essenciais, a música da cultura original. Religião, língua e outros aspectos do organismo social podem mudar, toda uma série nova de motivos, ritmos de dança, desenhos harmônicos podem ser adotados, sem que a música folclórica se transforme essencialmente.

---

* A idéia é a de uma criação intuitiva.

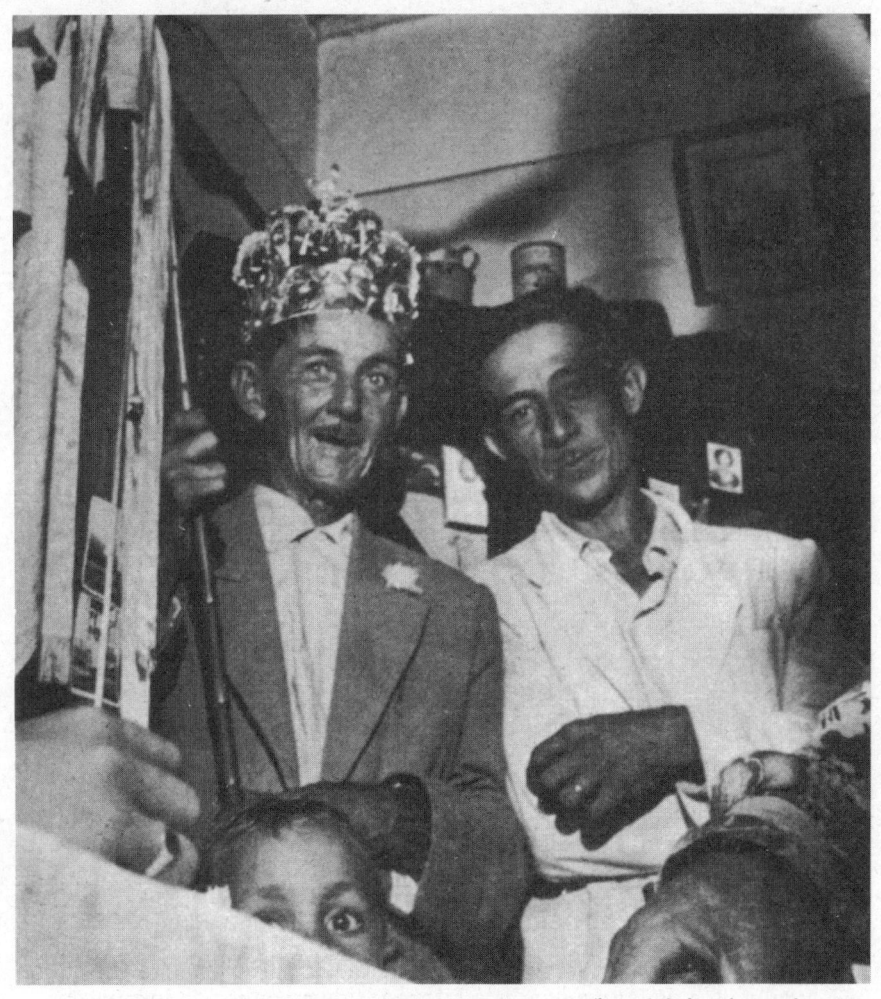

Rei (festeiro) da festa de Reis. Ibirá, SP.

    A seguir, o autor apresentará a comunicação "A Música Folclórica Paulista como ponto de partida para um conceito de música folclórica", enviada e posteriormente publicada pelo Conselho Internacional de Música Folclórica, reunido, em São Paulo, no mês de agosto de 1954.

Eis a comunicação:
"Pesquisando o folclore da região que compreende o Estado de São Paulo, julgo haver chegado a algumas conclusões sobre a sua música folclórica, a saber:

ORIGEM

É criação individual dos membros das coletividades, como também pode ser de origem externa e haver sido introduzida nestas, quer em época remota, quer no período atual de sua existência. O que importa é que as coletividades expressem e identifiquem essa música como sendo sua, mesmo que pertença a outras coletividades que lhes estão ligadas por razões de ordem histórica ou por contato atual.

CONCEPÇÃO

Ela é: a) improvisada de maneira espontânea e aceita no momento da criação; b) improvisada, ensaiada e aceita; c) tradicional.

Música folclórica improvisada e aceita no momento da criação nós encontramos em algumas *toadas* de danças afro-paulistas (batuque, samba-lenço, samba de Pirapora, jongo) e em certos *toques* de instrumentos membranofones e cordofones. Improvisada ensaiada e aceita pode ser verificada em vários cantos e mesmo *toques* de instrumentos de outras danças e folguedos de reconhecida inspiração negra e indígena, como o moçambique, a congada, o cururu.

O elemento tradicional, no sentido de haver passado de pais a filhos e de se apresentar em formas mais ou menos fixas ou através de variantes, caracteriza muitas melodias e *toques* das mencionadas danças e folguedos, mas, especialmente, os que participam das expressões de procedência européia: dorme-nenês, rodas infantis, modinhas, folias, romances etc.

Divulgação

Atinge a coletividade e se propaga de maneira predominantemente oral e verbal, podendo, entretanto, subsistir escrita e mesmo impressa. Cantada ou executada, divulga-se por audição de um para outro membro da coletividade e pode ou não sofrer alterações fundamentais. Sua continuidade é preservada pelo poder de motivação, através do qual a música é vivida e revivida constantemente pelos membros da coletividade, inspirando e orientando o seu comportamento.

Gênero

É vocal e instrumental. A melodia vocal está sempre relacionada à poesia, que versa sobre os mais variados assuntos. A instrumental é utilizada para acompanhar a voz cantada, a dança e, também, para realizar pequenos prelúdios e interlúdios.

Em geral, a vocal é livre, pairando sobre os instrumentos e obrigando-os a acompanhá-la ou caminhando com eles sem qualquer relação muito acentuada. É silábica e até, às vezes, verso cantado para ser ouvido; nela é comum a voz em falsete e o som anasalado.

A parte instrumental é efetuada por cordofones (viola, rabeca e violão), membranofones (caixa, bumbo, tambu, candongueiro, quinjengue, puíta, pandeiro) e idiofones (reco-recos e chocalhos diversos). Mais raros são os aerofones: flautas, buzinas, apitos.

Forma

As formas mais comuns são as vocais e, por isso, nós as classificamos em: a) canto solista monódico: pregões, dorme-nenês, modinhas, romances, lundus; b) canto em fabordão, com a constância de terça acima ou abaixo da *vox principalis*: modas-de-viola, cururu, cana-verde, dança de São Gonçalo, dança de Santa Cruz, folia

Um rei de Moçambique. Taubaté, SP.

do Divino; c) canto em fabordão e coro: congada, moçambique, batuque, jongo, samba-lenço, samba de Pirapora, folia de Reis; d) solo e coro: rodas, sessões de terreiro (macumba), recomenda de almas. A folia do Divino pode, também, participar da classe "c", a recomenda de almas, e a folia de Reis, da classe "b".

Não há propriamente formas instrumentais, ainda que o *toque* dos instrumentos seja a característica essencial e específica de muitas das mencionadas formas.

Estrutura

As melodias possuem pequena extensão, não ultrapassando a oito, doze e dezesseis compassos aproximadamente. A linha melódica é descendente e a terminação se faz na terça, na quinta e na própria tônica, às vezes, em harmonias de três, quatro, cinco e mais sons, em fermata. O compasso que predomina é o binário e o modo é o maior; o ternário e o menor aparecem, com mais freqüência, nas modinhas e romances.

O instrumento de maior uso é a viola de cinco cordas duplas ou viola de dez cordas. Ela acompanha o canto, fazendo o *rasqueado* e o *ponteado*, isto é, harmonias predominantes de tônica e dominante (*rasqueado*) e contraponteando ou mesmo executando em uníssono a melodia vocal (*ponteado*). Em algumas ocasiões, com a finalidade de mostrar a sua habilidade, o tocador de viola improvisa, fugindo à norma tradicional do acompanhamento.

Os instrumentos membranofones e idiofones unidos ou não à viola dão a riqueza rítmica à nossa música folclórica e, em certas ocasiões, com uma polirritmia exuberante; eles é que diferenciam o samba-lenço do batuque e este do próprio jongo. Também, os tamborileiros, como os tocadores de viola, muitas vezes são improvisadores e nesse particular dominam os afro-paulistas e seus descendentes.

Conclusão

Tendo por fundamento estas observações e as que tenho realizado em outros Estados brasileiros, sugiro que se considere música folclórica a que apresentar os seguintes elementos:

a) ser expressada e identificada, espontaneamente, como sua por uma coletividade integrada na sociedade, chamada *civilizada*;

b) contrapor-se à moda, à arte e às técnicas eruditas, que pressupõem focos exteriores de irradiação constante;

c) divulgar-se por transmissão oral de um para outro membro da coletividade;

d) ter uma função que se relaciona à vida da coletividade em que existe;

e) possuir uma continuidade preservada pelo poder de motivação."

LINGUAGEM E LITERATURA

O folclore oferece amplo campo de ação ao pesquisador que deseje conhecer a cultura espontânea de certa coletividade, atingir o interior de sua sensibilidade, desvendar-lhe o espírito, surpreender-lhe o coração, tal como disse Renato Almeida. Neste campo aparecem numerosas expressões tanto materiais como espirituais, a exemplo das relacionadas à linguagem e literatura, cujos fenômenos singulares serão aqui apresentados, em parte, como uma sugestão à pesquisa, ao estudo, à análise, pelo investigador que quiser concretizar o objetivo acima mencionado.

No domínio da linguagem folclórica, eis alguns fenômenos:

Vocábulos

Explicação: termos ou palavras que fazem parte da linguagem comum de determinado grupo ou sociedade. Exemplos: currutaca – coisa pequena; lavorar – bater em alguém; maninha – mulher que não dá filhos; trebusana – tempestade; ventúrio – filho (Iguape, SP).

Gestos

Explicação: manifestação de idéias sob formas físicas, tais como movimentos do rosto, mãos, cabeça e corpo. Exemplos: admiração

– franzir as sobrancelhas, arregalar os olhos; aprovação – bater palmas, puxar o lóbulo da orelha; ameaça – sacudir a mão direita espalmada; amizade – entrelaçar os polegares.

DITADOS

Explicação: dizeres ou sentenças breves, geralmente de conteúdo moral, que nascem da experiência do homem em contato com o mundo que o cerca. Exemplos: Aquilo são lágrimas de rato em enterro de gato; Jacaré quando tem fome, até barro come; Pobre quando mete a mão no bolso tira só os cinco dedos; Cem filhos que uma mãe tiver, não tem nenhum para a morte.

APELIDOS

Explicação: designação que se dá às pessoas, em conseqüência de defeito ou qualidade que possuem e até que se desejaria que possuíssem. Exemplos: Fulana é chamada *Barata Descascada*, porque é muito branca; Fulano é o *Besuntão*, por andar sempre de roupa suja; Fulano é *Chico Miséria* em virtude de ser pão-duro; Fulana é *Nhaninha Canjica* por ter os dentes muito brancos.

LEMAS DE PÁRA-CHOQUES

Explicação: frases curtas, de tom satírico, humorístico, lírico, escritas nos pára-choques dos caminhões. Exemplo: Cada rampa um sorriso, cada morro um prazer; O que eu quero é movimento; Montado na morte, à procura da sorte; Carga pesada, só o teu desprezo; Estamos no mundo a passeio; Vou com Deus e os carinhos teus; Carona? Homem, não. Só mulher; Este o vento não leva; Mulher e parafuso, deixe que eu mesmo aperto; Bata antes de entrar; Se Deus fez coisa melhor que mulher, fez só pra ele.

Travalínguas

Explicação: fórmulas versificadas de difícil pronúncia e mesmo pequenos relatos, que apresentam, no seu transcurso, palavras de difícil articulação. Exemplos:

Olha o sapo dentro do saco
O saco com o sapo dentro,
O sapo batendo papo
E o papo soltando vento.

Por aquela serra acima
Vai um velho seco e peco;
Ó seu velho, seco e peco!
Este cepo seco é seu?

Adivinhas

Explicação: perguntas ou declarações de forma obscura, que devem ser contestadas ou explicadas. Exemplos:

Uma cova bem cavada
Seis mortos estendidos,
Cinco vivos passeando
Mostrando-se sentidos.
        (violão)

Cintura fina
Perna alongada,
Toca corneta
E leva bofetada.
    (pernilongo)

Parlenda

Explicação: versos que servem para embalar, entreter e distrair a criança. Exemplo:

> Amanhã é domingo
> Pé de cachimbo,
> Galo montês
> Pica na rês
> A rês é miúda
> Pica na tumba;
> A tumba é de barro
> Pica no adro;
> O adro é fino
> Pica no sino,
> O sino é de ouro
> Pica no touro
> O touro é bravo
> Arrebita o rabo;
> Mete-se à corte
> Já está arranjado.

Fórmulas de escolha

Explicação: dizeres usados pelas crianças ao brincar de *pique*, a fim de escolher quem será, em primeiro lugar, o *pegador*. Exemplos:

> Uma pulga na balança
> Deu um pulo, foi à França,
> Os cavalos a correr,
> Os meninos a brincar
> Vamos ver quem vai pegar.

Anabu, anabu,
Quem sai és tu.
Porque és filho do tatu
E vais casar com o urubu.

Fórmulas de terminar histórias ou "casos"

Explicação: versos rimados que constituem o fecho da história. Exemplos:

Acabou a história
Entrou por uma porta
Saiu por outra,
Quem quiser
Que conte outra.

Entrou pela porta
Saiu pela janela,
Quem gostou
Não se esqueça dela.

Fórmulas para pular corda

Explicação: palavreado usado por crianças quando estão a virar ou a pular corda. Exemplo:

– Ai, ai!
– Que tens?
– Saudades.
– De quem?
– Do cravo, da rosa,
 Da açucena
 Do meu bem.

Fórmulas de jogar bola

Explicação: dizeres utilizados pelas crianças quando jogam a bola ao ar ou na parede. Exemplo:

> Ordem,
> Seu lugar,
> Sem rir,
> Sem falar.
> Um pé
> A outro,
> Uma mão
> A outra.
> Bate palmas,
> Piroletas,
> De trás pra frente
> Quedas.

Fórmulas de vender fiado

Explicação: frases, dísticos, tercetos, quadrinhas com as quais os negociantes costumam lembrar aos fregueses que não fiam. Exemplos:

> O fiado já morreu,
> Com o dono foi enterrado,
> Quem quiser beber cachaça
> É só no dinheiro contado.

> Quem vende fiado
> Perde o freguês,
> Fica arruinado
> Não sabe o que fez.

Epitáfios

Explicação: frases, dísticos, quadrinhas que, inscritos nas pedras ou paredes dos túmulos, falam de amor e revolta, de saudade e esperança, de consolo e desalento. Exemplos recolhidos em cemitérios paulistanos:

> Deu seu amor às criancinhas,
> De ser mãe, Deus levou-a,
> Para que não ficasse sozinha
> Seu filhinho acompanhou-a.

> Adeus mundo de ilusão,
> Te deixei na flor da idade
> Levo para o céu a esperança,
> Na terra deixo saudade.

Quanto à literatura folclórica, recordam-se estes fatos:

Quadrinha

Explicação: quatro versos de sete sílabas, com acento na terceira e última: duas rimas, raramente perfeitas; às vezes, apenas toantes no segundo e quarto versos; que contém um estado fugitivo d'alma, um demorado aperto de mão, desejo, queixa, agrado, malícia, juízo... comunicados a outrem com sinceridade e com simplicidade (Afranio Peixoto). Exemplos:

> Teu coração é cofre cheio
> De moedas de querer bem,
> Já fez rica a muita gente
> E eu nunca tive um vintém.

Esta noite tive um sonho,
Mas que sonho atrevido,
Sonhei que era babado
Da barra do teu vestido.

SEXTILHA

Explicação: é a conhecida forma de seis versos ou *pés*, muito freqüente na poesia folclórica do Brasil. Exemplo:

Pos vamos ao pé do Rei,
Que eu já me entrego à prisão,
Minhas Congos daqui não sai,
Sem minha determinação,
Que ainda hoje destinei
De arrancar o coração.
(Fala do Embaixador da Congada de
São Francisco no litoral norte de São Paulo.)

PÉ QUEBRADO

Explicação: poesia, chamada na Espanha *pié quebrado* e *retorneas* e em Portugal também *pé quebrado*. É conhecida no Nordeste brasileiro. Em São Paulo, na região de Itaberá, segundo conta J. N. Almeida Prado, é uma forma de caráter jocoso, um tanto satírico, que se distingue pela quebra do pé ou verso em determinada ocasião. Esta quebra se efetua no metro, no sentido, na rima. Exemplos:

Desceno rio abaxo
Eu sei que acho,
Mais num é face,
Eu vêno muié bonita,

Cum bão taio de chita,
Bordado i laço de fita
Choro pitanga.

Sô pardo
Mais num sô do mato.
Ando aqui
Prá cumpri meus trato,
Porco magro,
Mais de bão fucinho,
O que fala a verdade
É o coro da onça![1]

Abecê

Explicação: forma antiga, já usada por Santo Agostinho no famoso "Psalmus Abecedarius", que no folclore do país inclui quadrinhas ou sextilhas, que se caracterizam por apresentar, no verso inicial das estrofes, ou mais raramente em cada verso destas, letras do alfabeto na ordem natural, terminando, às vezes, com referência ao "til". Eis um exemplo, registrado por Cornélio Pires, em São Paulo:

ABC da cachaça

A cachaça é muito boa,
É fresca, forte e quente.
Conservada com ternura,
Consolo de muita gente.

*B*em visto é que a cachaça
Anda pela nobreza,

---

[1] Coro (couro) da onça – dinheiro.

Se ela tem tantas virtudes
Tudo é por natureza.

Como a cachaça não hai de fazê
Por si tantos terremotos:
Se ela tem tantas virtudes
Também tem muitos devotos.

Diz arguém que não bebe,
Por querer se amostrá,
Mas o bafo do sujeito
Ninguém pode suportá.

O *til* é um sinar
Que põe no fim do abecê;
Acabei minha cantiga
A cachaça vou bebê.

CONTO ACUMULATIVO

Explicação: narrativas de palavras ou períodos encadeados, ações ou gestos que se articulam numa longa seriação. Eis um exemplo que conhecemos desde menino:

Um macaco furtou uma espiga de milho e, ao comê-la, deixou cair um pequeno grão no vãozinho de um cepo. Então, falou: – Cepo, me dá meu grão de milho! – Não dou, respondeu o cepo. – Machado, vem cortar o cepo, que não quer me dar meu grão de milho! – Não vou, respondeu o machado. – Fogo, vem queimar o machado, que não quer cortar o cepo que não quer me dar meu grão de milho! – Não vou, respondeu o fogo. – Água, vem apagar o fogo, que não quer queimar o machado, que não quer cortar o cepo, que não quer me dar meu grão de milho! – Não vou, respondeu a água. – Boi, vem beber a água, que não quer apagar o fogo, que não quer queimar o machado, que não quer cortar o cepo, que não quer me dar meu grão de milho! – Não vou, respondeu o boi. – Açougueiro, vem matar o boi, que não quer beber a água, que não quer apagar o fogo, que não quer queimar o machado, que não quer cortar o cepo, que não quer me dar meu grão de milho. – Não vou, respondeu o açougueiro. – Rei, vem enforcar o açougueiro, que não quer matar o boi, que não quer beber a água, que não quer apagar o fogo, que não quer queimar o machado, que não quer cortar o cepo, que não quer me dar meu grão de milho! – Não vou, respondeu o Rei. – Rato, vem roer a roupa do Rei, que não quer enforcar o açougueiro, que não quer matar o boi, que não quer beber a água, que não quer apagar o fogo, que não quer queimar o machado, que não quer cortar o cepo, que não quer dar meu grão de milho! – Já vou, respondeu o rato. E o Rei, então, gritou: – Não roa a minha roupa, que eu já mando enforcar o açougueiro. E o açougueiro: – Não me mande enforcar, que eu já vou matar o boi. E o boi: – Não me mande matar, que eu já vou beber a água. E a água: – Não me beba, que eu já vou apagar o fogo. E o fogo: – Não me apague, que eu já vou queimar o machado. E o machado: – Não me queime, que já vou cortar o cepo. E o cepo: – Não me corte, que eu já vou dar o grão de milho, que caiu no vãozinho do cepo.

MITOS OU ASSOMBRAÇÕES

Explicação: descrição de seres, coisas e ocorrências ou fenômenos considerados sobrenaturais, com referência à ação que exercem nos ambientes em que existem: céu, terra e água. Os mitos podem ser classificados e estudados entre as crendices e na filosofia popular e registram-se mediante duas indagações: o que são e o que fazem.

Assombração da rede – São dois homens do outro mundo, carregando uma rede de defunto, enquanto um terceiro vai ao lado. Em certo momento este espeta o suposto defunto com objeto pontiagudo e ouve-se um grito estridente e prolongado. Local: zona rural de Santo Amaro (São Paulo).

Pisadera – Eis uma variante de Catanduva: é uma velhinha de chinelos, que aparece quando a gente se deita com o estômago cheio. Surge, arrastando os chinelos, sobe em cima do estômago, onde fica sapateando e fazendo toda a sorte de malabarismos. Quando a gente acorda, ela desaparece.

Caminhão-fantasma – Em Pouso Alto, no município de Itapeva, um motorista de caminhão que transportava cal, altas horas da noite, viu ao longe dois faróis de um outro caminhão. Como a estrada era muito estreita, afastou-se o mais que pôde, a fim de dar passagem, mas logo não viu mais nada. Entretanto, depois enxergou novamente o outro Caminhão-fantasma, no alto de um morro, muito distante. Segundo o nosso informante, o fato se repete sempre naquela localidade.

Homem da Ponte – Na estrada da fazenda "Vai-e-Vem", a alguns quilômetros da cidade de Santo Anastácio, passa um córrego, em cuja ponte aparece nas noites de sexta-feira um homem de grande chapéu de abas largas, assassinado há muitos anos naquele mesmo lugar. Ele costuma sentar-se na ponte, com o fim de assustar os transeuntes. Muitas pessoas já tiveram oportunidade de ver o Homem da Ponte.

LENDAS

Explicação: no sentido restrito a palavra *lenda* indica a história da vida dos santos e de homens e mulheres consagrados nas diversas religiões. Van Gennep define como narração localizada, individualizada e objeto de crença, julgando que o traço religioso é a sua constante. A lenda, escreve Stith Thompson, dá a entender que relata acontecimentos que se passaram em certo tempo e lugar, isto é, fatos supostamente históricos. Exemplos:

O amor-perfeito

Costuma-se dizer que nos seus primeiros dias de existência, o amor-perfeito tinha aroma suave e delicado como o de sua irmã, a violeta. Crescia no campo entre outras plantas e era muito procurado pelas lindas cores e esplêndido perfume. As outras plantas ficavam sempre perdidas por serem pisadas por aqueles que iam procurar a bela flor. As plantações de algodão, por exemplo, estragavam-se e a colheita era escassa. Isso afligiu muito a flor e, num dia de primavera, ela pediu à Santíssima Trindade que a privasse do seu suave perfume, porque não queria que por sua culpa se perdessem as colheitas. A súplica foi atendida, a flor perdeu o aroma e desde então a chamam de *planta da trindade* ou *trinitária*. (Recolhida em Presidente Prudente, em 1959.)

Jesus e o tatu

O tatu é conhecido como animal que não tem compaixão por ninguém. Jesus quis então ver se era verdade. Transformou-se num menino pobre e começou a chorar numa manhã de frio, junto à casa onde morava um tatu.

O tatu, ao sair, viu o menino tremendo de frio e fingiu não enxergá-lo. Apressou até o passo, com medo que o menino lhe pedisse alguma coisa. Quando voltou para casa, Jesus, disfarçado de menino, disse ao tatu: "Senhor tatu, tenho frio." O tatu mandou que ele corresse para esquentar. Jesus disse que a noite já vinha chegando e a chuva estava forte. O tatu mandou que fizesse um buraco para se abrigar.

O menino, que era Jesus, disse que não tinha força, pois não tinha comido naquele dia. E perguntou por que o tatu não lhe dava a metade do seu abrigo como o Senhor mandava, já que Deus tinha lhe dado um lindo poncho e unhas para que ele construísse sua casa.

O tatu disse que agradecia muito a Deus por lhe ter dado tudo isso, mas não iria rasgar o seu poncho para dar metade a um vagabundo.

Dizendo isso, o tatu retirou-se para sua cova.

Jesus então falou que jamais sairia do corpo do tatu o poncho que possuía, ainda que fizesse calor. E até hoje, quando o homem assa o tatu, para comê-lo, não lhe tira o casco. (Recolhida no bairro do Brás, São Paulo, em 1959.)

ESTÓRIA, CAUSO, CONTO FOLCLÓRICO

Explicação: relato oral e tradicional de contornos verossímeis e também ocorrendo dentro do maravilhoso e sobrenatural. Pode mencionar um traço de atuação constante e fatos possíveis, como também se referir a episódios com abstração histórico-geográfica. Às vezes, relacionando mitos e lendas, confunde-se com esses outros fatos folclóricos. Exemplo:

A baleia, o leão e o sapo

Tinha o leão, o leão, não é, e a baleia, um bichão, rei dos bicho. Intão o leão querendo fuzilá com a baleia, né. Chegava assim numa itapeva numa itapecerica, tava aquele costão boiando. E tinha o sapo, o sapo sempre vitorioso na proposta dele, sapinho piquinininho assim. Ixistia nessa floresta. Então, aí o sapo conhecia onde habitava, passava o leão e onde tomava sol a baleia. Diz o sapo: – Ai, eu vô matá esses dois miserave. Vô matá. – O' leão, bom dia. – Bom dia, que veio fazê aqui? – Que veio fazê aqui? Eu venho fazê uma proposta com você. – Mais que proposta você qué fazê? – Uma aposta, uma aposta portanto. Cabia dinhêro, cabia dinhêro nela, lá. – Você qué apostá comigo como eu te ponho no mar? – Sai, daí pra fora, pois um bicho que nem eu, o rei dos animar, você vem cum isso aqui, sai sai, sai daí, hein! – Ah, você num qué fazê a aposta, quem sai perdendo é você. Aí apostô. O leão: – Vamo apostá. Chegô lá em baixo, estava a baleia, né, que é o rei dos peixes. Diz: – Baleia, qué fazê uma aposta comigo? O sapinho pequeno, na berada da itapeva. – Que, qual é o você fazê cumigo sapo. – Você qué apostá que eu te ponho dessa itapeva lá em cima, no seco? – Não, eu sô o rei dos peixes, você vai fazê isso? – Qué apostá, vamo. – Então vamo, vamo vê. Diz o sapo: – Intão, amanhã, às dez horas do dia, eu estou aqui. Aí, feis essa proposta para o leão também. Chegô lá com a sapaiada, com a saparia, com sapaiada toda, combinô-se e arranjaro uma corrente boa, num ai, arrastano como Deus ajudô a eles. Chegô lá, estava o leão, com aquele peso feio, né. – Leão, tá na hora. O sapo: – Tá na hora. Diz o Leão: – Tá bom. Intão te abaixa que eu quero passá esta corrente na tua barrigueira, prá vê se eu te ponho na água ou não te ponho, né. O leão abaixô-se e deixô por conta do sapinho, do sapinho, né. O sapinho tarrachô aquilo. Tarrachô e foi arrastano, chegô lá. – Baleia, tá na hora, de você querê o aposto. Diz à baleia: – Como, levanta o rabo, a cauda, que eu quero passá essa corrente. Passô. Passô i: – Olha, quando eu dé um assobio é hora da força. Eu vô lá pra cima forcejá, hein, baleia. E tenho que dá um assobio pra você sabê. Foi indo, e disse pro leão a mesma coisa. Diz: – Olha, eu vou forcejá pá te pô no má; eu tenho que dá um assobio, hein. O leão não sabia que era a baleia, pois os dois animar era possante. Não sabia que era a baleia e nem o leão. Chegô no meio da estrada assim, deu um assobio; o leão forcejou, foi indo. A baleia sentiu a força do leão. Forcejou, o leão foi sentindo força, foi sentindo força e foi abrindo aquelas pata e foi indo, enterrou na terra e rolou prá baxo, arrastano barro, arrastano tudo, né. E a baleia também, danada; o leão criou força e foi arrastano a baleia, foi, foi, foi que encostou na pedra e a baleia: – Que tou, tou perdido. Vô por cima da pedra mêmo. E aguenta daqui, aguenta dali, rebenta a corrente. O leão cai com'morto. E lá foi o sapinho: – Leão tá cansado assim. Diz o leão:

– Oi, sai, daí prá fora. – Ô, ainda não dei a metade da força. Foi lá correndo, tava a baleia de barriga pra cima, tomando aquele fôlego. E o sapo: – Qué isso? T'és tonta, baleia. – I, mas foi você, diz a baleia. – Fui eu, diz o sapo. Não dei nem a metade da força que eu tenho. Diz a baleia: – Sai, sai daí pra fora, que tu és mais poderoso que todos.

(Esta estória foi contada por João Alfaia e gravada pela Comissão Paulista de Folclore em Cabelo Gordo, município de São Sebastião, litoral norte de São Paulo, em janeiro de 1960. Como é aconselhável, conservou-se no registro a linguagem do contador.)

Anedota

Explicação: relato sintético de uma aventura, cujas características principais se acham na sua comicidade e na inesperabilidade do desfecho. Exemplos:

Festa no céu

Houve uma festa no céu e os bichos foram todos para lá. Quando ia começar, eles notaram a falta da orquestra. Sortearam então o bicho que deveria ir buscar a orquestra e a sorte caiu na preguiça. Passou um dia inteiro e nada da preguiça voltar. No segundo dia, já preocupados, os bichos perguntavam: "Será que ela não volta?" No terceiro, indagavam: "Será que ela morreu?" No quarto, quando estavam desesperados com a demora, a preguiça apareceu e falou: – Vocês ficam falando tanto, que aí que eu não vou mesmo! (São Simão, São Paulo, 1959.)

Voluntários

Um oficial pede voluntários para uma missão perigosa.
– Quem me acompanha dê um passo à frente!

E ao ver que um soldado dá um passo para trás, explica, encolerizado:

– Eu mandei dar um passo para a frente!

O soldado, percebendo que a coisa era com ele, declarou:

– Eu sei, seu tenente, mas estou abrindo caminho para os voluntários. (São Paulo, 1957.)

Taco fogo

Ia haver uma festa no arraial e um caipira foi pedir ao delegado a licença pra poder fazer a festa. O delegado, então, negou-lhe, dizendo: – Não dô a licença porque sempre dá briga na festa.

E o caipira comentou: – Eu garanto que não dá briga não, dotô, porque o primêro que brigá eu taco fogo. (Taubaté, São Paulo, 1955.)

Bibliografia

CASCUDO, Luiz da Câmara. *Dicionário do folclore brasileiro*. 3ª ed. Rio de Janeiro, Instituto Nacional do Livro.

——. "Literatura oral", in *História da literatura brasileira*. Rio de Janeiro, José Olympio, 1952, v. VI.

A PESQUISA

Pesquisa folclórica é a observação controlada, sistemática, dos fatos folclóricos. Acompanhada de anotações e colheita ou registros mecânicos, esta observação pode ser feita de duas maneiras: indireta e diretamente.

Pesquisa indireta

Neste caso, o investigador procura obter dados sobre o objeto de seu estudo através de informantes e mesmo da história escrita, da literatura, de desenhos, gravuras e afrescos. Em geral, a pesquisa indireta se exercita, escreve Oswaldo R. Cabral, com a utilização de um maior número de depoimentos de testemunhas, que tenham participado, apreciado, visto ou sabido de um fato. "O testemunho do maior número é sempre o desejável, para a obtenção de uma exatidão maior", acrescenta o folclorista catarinense.

Pesquisa direta

Esta se caracteriza por apresentar o próprio pesquisador a observar o fenômeno. Neste tipo de pesquisa, como também na indireta, por meio de pessoas que mais conhecem o fato a ser estudado, o folclorista deve delimitar o campo de ação tanto no tempo como no espaço. Em função do que pretende estudar, escolhe a coletividade e a época em que será feita a observação. A seguir, passa a observar o fenômeno, acontecimento ou aspecto em que se encontra interessado, durante o período contínuo de tempo necessário para poder apreendê-lo.

Na pesquisa de determinado grupo social ou comunidade, o pesquisador, antes de entrar em ação, deve reunir todas as informações possíveis, para que descubra um papel e uma posição que o deixe à vontade diante dos investigadores e vice-versa. Estas informações poderão lhe indicar se deverá ou não revelar, desde o início, suas intenções de pesquisador; tomar notas e fazer registros abertamente ou adotar um pretexto – atividade ocupacional, necessidade de repouso, férias, turismo etc. – para justificar sua presença na coletividade. "Quando não forem possíveis estas informações, deverá iniciar a pesquisa com uma fase informal, sem anotações ostensivas e aos poucos ele descobrirá a conveniência ou não destas."

OBSERVADOR PARTICIPANTE

Para bem poder realizar a observação, o ideal é que o investigador se transforme em um observador participante, isto é, que se integre ao meio onde vai estudar o folclore.

Pauline V. Young acha que o grupo deve se acostumar com o pesquisador "até que o aceite cordialmente e o incorpore mais ou menos como um seu membro". Muito útil, registra Edison Carneiro, será a pesquisa se, através da sua atitude respeitosa e cordial, o observador chegar a ser considerado "pessoa de casa", a quem todos, voluntariamente, prestem informações ou façam confidências. Com razão, diz Oswaldo R. Cabral: "Sem uma relativa intimidade, sem esta identificação com o grupo social, toda observação será incompleta e imperfeita."

À procura dessa integração, Paul Sébillot costumava oferecer aos camponeses do meio que estudava porções de tabaco e peixe. E nós, com essa mesma finalidade, ao realizar pesquisas sobre danças do Estado de São Paulo, tratamos de aprender a dançar, bebeu e se alimentou com os dançadores, com eles convivendo longo tempo.

Processo de aprendizagem

Escreveram Lloyd Werner e Paul S. Lunt que a pesquisa é um processo de aprendizagem para o pesquisador. E nisso concordamos por duas razões: em primeiro lugar, porque a pesquisa é que lhe vai revelar os dados necessários para o seu trabalho; em segundo, porque a sua própria atitude ante os pesquisados deverá ser a de um aprendiz. Colocando-se na posição modesta de quem deseja aprender, o pesquisador manterá uma posição favorável para colher informações sobre alguns aspectos essenciais da organização social e da cultura.

Como aprendiz, por atitude e porque em muitos pontos o é, o pesquisador procurará se aproximar sempre dos melhores informantes, aqueles que sabem mais, o que só o tempo se incumbirá de lhe apontar. Não é possível, portanto, a realização de pesquisas mais ou menos completas em horas e dias, como muitos o fazem, dando a impressão de que o que desejam é recolher material para uma reportagem jornalística. Uma pesquisa só será bem-feita se não tivermos pressa, pois, às vezes, meses e anos de convivência com o grupo social nos esclarecem sobre uma porção de coisas que jamais poderíamos perceber em horas e dias.

Qualidades do pesquisador

O pesquisador deverá ser paciente, perseverante, honesto, atento e discreto. Paciente, porque nem sempre os fenômenos ocorrem como deseja ou espera e também em virtude de que o momento de realizar o registro, às vezes, é ocasional. Perseverante, por ter necessidade de insistir em seus propósitos, para que obtenha bons resultados. Honesto, porque só deve anotar o que vê e ouve e recolher as peças que realmente possuam valor folclórico. Atento, por depender a maior ou menor fidelidade de suas anotações e registros dessa qualidade. Discreto, porque o que interessa não são as suas opiniões e atitudes, mas as opiniões, atitudes e comportamento dos indivíduos que está investigando.

COLABORADORES DO PESQUISADOR

A fim de levar avante seu trabalho, o pesquisador necessita de colaboradores. Estes, porém, serão escolhidos com muito cuidado, dando-se-lhes uma boa orientação e fazendo-os compreender a utilidade e a importância do empreendimento. Entre os colaboradores do pesquisador de folclore, os melhores são os professores, os agentes de estatística, os entomologistas e os médicos, que são justamente aqueles profissionais que maior contato mantêm com as coletividades rurais e urbanas. Os professores primários e secundários, por exemplo, poderão dar ótima colaboração, realizando eles mesmos algumas coletas de informações com os seus alunos, depois de explicadas as diretrizes em que se deverão basear.

FATO FOLCLÓRICO, PARTE DE UM TODO

Aconselha Van Gennep que o pesquisador nunca considere os fatos folclóricos como se vivessem isolados uns dos outros e desligados do meio social em que são observados. A realidade nos convence de que eles são parte integrante de um conjunto completo e variável. E, por isso, o pesquisador é forçado, muitas vezes, a anotar diversos pormenores do fato em estudo, os quais, em outras condições, poderiam, também, servir de centro de indagação.

Interessado, por exemplo, na coreografia de um folguedo popular, deverá fazer menção à indumentária dos dançadores, aos instrumentos musicais acompanhantes, aos versos e melodias cantadas etc. E como não pode ignorar que o fato em estudo possui sempre íntimas relações com a coletividade em que funciona, o investigador tratará de descrevê-la, mesmo que de maneira sucinta.

ESTUDO FOLCLÓRICO DE COMUNIDADE

Considerando os fatos folclóricos como integrantes de um conjunto completo e variável, com relações e interdependências, e

Figureira de Pindamonhangaba, SP.

sempre como produtos criados ou adaptados por determinados agrupamentos sociais, aconselha-se, ao lado da investigação deste ou daquele fenômeno, a pesquisa folclórica de comunidades, como aliás já foi esboçada pela equipe da Comissão Paulista de Folclore, ao fazer o levantamento, isto é, a pesquisa no litoral norte de São Paulo: São Sebastião, Ilhabela, Ubatuba e Caraguatatuba, para a Campanha de Defesa do Folclore, do Ministério da Educação*. A comunidade como um todo orgânico de uma subárea cultural, estudada por inteiro no seu folclore, poderá não apenas oferecer uma autêntica mostra da subárea, mas também esclarecer o pesquisador para futuras investigações no mesmo local. Acreditamos que através da pesquisa folclórica de comunidades mais características, escolhidas com cuidado, poder-se-á ter uma visão exata do folclore de subáreas e posteriormente de uma área cultural, o que é mais difícil, trabalhoso e demorado de se obter por meio de investigação singular dos fenômenos do folclore.

FOLCLORE DO DIA-A-DIA

Em carta que escreveu ao autor, dizia Luiz da Câmara Cascudo a 26 de julho de 1967: "Folclore é uma exibição assistida pelo povo, mas não participada. Depois cada qual vai tratar da sua vida. As perguntas que recebo quase diariamente, os questionários nos currículos, a curiosidade imediata, total, incontida, é a respeito do COTIDIANO." E acrescentava: "O folclore, como tem sido entendido, é ludismo, literatura oral e lá uma vezinha, um pingo de artesanato. Precisávamos pôr a história da cultura popular, em sua totalidade, diante dos brasileiros que a vivem e a desconhecem." Nessa mesma carta, Câmara Cascudo usou a expressão "o todo-o-dia comum e obrigatório". Por essa atitude diante do folclore é que temos lutado, ultimamente, sugerindo nos cursos de nossos ex-alunos e alunos de hoje a pesquisa do dia-a-dia. O que predomina ainda, entre nós, é a atitude estética em relação ao folclore. Como cultura espontânea, este se acha muito mais perto de nós do que se

---

* Esta pesquisa foi posteriormente publicada na forma de livro: *O folclore do litoral norte de São Paulo*. Org. Rossini Tavares de Lima/MEC-SEAC-Funarte/Instituto Nacional do Folclore. São Paulo: Secretaria de Estado da Cultura/Universidade de Taubaté, 1981. (N. do R.T.)

Boi de Jacá. Carnaval de Pindamonhangaba, SP.

imagina. Desde o levantar até o dormir, vive-se grande parte na atmosfera da referida cultura. Não apenas no que se intitula usos e costumes, explicados nos ritos de passagem, mas em tudo o mais também: jeito de levantar da cama, maneira de se vestir, verificar o tempo, tomar café, ir ao trabalho, almoçar, jantar, conversar, contar casos, apreciar o que os outros fazem deste ou daquele jeito. É possível fazer importantes coletas de dados folclóricos no folclore do dia-a-dia, para o qual o autor chama a atenção do interessado no estudo.

A PESQUISA EM EQUIPE

O pesquisador sempre dá a maior autenticidade possível aos seus registros folclóricos. E para consegui-la, nada melhor do que a investigação direta realizada em equipe.

Quando os recolhedores são dois ou em maior número, já dizia Mário de Andrade, estabelece-se um policiamento natural, até mesmo uma espécie de rivalidade, que são utilíssimos. "Um recolhedor controla o outro e está sempre lhe cortando as asas por demais voláteis da interpretação ou da franca escamoteação da verdade."

Com excelentes resultados, coordenamos a equipe de três pesquisadores de folclore, dois folcmusicistas, fotógrafo e técnico de gravação, na pesquisa realizada no litoral norte de São Paulo. Inicialmente, os três citados pesquisadores de campo, de posse da orientação de como deveriam realizar a coleta de dados, cuidaram da localização dos fatos folclóricos que seriam investigados, seguindo indicações que possuía a Comissão de Folclore. E após a fase de contatos e esclarecimentos, toda a equipe passou a atuar na região, geralmente nas proximidades de sábados e domingos, feriados e dias de festa, ocasião favorável ao registro de fatos de maior interesse para o trabalho, que eram danças e folguedos.

O REGISTRO

Ao anotar os dados da pesquisa, o investigador não deve dar a menor impressão do que lhe causou tal ou qual fato, mas o descreverá como é ou se apresenta diante dele. Os fatos de transmissão oral serão registrados com a maior integridade verbal, rítmica ou melódica. Não poderão ser reconstruídos e nada o pesquisador lhes acrescentará, no caso de se encontrarem fragmentados.

A vendedora de bonecas de trapo. Taubaté, SP.

A fidelidade gráfica, escreveu Raffaele Corso, é o cânone elementar de todo etnógrafo. E à vista dessa regra, disse Max Muller em carta endereçada a Giuseppe Pitré: "Um homem que inventa uma novela e a publica como genuinamente folclórica deveria ser fuzilado."

Por isso, é sempre preferível que o pesquisador utilize, para os seus registros, o aparelhamento mecânico: o gravador de som, a máquina fotográfica e de filmagem.

DADOS DO FATO REGISTRADO

Cada fato folclórico recolhido deve ser acompanhado de certas informações, sem o que a coleta não terá valor.

Entre as informações a serem anotadas, pode-se sugerir:

1º) nome do fato no grupo observado;
2º) designação de suas diferentes partes, quando se tratar de fatos complexos;
3º) referência ao material de que é feito, tratando-se de fatos materiais;
4º) época do registro e idade do fato ou da técnica, na opinião do informante;
5º) pequena biografia do informante ou informantes.

PLANO DE PESQUISA

Nenhuma pesquisa será realizada sem um planejamento. Este tem início com a escolha do fato a ser estudado, de acordo com o método histórico-comparativo, geográfico, sociológico, funcional, visando a sua compreensão através do tempo em cotejos comparativos, posição no mapa folclórico da região, análise da coletividade, classes sociais e profissionais em que subsiste e a função que cumpre ou cumpriu para a satisfação de alguma necessidade.

Escolhido o fato que será investigado, o pesquisador procurará o campo onde vai exercer as suas atividades. A seguir, cuidará dos demais passos do plano, tendo em vista a natureza do fato, os recursos materiais de que dispõe, o pessoal e o tempo disponíveis.

Em nosso projeto para a pesquisa levada a efeito no litoral norte de São Paulo, esclarecemos que o objetivo principal do levantamento proposto era o da investigação, por meio de entrevistas, gravações, fotografias, filmagens e outros processos de registro, de danças e folguedos: fandango, chiba, caiapó, congada, boizinho, e também das folias de Reis e do Divino; o secundário era verificar a existência de outras danças e folguedos, estudo da cerâmica utilitária, figurativa e dos diferentes tipos de trançados, com possível utilização dos meios de registro anteriormente referidos, conforme o caso. Através desse trabalho de campo, esperávamos levantar o seguinte material: histórico dos fatos investigados; música vocal e instrumental, com os ritmos específicos; indumentária de dançadores; figurados de dança; instrumentos musicais e ainda a técnica na manufatura de figurinhas, potes, panelas e cuscuzeiros e dos mencionados trançados, além de aspectos da literatura folclórica.

O RELATÓRIO

No relato final ou relatório, o pesquisador terá em vista a linguagem, o título, a bibliografia, a exposição, a discussão e o sumário.

A linguagem será clara e precisa. Oracy Nogueira aconselha que se alternem períodos curtos e longos para diminuir a monotonia. O estilo, ensina Maurício Rocha e Silva, deve ser o mais didático possível, recordando o de uma aula ou o de uma comunicação científica.

O título, no dizer de Oracy Nogueira, será o mais conciso. "Não prometerá mais ao leitor do que o trabalho contém e nunca dará a impressão de que o autor atribuiu uma importância exagerada ao próprio estudo."

Na introdução, o pesquisador fará uma rápida exposição do problema a ser examinado. Na bibliografia, evitará o erro de omissão, como o da inclusão de trabalhos que nada têm a ver com o assunto. Na exposição, apresentará o resultado de seu estudo, sem pormenores ou descrições desnecessárias. Na discussão, cotejará os resultados a que chegou e os obtidos por outros autores; nesta parte, é um erro preencher falhas na observação, por um excesso de considerações teóricas. O sumário* oferecerá uma visão de conjunto do trabalho, destacando os aspectos que o pesquisador considera principais, a fim de facilitar a consulta e a avaliação prévia do conteúdo, pelos interessados.

---

* Atualmente, usa-se colocar o sumário nas páginas iniciais e não no final.

Redeira de Sorocaba junto ao tear.

Em nossa opinião, a sugerida investigação folclórica de comunidade – cujo aspecto importante é a exigência de pesquisa em equipe, por meio da qual se conseguirá, sem dúvida, sempre maior autenticidade nos registros – deve conter o histórico da comunidade e região investigadas, com seus aspectos sociais e geográficos; uma exposição de como se desenvolveu o trabalho e das conclusões a que se chegou em matéria de conhecimento em face da bibliografia e documentação existente; e apresentação dos dados levantados, com mapas, desenhos, esquemas explicativos, fotografias etc.

Bibliografia

CABRAL, Oswaldo R. *Cultura e folclore*. Comissão Catarinense de Folclore, 1954.

NOGUEIRA, Oracy. *Pesquisa social – introdução às suas técnicas*. 2ª ed. São Paulo, Nacional.

CARNEIRO, Edison. *Pesquisa de folclore*. Comissão Nacional de Folclore, 1955.

GENNEP, Arnold van. *Manuel de folklore français contemporain*. Paris, Auguste Picard, 1937-1958, 9 v.

CORSO, Raffaele. *Folklore*. Roma, 1923.

ENTREVISTA

A entrevista é o instrumento de trabalho que permite ao pesquisador obter informações que o interessam, fazendo ele mesmo perguntas diretas a informantes previamente escolhidos. A ela se deve recorrer, escreve Oracy Nogueira, sempre que se tem necessidade de dados que não podem ser encontrados em registros ou fontes documentárias e que se espera que alguém esteja em condições de prover. "Assim, se se trata de conhecer a atitude, preferência ou opinião de um indivíduo a respeito de determinado assunto, ninguém está mais em condições do que ele para dar tais informações. Somente em casos excepcionais tais dados podem ser fornecidos por terceiros ou encontrados em fontes documentárias."

Para a realização de uma boa entrevista – indispensável instrumento de trabalho do pesquisador de folclore –, é aconselhável que sejam obedecidas as seguintes regras gerais:

a) de preparação da entrevista

1º) estar familiarizado com o estudo de Folclore, e, quando existente, com a bibliografia relacionada ao assunto da entrevista;

2º) estudar e escrever as perguntas com antecedência;

3º) elaborar perguntas claras, precisas e de fácil compreensão;

4º) fazer apenas as perguntas necessárias, a fim de não cansar o entrevistado.

b) de execução da entrevista

1º) escolher o entrevistado entre os que mais conhecem o assunto;

2º) conquistar sua simpatia e confiança;

3º) esclarecê-lo sobre por que foi escolhido para ser entrevistado;

4º) não demonstrar sabedoria diante dele, tomando atitude professoral;

5º) ao fazer a pergunta, deixar que a responda livremente, até que esgote o assunto;

6º) tomar precauções para não sugerir a resposta e também para não ser ludibriado.

Ao aplicar a entrevista, o pesquisador não deverá se satisfazer com um pequeno número de informantes. Informações conseguidas em uma ou duas entrevistas jamais poderão levar o pesquisador a alguma conclusão. Por isso, estas serão em número razoável e tanto maior quanto for a variabilidade das informações obtidas.

Os dados da entrevista podem ser registrados em um formulário, no qual se encontram inscritas as perguntas preparadas anteriormente. Este, no dizer de Oracy Nogueira, é uma lista formal, catálogo ou inventário, destinado à coleta de informações resultantes quer da observação quer do interrogatório, cujo preenchimento é feito pelo próprio pesquisador ou mesmo pelo informante, sob a orientação daquele.

Entretanto, se há necessidade de muitas informações do entrevistado, aconselha-se, quando possível, a entrevista gravada. Esta já foi utilizada por nós com os melhores resultados, pesquisando as afinações de viola, o berimbau, a recomenda de almas, a folia de Reis etc. Tem a vantagem de recolher na íntegra as longas respostas do entrevistado, possibilitando que sejam analisadas, com maior atenção, fora do campo da pesquisa.

Encerrando este capítulo, como exemplo, apresentamos a lista de perguntas, fixadas nos formulários, para a coleta de material, na pesquisa do litoral norte de São Paulo em 1959-1960*.

Danças (manifestações coreográficas das coletividades rurais e urbanas, realizadas por ocasião de festas no interior das casas ou nos terreiros; no geral, são quase todas tradicionais, e não vivem à custa da moda, razão de ser chamadas danças de salão. Exemplos: fandango, chiba, jongo, cateretê, cana-verde, ciranda ou cirandinha, dança de São Gonçalo etc.)

1 – Explicação popular da origem.
2 – Nome e por que tem esse nome.
3 – Se é dança de terreiro ou de dentro de casa.
4 – Descrever o lugar onde é realizada.
5 – Quando se costuma dançá-la.
6 – Se é dança dos dois sexos ou apenas de homem. Verificar a razão.
7 – Número de dançadores.
8 – Indumentária especial e demais pertences dos dançadores.
9 – Como principia e termina.
10 – Diferentes partes ou figurados (fazer esquemas explicativos).
11 – Dizer se há chefes de dança e como são chamados.
12 – Descrever os instrumentos acompanhantes: nomes e partes.
13 – Explicar como é realizado o canto e como este se chama.
14 – Investigar há quanto tempo a dança é conhecida.
15 – Nome e pequena biografia dos informantes.

Para o fandango, juntar mais as seguintes:
1 – Como é definido.
2 – Se se conhece a divisão de fandango rufado ou batido, bailado ou valsado e rufado-bailado.

---

* Mas que continuam válidas na atualidade. (N. do R.T.)

3 – Quais as danças que se incluem nas diferentes divisões.
4 – Se outrora o fandango apresentava mais danças e quais.
5 – Verificar as danças de bate-pé e palmas.
6 – Indagar se o recortado é o fecho do fandango.
7 – Se este é integrado pela cana-verde e o chiba.
8 – Perguntar das danças em que os homens usam tamancos.

Folguedos populares (todo fato folclórico dramático, coletivo e com estruturação. É dramático não só no sentido de ser uma representação teatral, mas também por apresentar um elemento especificamente espetacular, constituído pelo cortejo, sua organização, danças e cantorias. É coletivo por ser de aceitação integral de um agrupamento social; e com estruturação, porque através da reunião de seus participantes, dos ensaios periódicos, adquire uma certa estratificação. Os folguedos populares têm por cenário as ruas e praças públicas de nossas cidades, principalmente nos dias de festas locais. Exemplos: congadas, caiapó, boizinho, vilão, dança de velhos etc.)

1 – Explicação popular da origem.
2 – Nome e por que tem esse nome.
3 – Designação própria do grupo.
4 – Onde é realizado e quando.
5 – Número de participantes.
6 – Vestes da cabeça aos pés e demais pertences dos integrantes.
7 – Principais personagens com os nomes e funções.
8 – Significação e descrição da bandeira ou estandarte.
9 – Descrever os instrumentos acompanhantes: nomes e partes.
10 – Diferentes figurados ou partes do folguedo.
11 – Formação do grupo em desfile pelas ruas.
12 – Explicação sintética da *embaixada* (especialmente, da congada; depois, obter todo o documento).
13 – Descrever a coreografia, com esquemas explicativos.
14 – Dizer como é realizado o canto e como se chama.

15 – Verificar há quanto tempo é conhecido o folguedo.
16 – Nome e pequena biografia dos informantes.

Grupos religiosos (grupos de instrumentistas e cantadores, que entoam versos especialmente de assunto religioso. Exemplo: folia de Reis, folia do Divino e recomenda de almas)
 1 – Explicação popular da origem.
 2 – Nome e por que tem esse nome.
 3 – Principais figurantes e funções (tipe, tala, contrato).
 4 – Período e dias em que se apresentam.
 5 – Onde e como funcionam.
 6 – Como é o princípio e o término.
 7 – Partes em que se dividem os cantos.
 8 – Designação das músicas que cantam.
 9 – Descrição dos instrumentos musicais acompanhantes (verificar se aparece o "berra-boi" na recomenda).
 10 – Significação e descrição da bandeira ou estandarte.
 11 – Formação do grupo quando a caminho e quando se apresenta.
 12 – Investigar a razão de ser dos palhaços nas folias de Reis.
 13 – Verificar o aparecimento ou não de mulheres e crianças, explicando o porquê desse aparecimento ou desaparecimento.
 14 – Nome e pequena biografia dos informantes.

Trançados (material: cipó, imbê, timbupeva, embira de embaúva, tucum, bambu, taboa, couro, palha de milho etc.)
 1 – Quando e como aprendeu a fazer.
 2 – Material que usa e como obtém e prepara.
 3 – Descrição pormenorizada da técnica de feitura, inclusive com desenhos.
 4 – Instrumentos usados no trabalho.
 5 – Utilidade do trançado (fazer esteira, redes, cestas).
 6 – Descrição das peças confeccionadas.
 7 – Período em que o artesão trabalha.

8 – Média da produção mensal ou periódica.
9 – Preço de cada peça.
10 – Referência ao mercado de consumo.
11 – Caso tenha abandonado o trabalho, investigar a razão.
12 – Biografia dos artesãos.

Cerâmica utilitária e figurativa
1 – Quando e como aprendeu a fazer.
2 – Tipo de barro que usa, como obtém e prepara.
3 – Da facilidade ou dificuldade de obtenção do barro.
4 – Descrição pormenorizada da técnica de feitura.
5 – Instrumentos usados no trabalho.
6 – Indicação das peças usualmente feitas.
7 – Descrição dessas peças com desenhos, esquemas.
8 – Verificar se as peças são secas ou vão ao forno.
9 – Caso haja, como é construído o forno.
10 – Tempo de duração do cozimento.
11 – Se há pintura, com o que as peças são pintadas.
12 – Quais os motivos ornamentais da pintura.
13 – Média de produção mensal ou periódica.
14 – Se as peças são vendidas no domicílio, feira ou mercado.
15 – Preço que cobra por unidade em casa, feira ou mercado.
16 – Se faz miniaturas e como as chama (miuçalha?).
17 – Caso tenha abandonado o trabalho, verificar a razão.
18 – Biografia dos ceramistas.
Nota – Os informantes de danças e folguedos devem ser integrantes destes e considerados pelos companheiros como conhecedores do assunto. Os pesquisadores devem sugerir no formulário as peças que na sua opinião aconselham que sejam adquiridas.

Música folclórica (é a música espontânea, que se transmite oralmente; possui uma função de acordo com os interesses de vida da comunidade em que existe e caracteriza-se pela aceitação coletiva

Artesã de cerâmica utilitária. Sorocaba, SP.

também espontânea. Exemplos: moda-de-viola, pregões, dorme-nenês, rodas infantis, cantos e toques de várias danças e folguedos).

Da música vocal
1 – Nome particular no lugar que está sendo investigada.
2 – Há quanto tempo, como e onde conheceu o cantor.
3 – Como se denominam as vozes (tipo, contrato etc.).
4 – Se foi criada pelo cantor ou é mera adaptação de canto conhecido.
5 – Se é solista ou realizada por voz principal, com acompanhamento de uma outra ou mesmo de outras, nota por nota.
6 – Se é coral, executada em uníssono ou a várias vozes, nota por nota ou com melodias diversas, por quantas pessoas.
7 – Quem determina e como é determinado o princípio e o encerramento.
8 – Seu andamento de acordo com o metrônomo e os seus sons fixos, segundo o diapasão.
9 – Assunto da poesia que a acompanha e o que expressam as palavras mais raramente usadas ou desconhecidas do investigador.
10 – Como os versos são adaptados à melodia e se cada sílaba corresponde a uma nota ou a várias notas.
11 – Estrutura da poesia, dos versos e como são feitas as rimas, caso existam (exemplo: quadrinhas, versos setissilábicos, rimas alternadas, fixas ou não).
12 – O que é mais importante: a melodia ou o texto literário, isto é, a poesia.
13 – Se a música é religiosa, o que a caracteriza, as palavras ou a melodia.
14 – Pequena biografia do cantor.

Da música instrumental
1 – Número de instrumentos que fazem o acompanhamento e dimensões de cada espécie.

2 – Da razão de dois ou mais instrumentos da mesma espécie serem construídos de forma e dimensões diferentes.
3 – Se antigamente havia outros instrumentos, quais eram e por que não se usam mais.
4 – Se os instrumentos possuem nomes próprios de coisas ou pessoas (*Sete-léguas*, Ferrabrás etc.).
5 – Se há instrumentos sagrados e se estes passaram por alguma cerimônia religiosa, como o batismo, e se podem ser executados por qualquer pessoa.
6 – Se há instrumentos raros ou desconhecidos: como vieram para o agrupamento, quais as origens, se existem em outro lugar.
7 – Para a execução, como são organizados os instrumentos (as violas, na frente; tambores, atrás etc.).
8 – Se os instrumentos são feitos pelas pessoas do grupo, foram adquiridos de artesãos populares ou em casas comerciais.

Particularidade de cada espécie de instrumento
I – Membranofones e idiofones (caixas, reco-recos etc.):
   1 – Nome do instrumento e de cada uma de suas partes (aro, pele, barriga etc.).
   2 – Material usado na feitura e se pode ser usado outro material.
   3 – Como é feito e se é possível fazê-lo de outra maneira.
   4 – Como é executado; sua função e importância no grupo.
   5 – Posição do instrumento e do instrumentista no momento da execução.
   6 – Quanto tempo o executante levou para aprender a tocar corretamente o instrumento; toques que conhece e seus respectivos nomes.

7 – Se o executante toca outros instrumentos e quais.

8 – Se costuma *afinar* o instrumento e o que faz para *afiná-lo* (ex.: tambor, colocá-lo ao pé do fogo).

9 – Se o instrumento é pintado para ficar mais bonito, vedar a saída do ar, conservar a madeira ou por motivos religiosos.

10 – Significação das diferentes cores na pintura do instrumento.

11 – Biografia dos instrumentistas, em síntese.

II – Cordofones (violas, rabecas etc.):

1 – Verificar as sete primeiras indicações referentes aos membranofones e idiofones.

2 – Número de cordas e se este foi sempre o mesmo.

3 – Nome próprio das cordas, além dos nomes musicais: dó, ré, mi etc.

4 – Como são afinadas as cordas, onde o instrumentista aprendeu a afiná-las e há quanto tempo.

5 – Se conhece outras afinações de cordas.

6 – O que o executante entende por mudança de posição ou postura.

7 – Se conhece várias posições e posturas e qual o resultado das mesmas.

8 – Quais os acordes executados nesta ou naquela posição ou afinação (da viola, cavaquinho etc.).

9 – Se o instrumento é usado para fazer melodias, quando e como estas se chamam.

10 – Significação das expressões *ponteado*, *rasqueado*, *rojão* ou *rajão*.

11 – Se o acompanhamento é feito apenas com o rasqueado ou se é costume usar neste o ponteado e quando.

12 – Pequena biografia do instrumentista.

III – Aerofones (flauta de taquara, pios, assobios etc.):
  1 – Verificar as sete primeiras indicações referentes aos membranofones e idiofones.
  2 – Série de sons que possam formar escalas.
  3 – Intensidade do instrumento em relação ao conjunto.
  4 – Se as escalas que produz têm nome e qual a razão desses nomes.
  5 – Biografia dos instrumentistas em síntese.

Ritmos: anotar o esquema rítmico de cada instrumento que possa ser uma constância; as variações rítmicas de cada instrumento, dentro de uma fórmula fundamental; diversos ritmos executados ao mesmo tempo.

Gravações: gravar uma, duas, três vezes a melodia entoada no máximo por dois cantadores, para depois gravar todo o conjunto vocal; gravar cada toque instrumental, para, a seguir, gravar o do conjunto de todos os instrumentos (repetir isso uma, duas, três vezes); afinal, gravar o canto folclórico, solista ou coral, com acompanhamento de todos os instrumentos.

Bibliografia

NOGUEIRA, Oracy. *Pesquisa social – introdução às suas técnicas*. 2ª ed. São Paulo, Nacional.

QUESTIONÁRIO

Para levantar uma grande quantidade de informações e inclusive receber indicações para futuras pesquisas, o pesquisador de folclore pode usar o questionário. Este compreende uma série de perguntas que o pesquisador envia aos informantes a fim de que estes as respondam sem a sua assistência ou orientação direta.

Em geral, para organizá-lo, o pesquisador deve obedecer às regras seguintes:

1º) não fazer perguntas minuciosas;
2º) não fazer perguntas longas;
3º) fazer o menor número possível de perguntas;
4º) evitar as perguntas que insinuem a resposta;
5º) fazer perguntas que possam ser respondidas pelo informante menos inteligente;
6º) instruir o informante de como deve responder às perguntas, podendo mesmo dar-lhe o exemplo de um questionário já preenchido.

Dentro dessa orientação, o autor organizou e aplicou, com algum resultado, um questionário relativo a festas religiosas do Estado de São Paulo. Eis o questionário:

Festas do Estado de São Paulo

1 – Quais as festas mais importantes da cidade e arredores?
....
....

2 – Quais as festas que se realizam em data fixa e qual a duração?
....
....

3 – Quais as festas que se realizam em data variável e qual a duração?
....
....

4 – Quais as festas desaparecidas?
....
....

5 – Por que não se realizam mais?
....
....

6 – Quais as festas em que é costume imprimir programas?
....
....

Nome do informante:
....

Endereço:
....
....

Instruções

No espaço da primeira pergunta, o informante deve mencionar as principais festas da cidade, para depois enumerar as dos arredores, colocando o nome dos arredores entre parênteses, como por exemplo: festa de Santa Catarina (Vila Sapucaia); no segundo espaço, dará o nome da festa, os dias e o mês em que se realiza, como por exemplo: festa do Divino (de 18 a 25 de dezembro); no terceiro espaço, dirá o nome da festa, o número de dias e os meses em que, geralmente, é realizada, como por exemplo: festa de São Roque (oito dias, em geral nos meses de maio e junho); no quarto espaço, enumerará as festas que não são mais realizadas e o foram outrora; no sexto espaço, indicará as festas em que se costumam imprimir programas para distribuição entre o povo.

É FAVOR ENVIAR-NOS PROGRAMAS, FOLHETOS E LIVROS REFERENTES ÀS FESTAS OU PELO MENOS DIZER COMO E ONDE PODEREMOS ADQUIRI-LOS.

Este questionário foi enviado a prefeitos e diretores de grupos escolares do Estado de São Paulo, acompanhado de uma carta pessoal, com envelope selado para a resposta, contendo um pedido claro e incisivo, de maneira a despertar nos que o recebessem o desejo de cooperar no levantamento desses dados. E quando a resposta demorou a chegar, tratou-se de remeter outro e mais outro questionário, sempre acompanhado de carta pessoal, mostrando a importância das informações solicitadas para o trabalho que se pretendia realizar.

Entretanto, apesar da insistência, houve casos em que, depois da quinta carta, ainda não vinha resposta. E por isso o levantamento continua incompleto, mas com um razoável material, que jamais se conseguiria sem aplicar o questionário.

Também usamos, em 1950, o questionário para a verificação das principais danças e folguedos do passado e da atualidade, no Estado de São Paulo. E com a resposta de oitenta e sete municípios, pudemos constatar a existência das seguintes danças e folguedos, no território paulista: cateretê ou catira, cana-verde, congada, dança de São Gonçalo, cururu, moçambique, samba de bumbo, fandango, samba de lenço ou samba-lenço, dança de Santa Cruz, jongo, batuque ou tambu, caiapó.

Afinal, com o objetivo de receber indicações para a coleta de material para a Exposição Interamericana de Artes e Técnicas Populares, do IV Centenário de São Paulo, a Comissão Paulista de Folclore utilizou este pequeno questionário, que foi enviado aos prefeitos paulistas, o qual elucidou sobre vários fatos do folclore de São Paulo:

"Encontrando-se essa Comissão encarregada, oficialmente, de realizar, em 1954, uma exposição e festejos folclóricos, que terão o patrocínio da Comissão do IV Centenário de São Paulo, solicitamos o auxílio de V. Sa., no sentido de que essa cidade participe das referidas manifestações.

O 2 de julho é a maior festa cívico-folclórica do Brasil. Comemora a libertação da cidade de Salvador, Bahia, que até esse dia, no ano de 1823, encontrava-se sob o domínio de Portugal. Tendo o caboclo como símbolo dessa libertação, há desfile alegórico, que passa pela Praça da Sé, onde foi feita a foto.

Para que se efetive este nosso desejo, entretanto, há necessidade de que, desde já, V. Sa. realize um inquérito na cidade e arredores (sítios e vilas), respondendo-nos com a necessária urgência as seguintes perguntas:

1º) Há pessoas do povo que fazem, à mão, panelas, potes, vasos etc., de barro?

2º) Há pessoas que fazem do mesmo material pitos, bonecos, santos ou figuras de presépio?

3º) Há pessoas que fazem, à mão, trabalhos de madeira, bonecos, figuras, santos, cabos de relho, gamelas, pilões?

4º) Há quem trabalhe, à mão, em cestos, esteiras, chapéus de palha, abanos etc.?

5º) Há quem faça, à mão, violas, rabecas e outros instrumentos musicais (caixas, bumbos, flautas de taquara, pios)?

6º) Há quem trabalhe do mesmo modo em tecido para roupa, colchas, redes e peças de roupa de roceiros?

7º) Quais as mais importantes festas tradicionais da cidade e redondezas?

8º) Quais as danças e folguedos da cidade, vilas e sítios, que poderiam participar do nosso festejo (jongo, folia de Reis, cana-verde, fandango, moçambique, congada, cururu etc.).

Na expectativa de que V. Sa. nos envie a resposta com o nome das pessoas, o que fazem e os locais em que trabalham, além de outros esclarecimentos, que se tornarem necessários, aproveitamos a oportunidade para lhe enviar os protestos da mais alta estima e consideração."

Graças ao emprego desse questionário, os estudiosos ficaram conhecendo a cerâmica utilitária de Apiaí, as folias de Reis da Alta Paulista, as redeiras de Sorocaba etc.

Ultimamente, utilizamos novo questionário com o auxílio de nossos alunos. Os objetivos eram coletar dados relativos às expressões populares, folclóricas, das *festas cíclicas* (Carnaval, Semana Santa, Festa de Maio, São João, Natal), *festas de data fixa* (Santos Reis – 6 de janeiro; São Sebastião – 20 de janeiro; São José – 19 de março;

*Fazendo gamelas.
Sorocaba, SP.*

São Jorge – 23 de abril; Bom Jesus – 6 de agosto), *festas de data variável* (Divino, São Benedito, Nossa Senhora do Rosário). *Religião e crendices*, relativo a manifestações religiosas afro-brasileiras (umbanda, candomblé, xangô etc.), romarias, procissões famosas, salas de milagres de igrejas e capelas. E ainda *danças, folguedos populares, arte e artesanato, comidas e bebidas*. Os alunos, organizados em equipes, ficaram encarregados de entrar em contato com diferentes regiões brasileiras, enviando correspondência às autoridades ou representantes credenciados e mesmo a informantes, que poderiam merecer crédito. Individualmente também ficaram com a incumbência de enviar o questionário às 574* cidades paulistas, no período de quatro meses.

Na base da deficiente documentação atual do folclore brasileiro e paulista, o resultado da aplicação desse questionário foi melhor do que se poderia esperar. Muitos dados novos foram levantados, principalmente sobre festas, danças e folguedos populares de São Paulo e do Brasil.

---

* Dados da década de 1950. (N. do R.T.)

HISTÓRIA DE VIDA E DIA-A-DIA

No primeiro período dos trabalhos de classe, exigimos dos alunos um trabalho de treinamento na observação de folclore e de coleta de dados folclóricos. Esse trabalho compreende a história de vida do aluno e o que se determinou chamar de folclore do dia-a-dia. Em ambos o interesse deve se dirigir para manifestações folclóricas bem diversificadas, dentro do contexto social, no passado e no presente. A história de vida é um relatório de lembranças folclóricas, ou, melhor dizendo, das marcas folclóricas da personalidade do aluno, desde os tempos de criança até a idade atual. Essas marcas serão consideradas na vivência com avós, pais, parentes, empregados e acrescidas de explicações sucintas relacionadas à nacionalidade, profissão, posição social, lugares em que viveram, no período que compreende o relatório. A parte do folclore do dia-a-dia inclui observações e anotações relativas à expressão folclórica atual do grupo social em que vive o aluno, considerando seu grupo o constituído pelos pais, parentes, amigos, colegas, serviçais etc. A propósito, é bom sublinhar que todos possuímos uma feição folclórica em nossa personalidade cultural, menos ou mais pronunciada.

Estimulando a atividade dos alunos, nesse sentido, temos recebido numerosos trabalhos de folclore de grupo, geralmente da classe média. Dos trabalhos recebidos no início da década de 70, eis alguns exemplos, em breves sínteses.

Inicialmente, vejam-se os dados de trabalho de aluna, cuja família vive no Brasil há vinte e cinco anos. Tem ascendência letã, russa, iugoslava e até egípcia. Conta que costumam festejar o dia do santo do nome; que as crianças recebem presentes – chocolate, frutas, balas, doces – no dia de São Nicolau, 6 de dezembro. Nesse dia e antes do ano-novo fazem sorte na banheira com água. Jogam papeizinhos com as palavras *sorte, casamento, separação*, e fixam uma vela dentro da casca de noz, a representar um barquinho. Aí fica-se observando em que palavra ele vai parar. E acrescentou a aluna que isso deu certo com a sua mãe. Lembra que conheceu e brincou de rodas e jogos brasileiros e que seu grupo possui superstições e crendices idênticas às nossas.

Agora, uma jovem de vinte e cinco anos, paulistana e descendente de italianos. Viveu muito tempo na fazenda. Afirma que chegou a quebrar o braço e a perna brincando de perna-de-pau. Como via os colonos sempre com um raminho de capim na boca, fazia o mesmo. Tinha prazer em observá-los a mascar o fumo e alisar o cigarro de palha.

Uma outra nascida em Trás-os-Montes e casada com português diz que o prato predileto, na sua casa, é a lasanha. Na noite do ano-novo, em casa de sua amiga, costumam jogar prato velho contra a parede, para dar sorte. Nessa noite, usa peça de roupa nova, de preferência amarela, e atravessa o ano comendo uvas, em busca dos bons fados.

Aluna alemã de nascimento. Veio criancinha para o Brasil. O morador de São Vicente, onde residiu muito tempo, é chamado *calunga*. As velas da árvore de Natal deveriam ser de cera de abelhas. Papai Noel é São Nicolau, que vem dar presentes no dia 6 de dezembro. Na véspera coloca-se o sapato na soleira da porta. Lenda que contam na sua família: "Existiu, na Rússia, um bispo chamado Nicolau, que era muito rico. Quando sabia que uma moça ia ser vendida para casar, depositava na sua janela um saquinho com a soma estipulada, a fim de livrá-la do casamento." No dia de Natal, as empregadas jantam com sua família na mesa da sala.

Mocinha de 21 anos, ascendência italiana, paulistana. Sua mãe acendia palma benta, para Santa Bárbara, quando trovejava. Menina, brincou de amarelinha, pegador, queimada, lenço-atrás, cabra-cega e de falar na língua do "p": *Pvopcê pvai* etc. Participava de torneios de bilboquê.

Brasileiro de muitas gerações, originário do interior paulista. No banho, esfrega o corpo com bucha, para limpar melhor. Em sua casa, em São Paulo, todos os anos passa um bandeireiro do Divino, angariando donativos. Há pouco tempo, foi de sua casa à Penha, a pé, para cumprir promessa. Uma parente sugere a seguinte garrafada, para cura de reumatismo: 10 a 12 sementes de emburana e a mesma quantidade de sucupira. Partir as sementes ao meio e deixar em infusão, três ou quatro dias, no vinho branco licoroso.

Vinte e dois anos, natural de Curitiba, e tendo entre os ascendentes filhos da Ilha Brava, Cabo Verde, Bavária e Santa Catarina. Sua mãe foi chacareira na capital paranaense. Morou em Ponta Grossa e viu muito pano de parede, bordado em ponto de cruz, atrás do fogão de lenha ou da pia da cozinha, sempre limpíssimo e engomado. Diz que isso ocorria, especialmente, nas casas de alemães, poloneses e russos. Na sua casa fazem dois pratos da predileção de todos: cenoura com castanha-do-pará e pinhão ralado, com molho de tomate e queijo. Para adivinhar o futuro, verifica-se o significado das chapas dos carros: 00 – encontro; 11 – alegria; 22 – surpresa; 33 – feliz encontro; 44 – noivado; 55 – ele me ama; 66 – carta; 77 – ele me odeia; 88 – beijo; 99 – casamento. Claro, observando o final e o significado, vale para quem vê em primeiro lugar.

Israelita de origem russa. Nasceu no interior paulista num dia 13 de agosto. Inventava, por isso, que havia nascido a 12, porque considerava desagradável comemorá-lo dia 13. Em sua casa não se mexem geléias com colher de metal, porque estraga o doce. É uso fazer doce de laranja com banana, mexendo-o sempre com colher de pau. Para mau olhado, receita uma fita vermelha para o pulso de bebê. Devem-se cobrir os espelhos das casas onde morreu alguém durante os sete primeiros dias porque senão a alma do morto aparece no espelho, para assustar.

Vinte anos. Tem ascendência portuguesa e parentes italianos, espanhóis, gregos e franceses. Uma vez por mês, na sexta-feira, deixa um copo com água atrás da porta, bem no meio, depois de entrar a última pessoa. A seguir, pede às almas que protejam a casa de todo o mal, maus olhares, coisas visíveis e invisíveis. Isso lhe ensinou uma preta de candomblé e por sua influência, ainda hoje, leva balinhas às crianças, em 27 de setembro, dia de São Cosme e Damião, em qualquer centro que os festeje. Recorda uma adivinha:

>Negra,
>Preta de formosura,
>Barriga,
>Cheia de gostosura.
>   (Jabuticaba)

Moça de família muito católica e ascendência italiana. A avó, atendendo ao telefone, dizia: "Louvado seja Nosso Senhor Jesus Cristo." Nos seus tempos de escola rezava oração, hoje repetida pelas suas irmãs em provas e exames:

>Menino Jesus da Lapa
>Vestido de azul-celeste,
>Vou fazer meu exame
>E vós sereis meu mestre.

> Espírito Santo baixinho
> No meu ouvido dirá.
> Aquilo que eu não souber
> O senhor me ensinará.

Já surpreendeu a irmã fazendo pipoca, a bater com a colher na panela e a dizer: "Maria pororoca, estoura pipoca." Quando era pequena, ao ver um cachorro, dizia: "São Roque, São Roque", até que fosse embora. Veja-se a quadrinha tão do gosto de sua avó:

> Com jeito tudo se arranja,
> De tudo o jeito é capaz,
> A coisa é ajeitar o jeito
> E isso pouca gente faz.

Quando os noivos da família voltam da viagem de núpcias, seu primeiro lençol deve ter bordadas espigas de milho, símbolo da prosperidade. Para fazer ovos quentes no ponto, é costume rezar, iniciada a fervura, o Pai-Nosso, Ave-Maria e Glória ao Pai. Há os que preferem o ovo sem o "Glória".

Polonesa radicada no Brasil, desde 1947. No Natal, faz o *barcht*, caldo de beterrabas, acompanhado de *pirogues*, pasteizinhos recheados com chucrutes. Na Páscoa há abstinência de carne e até mesmo quem jejue de quinta a sábado da Semana Santa. O jejum é quebrado com ovos bentos, previamente coloridos e pintados. Lembra a promessa a São José, para ser feita no seu dia, 19 de março. Escrevemos em papeizinhos os nomes das frutas que costumamos comer para lembrarmos no momento. Faz-se o pedido ou a graça e tira-se um papelzinho, sem olhar. A fruta que estiver escrita nesse papel não poderá ser comida até o dia 19 de março do ano seguinte. Assim se obtém a graça.

Descendente de italianos, com vinte e dois anos. Residiu no interior paulista. Aprendeu esta fórmula para brincar de pique, pegador:

Aripoti cavá maçã
Sulari perfuma lá,
Na contâna buterâna
Desde lu, desde lá,
Ora mora precatora,
Este dentro, este fora.

Quando criança foi levada à benzedeira para tirar mau-olhado. Na procissão da Sexta-Feira Santa, era uso levar os desejos escritos em papeizinhos, que acabavam sendo queimados na porta da igreja. Suas tias e mães acendiam velas em casa quando alguém saía para decidir coisa importante. Toda primeira sexta-feira do ano, é bom benzer a casa de dentro para fora. Lembra as festas de cobertura de casa, em que se colocam galhos de árvore no telhado para dar sorte.

Vinte e três anos. Ascendentes portugueses e do interior de São Paulo. Viveu infância já em São Paulo. Na sua família, quem dava nome às crianças eram os padrinhos. Tem cinco irmãos, cada um com sobrenome diferente. Sua avó era famosa benzedeira. Benzia bichas, bucho virado, espinhela caída. Sua mãe benze quebranto. Para aumentar as rendas da família, é bom comer arroz com lentilhas na ceia de 31 de dezembro. É de bom augúrio também comer três batatinhas de marzipã à meia-noite do sábado para o domingo de Páscoa. Sempre fazendo um pedido: a primeira, dinheiro; segunda, saúde; terceira, amor. Sua avó costuma fazer até hoje barras de papel, para enfeitar prateleiras.

Nascida na Itália, vinte e quatro anos. Sua mãe tinha feridas nas pernas e caso sarasse, segundo promessa que fez, a vestiria um ano de São Gabriel. A graça, afirma, foi alcançada. Lá na Itália, era costume plantar o trigo em três, cinco ou sete vasos, deixando-os em quarto escuro, para crescer bem branco. No início da Semana Santa, os vasos eram levados à igreja, para enfeitar o Santo Sepulcro. No sábado, iam buscá-los e o trigo era replantado, para que houvesse boa colheita. Na época da colheita de trigo, fazia-se a festa de São Pedro, com procissão e grande queima de fogos de artifício. Havia fogueira e na brasa assavam-se castanhas. Em sua cidade italiana, acreditava-se que a criança nascida na noite de Natal virava Lobisomem. Aqui em São Paulo conheceu um benzedor libanês, seu Elias, que lia a sorte, virando o café da xícara no pires. Seus padroeiros eram São Jorge, Santa Izildinha e o Padre Donizetti.

Vinte anos, natural do interior paulista e descendente de chileno. Quem cortou sua unha, pela primeira vez, foi a madrinha, na obediência da crença de que se não for a madrinha o afilhado torna-se ladrão. Todo o mês de maio, sua casa recebia a visita da imagem de Nossa Senhora, porque sua tia era da irmandade das Filhas de Maria. Após o terço que era rezado, distribuíam-se aos presentes licor de folha de figo, ferventada em pinga que sua mãe fazia. Nas férias viajava para o sítio de sua tia e tomava garapa, caldo de cana, extraída da engenhoca puxada por burros.

Aluna descendente de dinamarqueses, gaúchos e paulistas. Traço dinamarquês observado em sua casa: salada com molho doce de água, vinagre e açúcar. Quando criança, brincava com os filhos dos colonos, de sua fazenda, de bugalha, saquinhos de pano cheios de arroz, e de amarelinha, pular corda, pegador etc.

Ascendência portuguesa, vinte e poucos anos. Residiu em sítio, no interior paulista, que foi da família durante muitos anos. Todos os dias, às 18 horas, rezavam à Nossa Senhora das Graças ou Sagrado Coração de Jesus. Em sua casa, é costume cada um ter o nome acompanhado do nome de um santo, apesar de constar só da certidão de batismo e não do registro civil. O pai do noivo é que deve pedir ao pai da noiva a filha para se casar com seu filho. Geralmente o encontro observa-se à tarde, na casa da noiva. Após o casamento, a noiva tira o sapato e as jovens, com intenções de arranjar marido, correm para calçá-lo, enquanto ainda estiver quente. Na mesa de sua casa ainda aparece suã com arroz, entrecosto de porco, paçoca de carne, biscoitos de polvilho, flor do campo e sonhos. Desde os tempos de sua bisavó, nunca se sentam treze pessoas à mesa, porque dá azar, uma morre. Quando os comensais atingiam esse número, ela fazia sentar numa das cadeiras sua enorme boneca. Hoje, os seus familiares resolvem o problema dividindo-os em duas mesas. Seu pai, desobedecendo seu avô, levou um tombo do cavalo e ficou desacordado duas horas.

INTERPRETAÇÃO

Não é o bastante pesquisar, recolher, anotar os fenômenos folclóricos. Também é necessário estudá-los e analisá-los cientificamente, o que se pode fazer utilizando diferentes pontos de vista, a saber: o histórico, o geográfico, o sociológico, o psicológico, o funcional, da aculturação e de áreas culturais.

O folclorista suíço Richard Weiss distinguia na interpretação dos fatos do folclore apenas quatro correntes essenciais: geográfica, histórica, sociológica, psicológica. "Cada uma por seu lado conduz a um objeto comum que é o de esclarecer as relações entre povo e cultura popular", dizia ele. E acrescentava: "Nenhuma das quatro pode-se empregar isoladamente. Porque as quatro juntas constituem propriamente o método folclórico."

Entretanto, sugerimos que o folclorista também se atenha ao funcionalismo, aculturação e áreas culturais, integrando esses processos ou métodos de estudo na análise e interpretação do seu material, para que melhor e mais fundamentadamente atinja seus objetivos científicos.

Por conseqüência, o método folclórico, no seu aspecto genérico, é eclético e assim é que se deve considerá-lo e empregá-lo.

MÉTODO HISTÓRICO

Esse método parte do princípio de que a humanidade é uma só na sua psicologia e que as sociedades humanas estão submetidas às mesmas leis de desenvolvimento e têm passado por estados análogos de civilização, conservando nas etapas posteriores sobrevivências de outrora. Estas sobrevivências é que iriam constituir o folclore, o qual compreenderia, principalmente, mitos, lendas, fábulas, histórias ou pelo menos elementos desses fenômenos.

Conforme essa orientação, os estudiosos de folclore deveriam ter por objeto primacial de sua atenção as Antiguidades Populares de Thoms. Preocupar-se-iam, especificamente, com a origem de tal ou qual fenômeno, utilizando processos históricos e comparativos, e correriam, por isso mesmo, o risco de perder o contato com as coletividades que são a razão de ser do folclore. Afinal, poderiam concluir que este pertenceria a uma e outra *raça*, que contribui para a formação de determinada sociedade, coisa hoje inteiramente destituída de sentido. A propósito, ainda agora se fala, no país, do folclore originário do português, do índio, do africano, como *raças*, quando talvez fosse mais acertado falar – caso se desejasse verificar o problema em relação à contribuição recebida pelo brasileiro – em folclore dos grupos culturais minhoto, açoriano, tupi, bantu, sudanês etc.

O conceito atual de raças define indivíduos que se caracterizam pela relação ou em função da distribuição das freqüências de um ou mais genes, partículas materiais que se acham no interior dos cromossomos, determinando ou transmitindo caracteres hereditários; não parece acertado falar-se em raça portuguesa, indígena ou africana e menos ainda em branca, amarela e vermelha. Raça é termo comparativo e relativo, na medida em que se compara e tenta-se relacionar alguma condição ou condições de uma população com outra; sua origem e evolução constituem problema de ecologia e genética.

Pode-se incluir nessa corrente, em que pesem as suas características sociológicas, a teoria da *arqueocivilização* de M. Varagnac, usada abusivamente por alguns sociólogos, quando tentam analisar ou interpretar à sua maneira os fenômenos de folclore brasileiro. Para essa teoria, estes fenômenos muitas vezes apresentam traços de civilização arcaica e, quando procedem de contribuições européias, podem até mesmo refletir sobrevivências da antiga civilização neolítica dos celtas. Com muita razão, comentou Edison Carneiro: "A teoria da *arqueocivilização* de Varagnac transforma o folclore em algo que nos vem diretamente da época neolítica... e portanto recua os seus estudos para uma época anterior à das Antiguidades Populares de Thoms."

No entanto, é preciso que se diga que o método histórico aliado ao comparativo pode e deve ser utilizado pelo folclorista, não com a finalidade precípua de procurar origens, o que é inconseqüente e na maioria das vezes conduz a erros, mas com o objetivo de verificar os fatos folclóricos de hoje nas suas relações com os do passado, esclarecendo sobre as modificações que eles sofreram através do tempo, juntamente com as coletividades em que subsistem ou subsistiram e o que neles existe de comum, o que é só possível após intensa pesquisa de campo, documentária e bibliográfica. Talvez assim se chegue às origens, tão procuradas por alguns folcloristas, com maior probabilidade de êxito.

Método geográfico

Estudar o folclore por regiões delimitadas é o ponto de partida de toda investigação folclórica. Aplicado o método histórico-comparativo, o folclorista terá uma visão temporal dos fenômenos que analisa; pelo geográfico, espacial. Este, no dizer de Renato Almeida, indica os caminhos da difusão no estudo das áreas culturais-folclóricas e também oferece dados preciosos para a história das formas e suas variantes.

O método geográfico, dentro do folclore, segundo Osvaldo R. Cabral, admite duas maneiras de procedimento que se completam: 1ª) numa área geográfica determinada, executar o levantamento folclórico tão completo quanto for possível; 2ª) distribuir os fatos cada um *de per si* em áreas cada vez maiores, em regiões mais extensas. Pelo primeiro processo, efetiva-se o levantamento de todo o folclore de uma região, e pelo segundo, verifica-se a área de disseminação de cada fato ou de fatos afins, declara o autor mencionado.

Escreve Richard Weiss que o método geográfico, cujo recurso técnico é a cartografia, o mapa, dá ao levantamento local uma forma concreta e inteligível, permitindo a compreensão à primeira vista da difusão de um fenômeno determinado e estabelecendo condições para uma conclusão referente aos impulsos e circunstâncias de ordem local (barreiras geográficas e outros fenômenos da natureza, unidade econômica, trânsito, regiões lingüísticas etc.), que são as causas de os fatos folclóricos se desenvolverem, mudarem, desaparecerem.

No Brasil, foi empregado pela primeira vez nos estudos de folclore pela desaparecida Sociedade de Etnografia e Folclore de São Paulo, fundada por Mário de Andrade, quando era diretor do Departamento de Cultura da Municipalidade. Essa entidade elaborou e imprimiu alguns mapas folclóricos do Estado, objetivando o estudo de danças, folguedos e tabus alimentares. Posteriormente, a Comissão Paulista de Folclore elaborou mapas da cerâmica utilitária e folguedos populares – congadas, moçambiques, caiapós, cavalhadas –, apresentando-os ao Congresso Brasileiro de Folclore do ano de 1953. E hoje, o método geográfico é usualmente empregado pelos folcloristas nacionais nos seus diferentes trabalhos.

MÉTODO SOCIOLÓGICO

A investigação folclórica, afirma Richard Weiss, jamais poderá deixar de inquirir em que comunidades, em que camadas sociais se acham difundidos os seus fenômenos. O fato folclórico, explica Raffaele Corso, nasce e se desenvolve como uma planta, no terreno da vida social, do qual tira suas formas e seus caracteres. E o método sociológico é que nos leva a precisá-lo como tal.

Mesmo não considerando o folclore uma ciência sociológica, mas autônoma, declara Renato Almeida, não há de contestar o aspecto social de fato folclórico, que torna os métodos sociais pertinentes ao seu estudo e análise.

Pelo exposto, percebe-se que há um acordo entre os folcloristas de hoje sobre a importância de método sociológico nos seus estudos. Aliado, porém, ao psicológico, no aspecto psicológico-sociológico é que ele atinge mais profundamente seus objetivos. Isso, afirma Jorge Dias, pela ênfase que dá ao elemento psicológico, estudando não apenas o folclore na coletividade, mas também no homem como portador de folclore. No esquema psicológico-sociológico, poder-se-á chegar a definir de que maneira e por que vias certos organismos psíquicos assimilaram esta ou aquela forma folclórica.

Lembre-se de que nesse caminho se atingirá a psicanálise, que também pode ser utilizada com êxito pelo folclorista na interpretação de muitos fenômenos folclóricos, esclarecendo-o sobre as razões da sua existência ou origem. É o que tentou fazer Artur Ramos na sua obra *O folclore negro do Brasil*.

FUNCIONALISMO

Se a atitude dos estudiosos de folclore deve ser a de quem o considera como o presente em atuação, pois que o passado corresponde à história do folclore, que é outra coisa, compreende-se que eles admitem que os seus fenômenos existem nos agrupamentos sociais para desempenhar função, preencher finalidades. E nesse aspecto é relevante a contribuição que os folcloristas recebem para seus estudos, da teoria funcionalista revelada e defendida pelo antropólogo polonês Malinovski.

Segundo o funcionalismo, os fatos folclóricos serão estudados na própria coletividade, a fim de que se possa estabelecer com precisão a função de cada um ou, melhor explicando, por que eles existem. O primordial é o significado do fenômeno no ambiente geral da coletividade e a conseqüente determinação da relação funcional que possui com os demais fenômenos do mesmo agrupamento.

Observar a função dos fatos que estuda é dever do folclorista e, conforme Varagnac, a função pode ser investigada respondendo-se a três indagações:

– Qual é a função atual?
– Qual terá sido a sua função anterior?
– Qual a interpretação que aqueles que o praticam lhe dão?

E a propósito, conclui: "todo fato folclórico pode responder, com o correr dos séculos, a necessidade e a mentalidade diferentes". Recordar que a folia de Reis – grupo de pedintes que angariam donativos para a festa dos Santos Reis – funciona, ainda hoje, dentro do ciclo, no litoral norte de São Paulo, apenas movida pelo interesse de passar a noite com amigos a bebericar e a cantar, sem muita religiosidade. É verdade que o grupo anda à procura de ofertas, de porta em porta, as quais, entretanto, são usufruídas pelos próprios participantes e se resumem, na maioria das vezes, a um simples café.

A função dos fenômenos folclóricos, porém, nem sempre se esclarece com a esperada facilidade. Em muitos casos, obriga o folclorista a profundas cogitações de ordem histórica, sociológica e psicológica.

ACULTURAÇÃO-TRANSCULTURAÇÃO

O folclore não é estático; antes, essencialmente dinâmico. Ele se acha mesmo em constante transformação e uma das primeiras for-

Vendedoras de sarapatel e outros pratos na Estação de Malhada de Pedra, BA.

ças ativas desta, que aliás não deve ser ignorada na efetivação do método folclórico, é a que se designa pelo nome de *aculturação*.

A aculturação é definida como o resultado direto de contatos que se estabelecem entre indivíduos, grupos de indivíduos e povos de culturas diferentes e que exercitam, quase automaticamente, o mecanismo da transmissão de traços e complexos culturais e, portanto, de folclore. Na aculturação, folclores diferentes se encontram, efetivam a troca, ambos dando e recebendo e, por fim, vão se transformando, o que determina o aparecimento de novos elementos em cada um deles. Hoje, dá-se preferência ao termo transculturação, que melhor define o fenômeno, do que aculturação.

Herskovits estabelece uma diferença entre aculturação e difusão. Difusão, diz ele, é a transmissão cultural já realizada; aculturação é a transmissão em desenvolvimento. Acrescente-se que em todas as ocasiões que se realiza a aculturação observa-se a difusão, e, dessa maneira, o folclore se propaga pela coletividade ou povo.

No estudo do folclore brasileiro, a aculturação mostra o contato das culturas européias com as dos índios e negros africanos e, como explica Renato Almeida, os conflitos, semelhanças e diferenças; motivos determinantes sociais, religiosos, psicológicos; formas que se extinguiram, se modificaram e se criaram; marca dos traços culturais com que estas se fizeram e as constantes adaptações por acomodações de toda ordem.

A transformação do folclore, porém, não é apenas conseqüência da aculturação, mas do empréstimo de elementos de outras culturas. E também, internamente, através da descoberta, invenção e reinterpretação, isto é, uma interpretação diferente que a coletividade dá a fenômenos antigos ou emprestados, a qual se formula pelo sincretismo.

ÁREA CULTURAL

Para explicar as constantes folclóricas de certa região há o critério metodológico das áreas culturais, em que pese a dificuldade da sua fixação quanto ao folclore.

O citado Herskovits define área cultural como a região em que se encontram culturas semelhantes. No estabelecimento das áreas, ajunta, não é necessário analisar as distribuições dos traços e encontrar os pontos de máxima coincidência destes. Como etnólogo, declara: "Ocorre, às vezes, que a vida das tribos que habitam uma região está orientada tão caracteristicamente que a presença deste centro de interesse basta para destacar a área. A área onde há culturas deste gênero pode ser descrita em termos de sua orientação principal e de acordo com esta será traçado o mapa. Em tais casos, não é a concorrência de traços que distingue as culturas da área, fixa a razão de seus modos de vida e constitui a força integrante, dominadora de sua existência."

De acordo com essa orientação, e procurando fixar áreas cultural-folclóricas, talvez se possa dizer, no Estado de São Paulo, em relação aos folguedos populares, que a área atual das congadas é a da velha Bragantina; de moçambique, o vale do Paraíba. Quanto a danças, a área do batuque de umbigada, o médio Tietê; fandango de chilenas, interior Sul; dança de Santa Cruz, círculo jesuítico da Capital: Embu, Aldeia de Carapicuíba, Itaquaquecetuba. Quanto à cerâmica figurativa, também o vale do Paraíba; utilitária, principalmente o vale do Ribeira.

Mas, tanto para determinar áreas cultural-folclóricas no Estado de São Paulo como em outros Estados do Brasil, é necessário, avisa com justeza Renato Almeida, muita cautela. O material resultante de pesquisas de campo ainda é pequeno e há fenômenos folclóricos que pertencem ao mesmo tempo a diversas áreas.

* * *

Finalizando este capítulo, que encerra uma sugestão para o emprego desses métodos e processos de interpretação dos fatos folclóricos pelo estudioso do folclore, ao lado de outros auxiliares – motivos, índices ou padrões, estatístico e estético –, recordamos as palavras do folclorista finlandês Kaarle Krohn, que devem ser meditadas:

"O maior perigo para o pesquisador é fiar-se demasiadamente na infalibilidade de seus próprios métodos de interpretação, que podem não ser válidos e ao mesmo tempo aplicáveis a certos casos. O folclore oferece mil oportunidades para se construir castelos no ar, baseados em matérias fragmentadas, desordenadas e mal interpretadas."

Bibliografia

WEISS, Richard. *El folklore como ciencia*. Archivos del Folklore Chileno, Universidade do Chile, fasc. n? 2.

ALMEIDA, Renato. *Inteligência do folclore*. Rio de Janeiro, Livros de Portugal, 1957.

CABRAL, Osvaldo R. *Cultura e folclore*. Comissão Catarinense de Folclore, 1954.

VARAGNAC, André. *Civilisation traditionelle et genres de vie*. Paris, Albin Michel.

CARNEIRO, Edison. "A sociologia e as ambições do folclore", *Revista Brasiliense*. São Paulo, n? 23, maio/jun. 1959.

MALINOVSKI, Bronislav. *Una teoría científica de la cultura*. Buenos Aires, Sudamericana, 1948.

HERSKOVITS, Melville J. *El hombre y sus obras*. Fondo de Cultura Económica, México/Buenos Aires.

MOYA, Ismael. *Didáctica del folklore*. Buenos Aires, El Ateneo.

MUSSOLINI, Gioconda. *Evolução, raça e cultura* (leituras ou antropologia física). São Paulo, Nacional/Editora da Universidade de São Paulo, 1969.

APROVEITAMENTO

Aproveitamento é a utilização do folclore com objetivos escolares ou artísticos. Essa utilização pode ser feita na base do tema e de todo um complexo folclóricos ou mesmo da inspiração, em que o aproveitador se identifica de tal maneira com a coisa folclórica que passa a expressá-la à sua maneira. O aproveitamento de folclore é chamado, por vezes, projeção, porque o folclore se projeta através de outro portador e não daquele que exercita normalmente sua função. Também se ouve falar em estilo folclórico, o que seria uma maneira de ser imitativa do folclore. Preferimos as expressões aproveitamento e quando muito projeção, para designar essa atividade.

O aproveitamento folclórico, ultimamente, é muito observado nas escolas do Brasil, infelizmente nem sempre de maneira correta. Por isso desejamos dar aqui alguns conselhos aos professores que se interessam pelo folclore. Em primeiro lugar, de modo geral, sugerimos que não estimulem a elaboração de trabalhos que levem os estudantes a copiar livros. Estes devem ser orientados na preparação de tarefas que tenham o mérito de estimular a pesquisa de campo, mesmo na fase inicial da simples coleta de dados. Crianças, no exercício dessa atividade, têm condições de coletar material relativo aos seus jogos, brinquedos e rodas e registrar informações relativas a diferentes aspectos da cultura espontânea de seus pais, parentes e amigos*.

Na base do aproveitamento propriamente dito, não julgar que seja importante a programação de festividades ou desfiles escolares, com representação folclórica dos diversos estados, principalmente no domínio de vestes típicas. É um erro esse julgamento, porque, folcloricamente falando, o sul de Minas Gerais é muito semelhante a São Paulo, o norte goiano é amazônico e no sertão baiano pouca gente sabe o que é candomblé, capoeira e vatapá. Acresce que, com as facilidades dos meios de comunicação e migrações constantes, no próprio Estado de São Paulo, começam a ser funcionalmente vivas e atuantes manifestações folclóricas do nordeste. Com referência a vestes, é preciso que se entenda, de vez por todas, que o Brasil possui, no momento, apenas três representativas: a do gaúcho, expressão aculturada de tropeiro paulista, açoriano e espanhol; a roupa de couro do vaqueiro, cujo jaleco, gibão e perneiras relacionam-se ao pelico e safões ou seifões do pastor português da charneca ou da serra; e a da baiana, cujas saias rodadas, xales, braceletes e argolões são sudaneses; turbantes ou rodilhas, sudaneses-islamisados; missangas, angola-conguesas. Para evocar indumentárias folclóricas brasileiras, nas festas escolares, seria necessário ir buscar subsídios nas nossas congadas, moçambiques, caiapós, guerreiros, cavalhadas.

É muito importante orientar alunos em trabalhos relativos ao folclore do lugar em que existe a escola – todos os lugares têm folclore, porque este faz parte integrante de nossa personalidade cultural. Ao lado da cultura erudita, dirigida, cosmopolita de cada um de nós há também a cultura folclórica, que recebemos no trato espontâneo que temos, com nossos semelhantes, no grupo em que nascemos e vivemos.

---

* Um exemplo disso é o trabalho que resultou no livro que Mônica L. de Barros Barreto organizou, intitulado *Do jeito mais simples; crianças pesquisam cultura popular*. A pesquisa foi coordenada por Cáscia Frade e publicada no Rio de Janeiro, pela Funarte-MEC, em 1979.

As exposições escolares devem conter, em especial, peças recolhidas no lugar e vizinhanças da escola e terão a característica de aceitação e divulgação espontânea nas coletividades ali existentes, sem qualquer intervenção direta de meios publicitários. Jamais incluir nessas exposições coisas antigas: o antigo, apenas por ser antigo, não é folclore, se bem que possa assim ser considerado, desde que tenha funcionalidade espontânea atual.

Considera-se fundamental a realização de festivais de grupos folclóricos, espontaneamente criados e aceitos na coletividade. Mas deve-se tomar cuidado com a inclusão nesses festivais de violeiros de rádio, que já se incluem na música popular ou popularesca, música comercial ou de consumo. Podem ser muito bons, mas não são folclore.

A escola pode e deve aproveitar folclore nas suas diferentes disciplinas, na música, na dança, no teatro, nas artes plásticas, no artesanato, mas sempre estabelecendo a diferença entre o trabalho de coleta de dados ou peças para suas exposições, a promoção de festivais de grupos folclóricos e o aproveitamento ou projeção folclórica. Afinal, que a escola valorize os brinquedos e jogos, espontaneamente usados pelas crianças do Brasil, promovendo torneios de papagaio ou quadrado, pião de madeira, unha-na-mula ou sela, bolinha de gude, pé-na-lata, bilboquê, pau-de-sebo, perna-de-pau, amarelinha, barra-manteiga etc.

Muita gente costuma elogiar o movimento folclórico do Rio Grande do Sul, destacando a atividade dos centros de tradições como um exemplo para todo o Brasil. Sem dúvida, nesses centros podem se ver muitos aspectos do folclore daquela região e, principalmente no domínio das danças, mas folclore histórico. Entretanto, esclareça-se, na base de aproveitamento. Os centros de tradições foram idealizados por Barbosa Lessa e Paixão Côrtes, com a finalidade de estimular um movimento, que se intitulou tradicionalismo. E o próprio Barbosa Lessa[1] estabeleceu a diferença entre o partici-

---

1 "O sentido e o valor do tradicionalismo", tese de L. C. Barbosa Lessa. Publicação da Comissão Estadual do Rio Grande do Sul, 1954.

pante desse movimento, o tradicionalista, e o folclorista, dizendo que o objetivo daquele é o de se servir dos estudos dos folcloristas, como base de ação, e assim reafirmar vivências folclóricas. Em última análise, os centros de tradições, dos quais fazem parte jovens de diferentes classes sociais do Rio Grande do Sul e até estudantes universitários, atuam apenas e somente, de modo geral, no domínio do aproveitamento ou projeção folclórica. Quanto a estudo e pesquisa de folclore, nada fazem e, como conseqüência, apesar da grande difusão do tradicionalismo naquele estado, ainda pouco sabemos do folclore gaúcho. Essa, aliás, foi a opinião divulgada pelo professor Ênio de Freitas e Castro, da Escola de Belas Artes, da Universidade do Rio Grande do Sul, no Simpósio Folclore e Turismo Cultural, que teve lugar em São Paulo, no mês de agosto de 1970. Os centros de tradição vivem em função, principalmente, das pesquisas realizadas por Barbosa Lessa e Paixão Côrtes.

Na orientação do exemplo gaúcho, aparecem cantores e grupos populares ou popularescos, que têm vivência no contexto da máquina publicitária da cultura de massas, e também clubes de folclore ou de danças das colônias. Nessas diferentes manifestações, existe apenas aproveitamento ou projeção folclórica e, portanto, nas suas apresentações deveria haver esse esclarecimento, a fim de que jamais se confundisse, por exemplo, o Festival de Folclore do Paraná, onde se exibem grupos de danças das colônias, com outro festejo do mesmo estado, esse de folclore mesmo, no qual apreciamos a congada da Lapa, o boi-de-mamão e o fandango de Paranaguá.

Aproveitamento ou inspiração folclórica, no desejo de dar a seus quadros uma feição brasileira, observamos em várias obras de artistas plásticos, como Tarsila, Di Cavalcanti, Portinari, Graciano, Oswald de Andrade Filho, J. Rissin, Marjô e mais ainda nas dos primitivistas ou ingênuos, a exemplo de Américo Mondanez, Alcides Constância, Edgard Calhado, J. Bernini, Ivonaldo, Liz, Luiz Abdias, Ludovico, Rozalvo, Rebecca, Wilma, Waldomiro de Deus. Poucos escultores eruditos têm se preocupado com o tema, mas aqui mesmo em São Paulo há uma estátua, que se acha ou se achava no Largo da Pólvora, e que representa o jogo do Porco Ensebado, justamente no momento em que as crianças o agarram, e tem o título de "A Pega do Porco".

Ultimamente, os músicos populares ou popularescos vêm demonstrando grande interesse pelo folclore, mais com o objetivo de aproveitá-lo em suas composições do que com a finalidade de estudá-lo seriamente. Lembramos, a propósito, o moço Gutemberg, vencendo concurso internacional com sua "Margarida", que não é outra coisa senão a conhecida roda infantil da "Margarida está no castelo, o que, que, o quê", e a música "Lapinha", de Baden Powell e Paulo Pinheiro, que é velho canto de capoeira. Propriamente inspiração folclórica observamos na "Disparada", de Geraldo Vandré, que expressa, na sua primeira parte, as toadas do cururu paulista e as nossas modas-de-viola. Há mesmo um perfeito *baixão* de cururu, o canto silábico introdutório dessa manifestação folclórica, no final da "Disparada", e na seção de andamento mais vivo está presente o baião-de-viola nordestino e algo do recortado, que encerra com singular movimentação nossos cateretês ou catiras.

O músico erudito do Brasil, desde Brasílio Itiberê com "A sertaneja" até hoje, vem se preocupando, embora não de maneira sistemática, com a nossa música folclórica. Villa Lobos usou a roda nas "Cirandinhas" e "Cirandas". A "Dança negra", de Camargo Guarnieri, revela um tema de samba-lenço de Tietê. Guerra Peixe utilizou temas, ritmos, harmonias e inspirou-se em várias modalidades folclóricas de São Paulo, para compor a "Suíte n.º 2 Paulista", para orquestra. E a viola foi valorizada pelo compositor Theodoro Nogueira, escrevendo para ela prelúdios e incluindo-a na "Missa de Nossa Senhora dos Navegantes".

A poesia e a prosa erudita brasileiras apresentam numerosos exemplos de aproveitamento ou inspiração folclórica. Até poetas byronianos, como Álvares de Azevedo, tiveram um momento de folclore. Lembrar, a propósito, seu poema "Vagabundo", de *Spleen e charutos*, modelado no lundu do "Sapo na lagoa", de velho e atual registro folclórico. A Fagundes Varella também se devem exemplos, observados no poema "O filho de Santo Antônio", do livro *Cantos do ermo e da cidade*, com o uso de uma superstição, e na poesia "Amor e Vinho", escrita em nota de 10$000, utilizando a expressão "Tim, tim, tim", na fórmula de saudação. Esse aproveitamento e inspiração são mais comuns na prosa, na qual recordamos, entre os autores mais antigos, Manoel Antônio de Almeida, com *Memórias de um sargento de milícias*; Manuel de Oliveira Paina, em *Dona Guidinha do poço* e, mais perto de nós, o Valdomiro Silveira de *Os caboclos*. Destaque para Mário de Andrade de *Macunaíma* e Guimarães Rosa de *Grande Sertão: Veredas*.

No setor do teatro, registre-se a utilização de uma recomenda de almas, recolhida por nós, na primeira apresentação da peça *Pedreira das Almas*, de Jorge Andrade, no Teatro Brasileiro de Comédias, em 1959. Ultimamente, o trabalho desenvolvido por Marina Luiza e Wilson Rodrigues de Morais, com o grupo folclórico *Malungo*. E no cinema brasileiro, assinale-se como melhor aproveitamento o de *Macunaíma*, claro, por causa do texto inspirador.

CAMPO DE AÇÃO

Cultura pode ser definida como a expressão do sentir, pensar, agir e reagir do homem, como membro de uma sociedade. Sociólogos e antropólogos preferem, porém, adotar a definição de Edward Tylor (1881), aquele todo complexo que compreende conhecimento, crença, arte, moral, direito, costumes e outras capacidades adquiridas pelo homem na sociedade. Herskovits também a explicava como a parte do ambiente feita pelo homem; Ralph Linton, como a soma de conhecimentos, atitudes e padrões habituais partilhados e transmitidos pelos membros de determinada sociedade. A cultura, sublinha Herskovits, é aprendida e permite ao homem adaptar-se ao seu ambiente natural. Na base desses conceitos, todas as sociedades, tenham linguagem escrita (históricas ou civilizadas) ou não (ágrafas, naturais, primitivas), possuem cultura.

A cultura, que se poderia dizer, existe na comunicação, e, portanto, falar-se em comunicação folclórica, como querem alguns, parece-nos uma redundância; manifesta-se, principalmente, em duas modalidades. Uma procede do ensinamento direto, ministrado através das organizações intelectuais – escolas, academias, universidades, igrejas, imprensa, cinema etc. –, e denomina-se *cultura erudita*. Outra é aprendida indiretamente na vivência da sociedade, na troca de experiências do homem com seu semelhante, desde o nascimento até a morte, e chama-se *cultura espontânea*. Pela ação dessas duas modalidades, que lhe servem de muletas, na maior parte dos casos, surgem as culturas de consumo, comerciais: a *pseudocultura popular*, que preferíamos chamar *popularesca*, usando velho vocábulo empregado por Mário de Andrade, e a *cultura de massas*, que conceituamos em capítulo especial.

A cultura espontânea, o homem adquire na integração social, por imitação ou condicionamento inconsciente, sem que a isso seja levado pela orientação direta de outrem, representante das organizações intelectuais citadas, e ela se produz tanto nas coletividades letradas como naquelas que não possuem escrita. Nestas, entretanto, é de certo modo única em toda a extensão do agrupamento. E se é verdade que há privilegiados que retêm o poder político-religioso, estes não sentem, pensam, agem e reagem de maneira muito diferente da de seus comandados.

Diverso é o processo da cultura espontânea das sociedades como a nossa, pois se apresenta como uma das expressões do sentir, pensar, agir e reagir, que existe ao lado de outra, em especial a da cultura erudita, sem que ambas sejam separadas por quaisquer muralhas. E como é natural, se esta não exercita sua influência direta sobre a cultura espontânea, a verdade é que a cultura espontânea sofre sua ação indireta, através do livro, jornal, rádio, televisão, cinema etc. Em conseqüência, apresenta características que a diferenciam das observadas na cultura espontânea das coletividades ágrafas ou primitivas.

A cultura espontânea – sentir, pensar, agir e reagir – decorrente da experiência peculiar de vida de qualquer coletividade humana, integrada na sociedade letrada, é o objeto do folclore, ciência sociocultural. E as formas, fatos ou fenômenos dessa cultura, verificada a espontaneidade da criação ou aceitação por determinado agrupamento social que os situam em campo distinto ao da cultura erudita, popularesca ou de massas, podem ser ordenados no quadro que apresentamos, distribuindo, de um lado, as coisas palpáveis, artefatos ou objetos (cultura material) e, do outro, o próprio comportamento do homem (cultura não material, imaterial ou espiritual). Este quadro, sem dúvida incompleto como tantos outros, há de servir como ponto de partida para a organização dos arquivos e talvez até de museus folclóricos, orientando os interessados na matéria em relação à amplitude do seu campo de ação, que é o de toda a expressão cultural do homem. Recorde-se, porém, que a divisão proposta não é rígida e uma mesma forma ou fenômeno, segundo a maneira que se analise, poderá integrar esta ou aquela, devendo-se esclarecer que o aspecto cultural dos artefatos, como de todas as coisas culturais, existe na mente humana, é intangível. A viola, portanto, quanto à construção, será classificada como material; quanto à afinação, na seção de música, isto é, como cultura não material ou espiritual.

Eis o quadro que passamos a apresentar, sempre tendo em vista a espontaneidade na aceitação e produção do fenômeno ou fato folclórico pelo grupo humano.

CULTURA MATERIAL – COISAS PALPÁVEIS, ARTEFATOS OU OBJETOS

Habitação – Aqui se investiga e analisa a moradia do homem: sua casa. Verifica-se o material de que é feita: pau-a-pique, taipa, tábua e até tijolos, quando estes procedem de oleiros-artesãos. A seguir, observa-se a sua cobertura, lugar em que é preferencialmente construída, distribuição dos seus diversos compartimentos, problemas da iluminação natural e artificial.

Acessórios da habitação – Qual o material e como são confeccionados e colocados o fogão, fumeiro, a mesa, os bancos ou cadeiras com assento de taboa ou palha de milho trançada, as tripeças ou tamboretes, a esteira, rede de fio de algodão ou de cipó, cama de vara (tarimba) e de tábua.

Utensílios caseiros – Panelas de barro, pedra ou ferro, pratos de lata, cuias de cabaça ou coco, colheres e conchas de pau, cestos de palha, cipó, taquara, capiá, moringas e potes de barro, peneiras e abanos, pilões, gamelas, baús, canastras.

Indumentária – Vestes de todo o dia, no trabalho ou em casa, além das domingueiras ou roupa de domingo e festas, sem qualquer intervenção da moda, que sempre reflete ação direta do pensamento erudito; indumentária para danças e folguedos populares; roupa do tropeiro, do boiadeiro, do vaqueiro, do gaúcho.

Armas de proteção individual – Cacetes ou porretes, cabos de relho, facão, peixeira, facas aparelhadas, garruchas, espingarda pica-pau, carregada pela boca.

Comidas e bebidas – Comidas doces e salgadas e bebidas alcoólicas ou não, de dias comuns e de festas domiciliares, locais ou do calendário.

Criação de animais, aves, pássaros – Currais, chiqueiros, galinheiros, gaiolas: localização e construção; produtos obtidos e sua utilização; marcação de gado.

Caça – Armadilhas: laço ou esparrela, arapuca, mundéu, alçapão; armas: bodoque, funda, estilingue, espingarda pica-pau; outros pertences: guaiaca, patrona, polvarinho, pios etc.

Pesca – Pesqueiro, rancho de caiçara, linha, puçá, covo, urupema, barragem, curral e outras diferentes técnicas.

Agricultura – Planta de roça, pomar e jardim, além das aproveitadas no meio natural: técnicas de cultivo, produtos e derivados.

Indústria extrativa – Objetos, instrumentos e técnicas relativas ao trabalho nos garimpos, seringueira, madeira, salinas.

Artesanato[1] – Cerâmica utilitária, funilaria popular, trabalhos em couro e chifre, trançados e tecidos de fibras vegetais e animais (o sedenho), fabrico de farinha de mandioca, manjolo de pé ou de água, engenhocas, instrumentos de música, tinturaria popular.

---

1 A expressão artesanato se dá a coisas que são feitas, no todo, por uma pessoa ou no máximo por pequeno grupo de pessoas. O artesanato possui características domésticas e, no geral, é valorizado pelo cunho pessoal de que se revestem seus produtos, elaborados à mão ou com auxílio de rudimentares instrumentos de trabalho, estes mesmos, muitas vezes, confeccionados pelo próprio artesão. Pode ser erudito, popularesco e folclórico.

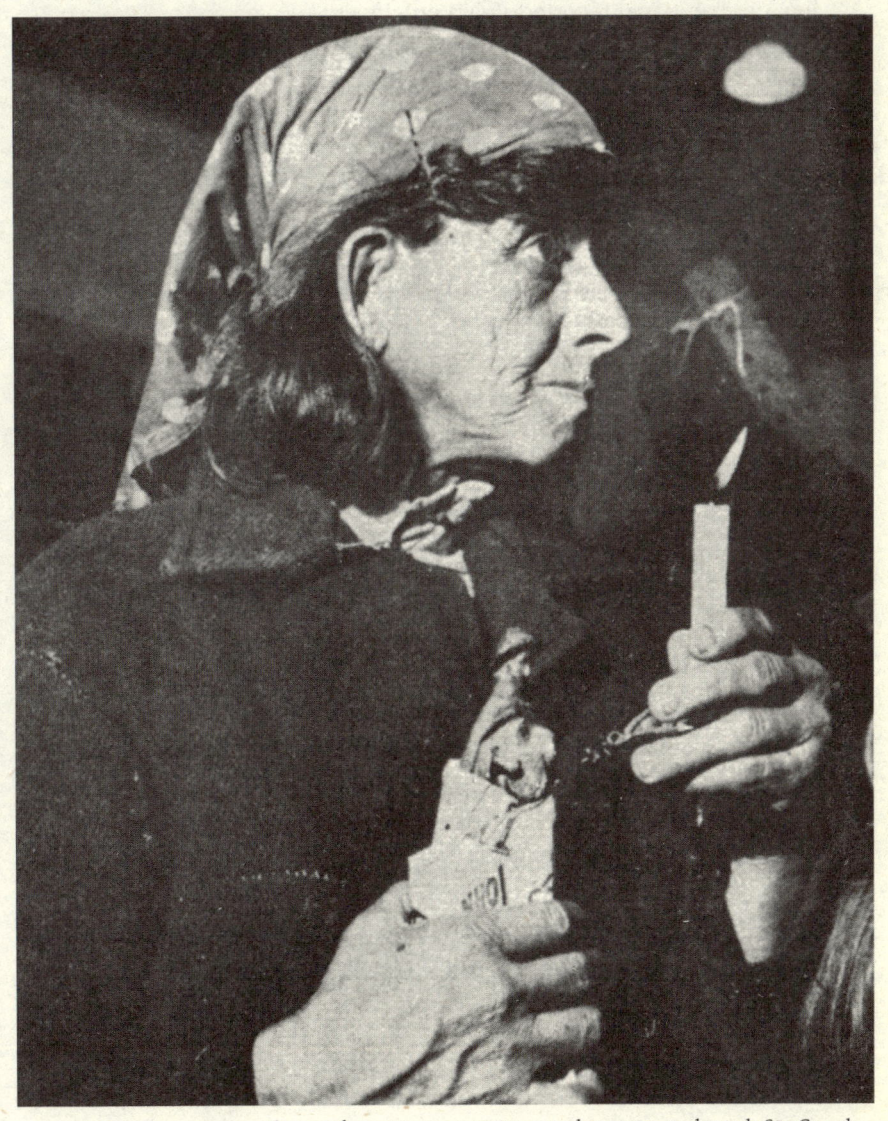

Cumprindo promessa com o santo e a vela na mão, em dança de São Gonçalo realizada por dançadores de Capão Bonito, SP.

Arte – Pintura e desenho, escultura (figuras de barro, madeira, guaraná, cera, miolo de pão, massa de açúcar), bijuteria, renda, filé, crochê, papel recortado para enfeite etc.

Religião e crendices – Imagens, oratórios, altares, cruzes, santa-cruzes, cruzeiros, mastros, bandeiras ou estandarte de santo, ex-votos ou promessas, salas de milagres, figas, amuletos.

Transporte – Montaria, tropa, carro-de-boi, carroças e carros, baleeiras, canoas: seus pertences e partes.

Brinquedos – Papagaios ou quadrados, bruxas ou bonecas de trapo, bucha e espiga de milho, petecas, piões, pernas-de-pau, catavento, quebra-potes e outros.

Cultura não material, imaterial ou espiritual

Usos e costumes – Ritos de passagem: quais as práticas relacionadas ao nascimento, noivado, casamento, morte, e também as formas de organização social de auxílio mútuo, tal como o mutirão de preparo da terra, plantio, colheita, marcação de gado, construção de estrada, mata-burro e até de casa.

Festas – Como se realizam as diferentes festas do calendário da região e as domiciliares: seus aspectos e diferentes partes. A festa do Divino, de São João, de São Benedito e Nossa Senhora do Rosário, como cultura espontânea, fora da influência direta das igrejas.

Música – As formas de canto monódico ou de uma melodia (pregões, dorme-nenês, modinhas), fabordão ou canto em terças (modas-de-viola, cururu, folia do Divino), responsorial, com solista e coro (congada, maracatu, moçambique). Forma instrumental: o lundu baiano. Toque de instrumentos, caracterizadores de várias modalidades coreográficas.

Dança – A coreografia, isto é, os passos da desfeiteira amazônica, carimbó, coco nordestino, samba de roda baiano, cateretê paulista, siriri matogrossense e de outras danças do folclore brasileiro.

Teatro (folguedos populares) – Estrutura e entrecho dramático do maracatu pernambucano; congadas de Minas, São Paulo e Goiás; folia de Reis com palhaços do Espírito Santo, Estado do Rio, Guanabara, Minas Gerais e São Paulo; maneiro-pau cearense; diferentes folguedos do Boi, de que temos referência em quase todo o Brasil, em formas mais simples e mais complexas.

Jogos – Características e elementos de um jogo atlético: a capoeira, touradas, vaquejadas, corridas de cavalo em raia reta, o futebol de meia-linha, bolinha de gude ou vidro, unha-na-mula ou sela, amarelinha, cabra-cega e outros.

Grupos religiosos – Os que se organizam para angariar donativos para as festas: folia de Reis, folia do Divino, Irmãos do Divino, como os de Tietê e Piracicaba; Anhembi e Capela de São Sebastião (Laranjal Paulista); Irmandade de São Benedito, cuja finalidade é promover a festa do santo padroeiro; sua organização; a recomenda de almas, grupos de rezadores que entoam orações às almas, no período da Quaresma, de porta em porta.

Linguagem – Termos e expressões, os ditados, os adágios, a linguagem dos gestos, os apelidos, as adivinhas, fórmulas de escolha para brincar de pegador, fórmulas de terminar histórias e de vender fiado.

Literatura – Formas literárias que existem independentemente da música, sejam oralmente, sejam escritas: quadrinhas, sextilhas, décimas, abecês, conto acumulativo ou lenga-lenga, mitos ou assombrações, lendas, histórias ou *causos*, anedotas.

Superstições e crendices – Cultos de atos, cerimônias e acidentes ocasionais que se supõem ser causadores de benefícios e malefícios.

Medicina – As doenças, seus nomes, causas e maneira de preveni-las e curá-las, seja nos homens ou nos animais. Os remédios e como prepará-los: as garrafadas.

O campo do folclore abrange ainda diferentes explicações que se dão, no domínio da cultura espontânea, relativas à formação da terra, pedras, rochas, montanhas. A constituição das plantas, árvores, florestas, fontes, rios, lagos, o mar e as ondas. E as significações do sol, lua, astros, planetas, cometas, estrelas, constelações, meteoros, nuvens, arco-íris, chuva, neve, ventos, tempestades, animais e aves, o homem e a mulher.

Bibliografia

JOHNSON, Harry M. *Introdução sistemática ao estudo da sociologia*. Rio de Janeiro, Lidador, 1967.
SHAPIRO, Harry L. *Homem, cultura e sociedade*. Fundo de Cultura, 1966.
HERSKOVITS, Melville J. *Antropologia cultural*. São Paulo, Mestre Jou, 1963.
LINTON, Ralph. *O homem, uma introdução à antropologia*. Martins, 1968.
KEESING, Felix M. *Antropologia cultural*. Fundo de Cultura, 1961.

FONTES DA MÚSICA FOLCLÓRICA

Tomando por base a documentação existente e apoiando-se na classificação de Alan Lomax, o etnomusicologista Roberto Leydi ordenou os estilos musicais espontâneos, primitivos e folclóricos, nas seguintes áreas: 1 – eurasiática antiga; 2 – eurasiática, 3 – colonial; 4 – africana; 5 – pigmóide; 6 – koi-san (hotentotes e bosquímanos); 7 – malgáscia; 8 – australiana; 9 – melanesiana; 10 – micronesiana; 11 – polinesiana; 12 – amerindiana.

A seguir, esclarece que as áreas menos conhecidas, pela ainda precária documentação, são as oceânicas – polinesiana, melanesiana e micronesiana – e as da minoria pigmóide e koi-san, acreditando que pesquisas mais profundas dessas áreas possam modificar a ordenação proposta.

De acordo com esta, o Brasil musical folclórico situa-se na área colonial, que compreende, por definição, as manifestações européias transplantadas ou nascidas nos territórios coloniais, sejam eurasiáticas antigas ou apenas eurasiáticas, e também as expressões africanas e amerindianas.

Acredita Roberto Leydi, entretanto, que o estilo eurasiático antigo somente é encontrado na área colonial, sul da África, entre portugueses, franceses, alemães, italianos do norte e outros. Mas, acrescenta, se verificamos que nessas comunidades há elementos africanos, torna-se bem difícil dizer se tais caracteres são de origem

Folia do Divino de Itapetininga, conjunto de cantadores e instrumentistas, que tem a função tradicional de angariar donativos para a festa do Espírito Santo. Na frente, a menina leva a pomba do Divino e o estandarte ou bandeira.

eurasiática antiga ou africana, em face dos traços comuns que possuem ambos os estilos.

Estilo amerindiano

Na análise sucinta que faremos da música folclórica brasileira, consideraremos, em primeiro lugar, o estilo amerindiano, pela simples razão de que expressa a manifestação inicial da arte musical no território do nosso país. Nesse estilo, acham-se compreendidas as realizações musicais espontâneas das populações indígenas da América, dos esquimós aos fueguinos, excluídas as da zona mexicana e andina, de complexa expressão cultural. E observando especificamente a América do Sul, onde se acha o nosso país, recordamos que a expressividade sonora dos índios é demasiado simples. Se encontramos escalas de dois a sete sons, as mais comuns, no entanto, são as de menor número. A escala pentafônica, freqüente na região oeste, é de provável sobrevivência ou mesmo influência dos Incas e demais povos de semelhante nível intelectual do Chile e principalmente do Peru. Na sua melódica, é constante o intervalo de terça, o qual, por vezes, chega a determinar a estrutura da solfa. Em alguns cantos, porém, pode aparecer a terça menor, que lhes dá um caráter todo especial. A polifonia é desconhecida. E os documentos polifônicos que possam ser registrados aqui e ali constituem uma exceção à regra geral. Os cantores interpretam a monodia, com movimentos do corpo, para frente e para trás. Seus queixos não demonstram qualquer rigidez e o abrir e fechar da boca para emitir o som silábico dá a impressão de que o cantor está mastigando a melodia pouco a pouco. O ritmo é repetido, dinâmico, mas no geral simples, e a palavra de ordem dos intérpretes é resistência, pois costumam executá-lo um dia ou uma noite inteira. Ao término da interpretação musical, os participantes revelam um estado semelhante ao do transe.

O estilo amerindiano apresenta grande variedade de instrumentos: flautas de vários tipos e tamanhos, trompas, assobios, tambores, inclusive agrupados. A música possui muita importância na vida social. Pelo pouco que sabemos de alguns grupos indígenas do território brasileiro – tupi, jê, aruak, caribe, guaicuru, bororo, nambikuara, carajá –, acrescente-se, na caracterização do estilo referido, que o cantor inicia sua interpretação musical pelo recitativo falado e dele passa à melódica; há o canto solista sem palavras, com acompanhamento do cantarolar de homens e mulheres. Este é silábico, solista e coral, podendo apresentar caráter narrativo ou elegíaco, com a voz baixa que se eleva a pouco e pouco. No decorrer do canto, observam-se notas agudas, estridentes e prolongadas e também gritos e o uso do falsete. Na movimentação do grave para o agudo, notam-se portamentos. Às vezes, alternam-se compassos e na melódica é mais ou menos freqüente o aparecimento do intervalo de terça.

Entre os instrumentos, há tambores feitos de tronco de árvore escavado a fogo, muitos tipos de flautas e reco-recos de bambu, guizos amarrados às pernas na forma de pequenos frutos secos ou pedrinhas, zumbidores ou berra-bois, trompas, buzinas, pios, matracas, maracás.

Estilos eurasiático e eurasiático antigo

O estilo eurasiático e a seguir o eurasiático antigo chegaram ao nosso território com os europeus que o conquistaram. O eurasiático tem como centro de irradiação o Oriente, entre a Pérsia e o Japão. Atualmente, estende-se de Portugal ao Japão e propaga-se através do estilo colonial aos demais continentes. A zona de difusão, explica Roberto Leydi, compreende a Inglaterra, Escócia e Irlanda; França, Espanha meridional, Portugal, Países Baixos, Itália centro-meridional e insular, Iugoslávia meridional, Albânia, Grécia, Hungria, quase toda a Rumânia e parte da Bulgária, toda a África islamizada, Turquia, Oriente Médio, Indochina, Indonésia, China e Japão, com exceção do grupo Aino, que é de uma tribo japonesa.

O estilo possui característica monódica. Tem sentido individual e reflete desespero e tragédia, mais do que alegria. A voz do cantor é aguda e é freqüente o uso do falsete, o qual se presta a demorados e ornamentados tremolos vocais. Em virtude da tensão muscular que exige a interpretação vocal, observam-se contrações no rosto e no corpo inteiro do cantor. A música de conjunto é quase desconhecida, a não ser no domínio da arte erudita ou semi-erudita, isto é, música de consumo, popularesca, como seria preferível designá-la. Os instrumentos, a imitação da voz humana no canto são preferencialmente de sons agudos e, às vezes, mesmo estridentes. Estes, é raro se organizarem em orquestra.

O estilo eurasiático antigo se difunde por área imensa: Ébridas, Gales, Cornovál64, na Grã-Bretanha; parte da França, Espanha setentrional, região dos Alpes, Itália a norte dos Apeninos, provavelmente toda a Alemanha, Tchecoslováquia, Iugoslávia setentrional, algumas regiões não bem delimitadas na Bulgária, e Rumânia, grande secção da Rússia européia e dos países escandinavos, a região caucásica não islamizada, o maciço himalaiano, algumas tribos primitivas da Índia e o grupo Aino (Japão), região etiópica e provavelmente a Ásia setentrional (Sibéria).

Diferente do estilo eurasiático, sua expressão musical é coletiva, com tendências à polifonia, o que não impede que o uníssono homogêneo seja o processo de canto mais geral. A polifonia que apresenta nem sempre é de origem popular. Muitas vezes é de aquisição recente e de origem erudita ou semi-erudita. As características monódicas do estilo eurasiático antigo, às vezes com elementos do tipo hispano-arábico, tiveram sua difusão e permanência favorecidas pela Igreja Católica, que durante séculos resistiu à influência da polifonia vinda do norte. Genericamente, seu canto é grave, sendo rara a voz muito aguda. Tem expressão alegre, nobre e um tanto sensual. As melodias são breves, simples e sem grandes ornamentos. Há baladas e canções líricas, mas o canto narrativo não é tão comum como no estilo eurasiático. A mobilidade do cantor e a expressão facial são serenas.

Estilo africano

O estilo africano foi trazido ao Brasil pelos escravos negros. E na maior parte da população negra da África, caracteriza-se pelo seu conteúdo social. Em nenhum outro continente a música participa, como entre os africanos, da vida da comunidade. A expressão musical se efetiva com danças e cantos nas festas, ritos, cerimônias e também em outras ocasiões, religiosas ou profanas, da existência coletiva. Mas, também, é observada em modalidades do canto individual: dorme-nenês, jogos infantis, cantos de trabalho e de viagem, baladas épicas, canções satíricas e críticas.

Enquanto outros povos cantam em um ou no máximo dois registros, os negros da África apresentam no seu canto uma grande liberdade. Em conseqüência, a música africana surge como uma das mais variáveis e imprevisíveis do mundo. O cantor parece não respeitar regras ou modelos. Brinca com a voz, passando do grave ao falsete, intercalando grunhidos e gritos. A máscara é extremamente mutável e dramática. Ele ringe, resmunga, faz alarido e também ri, enquanto o europeu se atém à melancolia.

A polifonia é observada tanto a leste como a oeste do território africano. A oriente, os intervalos mais freqüentes são os de quarta e quinta; no ocidente, a terça, usual na estrutura harmônica e no desenvolvimento melódico. Segundo Kolinski, a música do oeste caracteriza-se por uma preferência para a série de terças e ausência da segunda menor.

Tem razão André Schaeffner, ao dizer que a música negra é cheia de antíteses. Ao lado de instrumentos mais primitivos, por exemplo, encontram-se outros de admirável forma. Mas o curioso é que nem sempre a melhor música nasce dos instrumentos mais evoluídos. No bonito som do alaúde soa uma música de interesse bem inferior ao do tambor feito de um simples tronco de árvore. A vegetação influi sobre a feitura de instrumentos musicais. Em conseqüência, há grandes tambores nas zonas das florestas e flautas nas regiões onde cresce o bambu. Quanto a instrumentos, ressalta-se a importância que os africanos deram à marimba sul-asiática, provavelmente introduzida no continente pelos habitantes de Madagascar.

Deve-se, por fim, mencionar que o estilo negro africano é sempre polirrítmico, seja no sentido horizontal como no vertical. E quando interpreta determinado ritmo, o músico negro revela grande dose de fantasia. Na África Ocidental, principalmente, o material rítmico apresenta enorme complexidade e uma tendência explícita heterométrica.

Música folclórica

Pelo que se sabe da música do nosso índio, que é ainda pouco, a música folclórica brasileira se acha mais próxima dos estilos africanos e eurasiático ou eurasiático antigo.

Entretanto, ao estilo ameríndio devemos alguns traços culturais. Instrumentos musicais, por exemplo: maracá semelhante ao usado pelo grupo tupi-guarani ou apenas o nome desse instrumento para indicar diferentes tipos de chocalho; *inúbia*, também chamado *membi-tarará*, no citado grupo, flauta de lata que freqüenta os cabocolinhos do Recife: *toré*, flauta que surge no conjunto instrumental dos quilombos de Alagoas; *zumbidor* ou *berra-boi*, aerofone livre na forma de uma tabuazinha presa num cordel, dando um zumbido, quando a giram, utilizado nas recomendas de almas, no Estado de São Paulo; reco-recos de bambu ou de cabaça comprida na qual se prende um pedaço de madeira denteada; apitos, pios, matracas feitas de dois pedaços de tábua, amarrados nas mãos dos dançadores de boi-bumbá e caiapó.

Também a esse estilo se relacionam as nossas escalas de poucos sons e às vezes de sete, com o último meio-tom abaixo; o emprego comum da terça no desenvolvimento melódico; o canto monódico silábico, interpretado por cantores que se movimentam para frente e para trás, dando a impressão de que mastigam a melodia; o uso do estilo recitativo e da entoação em falsete, nasalar, encerrando portamentos, que ligam som grave ao agudo e vice-versa, sons finais prolongados, com gritos estridentes e compassos alternados. Acrescentem-se as danças já utilizadas pelo jesuíta na sua obra de catequese: *cateretê* ou *catira*, *toré*, dos quilombos alagoanos e cabocolinhos canindé de *Recife*, *cururu*, *sarabaqué* ou *dança de Santa*

Cruz, sairé do extremo norte; e alguns traços do *caiapó, cabocolinhos, caboclos de Itaparica, dança de tapuios*.

Os estilos eurasiático e eurasiático antigo revelam-se na nossa música folclórica, principalmente através do grupo português. E isso porque o Brasil é precisamente português, antes de ser espanhol, italiano, holandês, francês e mesmo índio e africano.

Mas, como este grupo participa com sua música do estilo eurasiático, podendo também apresentar algo do eurasiático antigo, com referência a estes estilos e não ao português é que consideraremos a folcmúsica do Brasil. E lembre-se que ele não foi o único grupo europeu a contribuir para a nossa formação cultural.

O estilo eurasiático é que nos deu a nota melancólica do canto brasileiro, o falsete com tremolos vocais, a maneira de entoar com contrações do rosto e corpo, o canto narrativo, individual. Dele recebemos, através do português, além do sistema harmônico tonal, melodia quadrada, dorme-nenês, rodas infantis, solfas de danças: vários romances ou rimances tradicionais, em tonalidade menor, compasso ternário e, às vezes, seis por oito; a fórmula rítmica é colcheia e duas semicolcheias, característica da música portuguesa e espanhola; os instrumentos de timbre agudo, tais como a flauta de bambu, também indígena, o triângulo com o nome de *ferrinhos*, a sanfona, viola, cavaquinho, rabeca e os instrumentos membranofones do tipo do bumbo ou zabumba, caixa, caixa clara, pandeiro, adufe.

As tendências polifônicas do eurasiático antigo manifestam-se no nosso canto coletivo, com execuções a três, quatro e mais partes, nos mutirões da colheita, nas recomendas ou encomendas de almas; também nas harmonias finais de diversos sons em fermata de algumas folias de Reis; no uso do vocábulo *baixão*, empregado no cururu de São Paulo para designar o canto introdutório, e no coco pernambucano e reiada de Iguape, São Paulo, para indicar voz grave; deformação do *triplum* medieval, em várias modalidades folclóricas, no sentido de voz aguda; no aparecimento do estribilho "ai-lai-lai-lai-lai" no cururu, que pode ser relacionado a certas características de cantos arcaicos do Minho. E da sua monodia origina-se a nossa modinha.

Ao estilo eurasiático, relacionam-se, por fim, várias danças que traduzem mais direta influência portuguesa: *cana-verde* ou *caninha-verde*, *ciranda* ou *cirandinha* (de adultos), dança do Ramalhão, chimarrita, e algumas manifestações de teatro, com música, que refletem traços de várias procedências européias: bumba-meu-boi ou boi-bumbá, reisados e guerreiros, marujadas e cheganças, pastoril ou pastorinhas, folia de Reis, jardineira, pau-de-fita. Como dança, também recordar a quadrinha francesa.

O estilo africano observa-se, entre nós, no costume de transformar qualquer manifestação coletiva em meio de expressão musical, nas diversas modalidades de cantos, principalmente nos satíricos, a exemplo do lundu e da chula-canção. E também na entoação em falsete, com rápidas passagens do registro grave ao agudo; na maneira de brincar com a voz e na preferência que se dá pelo emprego da série de terças, o que se nota, em especial, na música folclórica do centro-sul do país.

Recorde-se, ainda, a propósito desse estilo, a importância que se dá ao tambor nas manifestações brasileiras e mesmo nas caboclas de traços africanos. E por fim, a polirritmia tanto vertical como horizontal.

Através de conjuntos orquestrais rítmicos, o estilo africano integrou no Brasil instrumentos musicais, a saber:

1 – *Idiofones de percussão*: gonguê ou gongué (campânula de ferro de uns trinta centímetros de comprimento, com cabo de material idêntico, a qual é percutida, em geral, com uma vareta de madeira), agogô (dupla campânula ou sineta sem badalo, de ferro, com cabo do mesmo material, que se percute com uma barreta de ferro), adjá (uma única campânula de ferro, que é batida com uma haste de ferro), marimba (tipo de xilofone africano, com ressoador, feito de uma série de pranchetas de madeira, colocadas sobre caba-

ças ou porungos – frutos de uma planta Cucurbitácea –, as quais são fixadas, na parte inferior, por meio de dois sarrafos; as pranchetas são percutidas com duas baquetas de madeira);

2 – *Idiofones sacudidos*: caxixi, mucaxixi, angóia ou cestinha (cestinha com uma alça, que tem sementes ou pedrinhas no interior e em cuja base apresenta um pedacinho de cabaça ou de lata), ganzá, caracaxá, xeque-xeque omelê (chocalho cilíndrico, feito de lata, com alças nas duas extremidades, nas quais, às vezes, amarram uma fita azul e outra encarnada, isto é, vermelha; algumas vezes, *ganzá* e *caracaxá* aparecem como denominação de reco-reco e outras, de qualquer tipo de chocalho), guaiá (mais comumente chocalho de lata, sob a forma de dois cones ligados pela base, com um cabo oco, em cujo interior se colocam sementes ou bolinhas de chumbo), xerém, ou xerê (pode ter a forma do *guaiá* ou de uma bola de ferro ou ainda de sineta com badalo), afochê, piano de cuia, xaque-xaque, aguê ou gô, cabaça (cabaça coberta por uma redinha de malhas, em cujas intersecções se colocam sementes de capiá ou conchas), pernanguma, prenanguma, penengomen, pernangomen (lata redonda, achatada, de uns trinta centímetros de diâmetro, que contém chumbos ou sementes no interior);

3 – *Membranofones*: a) tambores cilíndricos – mangonguê (pequeno tambor feito com uma caixa de manteiga ou de mate do Paraná, percutido com as mãos), tambu, caxambu, tambor-de-crioula, carimbó (tambores feitos de um tronco de árvore escavado, com couro em uma só abertura – a maior sempre de mais de um metro de comprimento – que se executam com as mãos espalmadas; apenas os *tambus* e *caxambus* do jongo podem apresentar menor comprimento), candongueiro (*tambu* pequeno, que aparece ao lado deste no jongo); tambores de barril – ilu (tambor de cerca de oitenta centímetros, com couros nas duas aberturas, que são fixados por meio de cordas, e toca-se com as mãos), irigome, engono, ingomba (tambor de cinqüenta centímetros que possui couro em uma só abertura, fixado por meio de pregos ou cordas e é percutido com as

mãos); b) tambores cônicos – atabaques (compreendem um conjunto de três tambores: rum – o maior, rumpi – médio, lé – menor; possuem couro somente na abertura de maior diâmetro e este é preso por meio de cordas e distendido com cunhas de madeira, que se colocam entre as cordas e o corpo do instrumento, onde se acha um arco, no geral revestido de pele; participam do princípio comum de percussão dos tambores negros: são executados com as mãos); c) tambores com suporte – quinjengue, mulemba, mulamba (consiste numa pequena caixa cilíndrica, que apresenta na parte inferior um pedaço de madeira roliça, com cerca de cinqüenta centímetros de comprimento; o couro na única abertura é fixado com pregos ou cravos de madeira; para executá-lo, o tocador o coloca sobre o *tambu* do batuque paulista, em sentido vertical, apoiando a madeira roliça no corpo deste e o bate com as mãos; por vezes, o *quinjengue* tem a forma cilíndrica do *condongueiro* usado no jongo) e membranofone de fricção – puíta, cuíca, boi, onça (tambor cilíndrico, com couro em uma só abertura, cujo som é obtido por meio de uma vareta de madeira, presa com arame ou barbante a um pequeno orifício que se faz no centro do couro, por dentro; para tocá-lo, com um pano molhado ou a própria mão, fricciona-se a vareta de cima para baixo, a partir do couro);

4 – *Corda golpeada* – urucungo ou berimbau (arco de madeira com corda de arame, aos quais se acha presa uma metade de cabaça; o som é obtido por golpes que se dão no arame com uma vareta de madeira; muitas vezes, o tocador leva na mão, que segura o arco, o chocalho chamado *caxixi* e também uma moeda que, colocada na corda, modifica o som; é também chamado *berimbau de barriga*, porque se costuma voltar a abertura da cabaça contra o ventre do tocador, funcionando este como caixa de ressonância).

Afinal, recorde-se que ao estilo africano referem-se alguns dorme-nenês nossos, cantos de trabalho como os vissungos, várias coreografias, a exemplo do batuque paulista, jongos e lundus, modalidades de sambas e mesmo folguedos populares, tais como os maracatus, moçambiques, congadas, cucumbis ou quicumbis, quilombos, ticumbi, taiêras. E também cerimônias religiosas do tipo dos candomblés, sessões de terreiro, macumba etc.

Bibliografia

LEYDI, Roberto. *Musica popolare e musica primitiva*. Eri. Edizioni Rai.

LOMAX, Alan. "Nuova ipotesi sul canto folkloristico italiano nel quadro della musica popolare mondiale", *Nuovi Argomenti*. Roma, ns. 17 e 18, 1955 e 1956.

SCHNEIDER, Marius. *Primitive Music in "The New Oxford History for Music"*. Londres, 1957, v. 1.

MANJZER, H. N. "Música e instrumentos de música de algumas tribos do Brasil", *Revista Brasileira de Música*, Rio de Janeiro, v. I, 4º fasc., Instituto Nacional de Música da Universidade do Brasil, 1934.

AZEVEDO, Luís Heitor Corrêa de. "Escala, ritmo e melodia na música dos índios brasileiros". Tese de concurso para o provimento da cadeira de Folclore Nacional da Escola Nacional de Música, Rio de Janeiro, 1938.

ALMEIDA, Renato. *História da música popular brasileira*. 2ª ed. Rio de Janeiro, Briguiet & Cia., 1942.

RAMOS, Artur. *Introdução à antropologia brasileira*. Rio de Janeiro, Coleção da Casa do Estudante do Brasil, 1947, I v.

RIBEIRO, Darcy. *Religião e mitologia kandiuéu*. Publicação nº 106, Conselho Nacional de Proteção dos Índios, 1950.

ROQUETTE-PINTO, E. *Rondônia*. Brasiliana, Nacional, v. 30.

COLBACCHINI, Padre Antonio; AIBISETTI, Cesar. *Os bororos orientais*. Brasiliana, grande formato, Nacional, 1942, v. IV.

IZIKOWITZ, Carl Gustav. *Musical and other sound Instruments of the South American Indiana*. Goetberg, Wetergren & Kleber, 1935.

ORTIZ, Fernando. *La africania de la música folklórica de Cuba*. Cardens & Cia., 1950.

TAVARES DE LIMA, Rossini. "Africanos na Cultura Popular Brasileira", Página de Folclore de *A Gazeta de São Paulo*, 14-11, 21-11, 28-11, 21-1, 1959.

RAMOS, Artur. *O folklore negro do Brasil*. Rio de Janeiro, Civilização Brasileira, 1935.

GUERRA PEIXE, Cesar. *Maracatus do Recife*. São Paulo, Ricordi, 1953.

CARPITELLA, Diego. "Problemi attuali della musica popolare in Itália", *Ricordiana*. Milão, ano II, nº 9, 1956.

HISTÓRIA DO CONTO POPULAR

Conto popular é o relato produzido pelo povo, que se difunde pela palavra falada. É a história, o conto folclórico, o *causo*, como dizem os sertanejos, que tem características verossímeis e que pode ocorrer nas circunstâncias do maravilhoso e do sobrenatural. Por vezes, mitos e lendas confundem-se com o conto popular e entre os traços que o definem recordam-se o de apresentar fatos de atuação constante e possíveis e ainda episódios de abstração histórico-geográfica.

O conto popular, que preferimos chamar história ou *causo*, obedecendo à sugestão do nosso povo, tem larga projeção no espaço e no tempo, pois não há lugar no mundo onde não exista, desde um passado de milênios. E curioso é notar que, na expressão geográfica e no tempo, a história se integrou, há muito, na literatura erudita, que assim se deve denominar, porque existe uma literatura folclórica, de que ela é uma das formas.

Se alongarmos a vista pela literatura erudita, vamos encontrar, em longínquas paragens, a história, o relato popular, fazendo parte de livros de escritores, os mais notáveis, e até mesmo de obras sagradas, que são monumentos da arte de escrever.

Da velha Índia, alguns séculos antes de Cristo, nos chega às mãos o *Niti-Xástras*, série de livros de moral prática, na qual se incluem apólogos ou fábulas. Estes revelam que seu autor, ou mais provavelmente autores, possuíam muito conhecimento da sabedoria popular de velha tradição. Ilustra a afirmação uma de suas sentenças: "Veneno é um livro que se não estudou, veneno a comida não digerida, veneno a companhia para o pobre, veneno para o velho é uma moça."

Recordar ainda o *Pantchatantra*, cinco livros, de que não se possui o texto primitivo, mas redações posteriores. Ele também apresenta fábulas e apólogos de origem popular. Uma de suas edições mais vulgarizadas é o *Panchakhianaka*, com novas fábulas e histórias, e o *Hitopadexa*, resumo do precedente.

Já em nossa era, apareceram duas outras coleções de histórias na Índia: o *Katha-saritságara,* que se traduz como *Oceano dos rios de contos*, e a *Xukasaplati, Os setenta contos de um papágio*.

Na cronologia lítero-folclórica do mundo essas obras indianas têm um lugar de relevante projeção. Muitas histórias, que ainda hoje o nosso povo conta, possuem variantes originais nessas mencionadas obras literárias, principalmente no *Pantchatantra* e no *Hitopadexa*.

Em papiros conservados até os nossos dias e em referências de Heródoto, cronista grego, há testemunhos que comprovam o significativo papel que desempenhou a história, o relato popular, no Egito de antes de Cristo. As estórias dos egípcios, assinala Letourneau, são preciosas por mais de um título. Levam-nos à vida comum do povo; dão informações sobre o caráter da multidão, dominada pela crendice. Nas estórias falam os animais, as plantas, todas as coisas. Os rios representam verdadeiros seres humanos e possuem até mulheres. O maravilhoso ultrapassa o limite do que se pode imaginar: um simples crocodilo de cera passa a ter vida por meio do encantamento. As estórias egípcias possuem no geral uma expressão infantil, usando e abusando do processo da repetição, para intensificar a expressão. Dizem, por exemplo: "Seu coração alegrou-se muito, muito", para assinalar uma grande alegria, fórmula que ocorre nas nossas estórias.

A própria *Bíblia* encerra nos textos do *Antigo Testamento* estórias aramaicas e de marinheiros da costa do Mediterrâneo. As aramaicas encontram-se no Livro de Daniel, no relato do sonho de Nabucodonosor, sacrilégio e fim de Baltazar (com a mão misteriosa a escrever as palavras mágicas *Mané, Tekel, Fares*) e, afinal, na estória de Daniel na cova dos leões. Lembra as narrativas de marinheiros mediterrâneos e de Jafa o texto do Livro de Jonas, em que o profeta é engolido por uma baleia.

Afinal, em se falando da Grécia heróica, recordar seus dois extraordinários documentos de poesia: a *Ilíada* e a *Odisséia*, ambos repletos de estórias e de referências a seres míticos. A *Ilíada* a nos relatar a guerra de Tróia, de que os gregos saíram vencedores, por haverem ludibriado os troianos, escondendo-se no interior de um colossal cavalo de madeira, que lhes mandaram de presente – "presente de grego". A *Odisséia* a relatar as estórias do sofrido regresso dos gregos, depois da vitória, e onde se projetam as figuras de Ulisses e sua fiel esposa Penélope. Os relatos populares incluem-se ainda na obra de Heródoto, as conhecidas *Histórias*, e em especial nas fábulas de Esopo, que contam o tão divulgado *causo* da lebre que perdeu a corrida para a tartaruga, em virtude de haver confiado por demais em suas possibilidades.

A Idade Média teve um livro que foi matriz de muita estória, contada até os nossos dias. Menendez y Pelayo chamou-o de rio que inundou a Europa, passando do árabe ao hebreu, do hebreu ao latim, do latim às línguas vulgares. Chama-se *Calila e Dimna* e é originalmente oriental, apresentando texto do próprio *Pantchatantra* indiano e outros de procedência persa, síria e árabe. Calila e Dimna são duas raposas que contam estórias na forma de apólogos, isto é, de sentido moral, que, por vezes, apresentam entre os personagens seres humanos. Esse livro divulgou na Europa a popular narrativa dos "Três ladrões da ovelha", os quais, por quererem comer a ovelha, acabaram convencendo o homem que a carregava de que ela era um cachorro.

Outro livro fonte de estórias é o *Sandelbar*, traduzido do árabe a mandado de Afonso, o Sábio, em 1253, com o nome de *Libro de los engaños y los ensayamientos de las mujeres*. Como o anterior, multiplicou-se, e na forma ocidental se tornou conhecido através da imitação da versão hebraica, feita por Juan de Alta Silva, monge do século XIII, sob o título de *Dolopathos ou História Septem Sapientum Romae*, de que há traduções e falsificações. Variante nossa de estória divulgada pelo *Sandelbar* é a do "Príncipe e o amigo", em que este espalhou farinha de trigo por todos os cômodos da casa, com exceção do quarto da mulher, deixando-a ali presa, enquanto viajava. Ao voltar, encontrou sinais dos pés do príncipe e quis matá-lo, mas este respondeu:

> Quando de casa saíste
> Pós brancos espalhaste,
> Rastro de ladrão achaste,
> Que lindas uvas eu vi.
> Te juro, por Deus do céu,
> Como nelas não buli.

A verdade é que o príncipe chegou a entrar na casa do amigo, indo até o quarto, onde se achava a jovem esposa, nua, a dormir. Mas apenas a contemplou e foi embora.

Barlaam y Josaphat, nomes supostos de um rei da Índia e de seu filho, constituem o título de uma obra também do mesmo gênero e época. Recorda o enredo a estória de um rei que envida todos os esforços para impedir que seu filho se torne cristão. Este, porém, ganha a amizade de um eremita, que lhe ensina a nova religião e o leva para o deserto com ele. Antes, o príncipe converte o próprio rei e os súditos. Seguem-se, depois, vários apólogos, fábulas, parábolas e uma comparação de religiões. *Barlaam y Josaphat*, segundo Max Muller, relata a própria história de Buda; no seu principal contexto, é, portanto, originalmente um livro indiano. Sabe-se que nele se inspirou Boccaccio para escrever o *Decamerão*.

Muito divulgada no século XIII é a coleção de estórias, conhecida por *Disciplina clericalis* e escrita em latim pelo judeu Moisés Sefardi, feito cristão com o nome de Petrus Alfonsi. Explicando a obra, diz que a escreveu meditando sobre a fragilidade humana e utilizando-se de provérbios dos filósofos, exemplos árabes, semelhantes dos animais e aves. A estória da raposa e a onça, em que esta acha que o bem se paga com o mal, e que acaba vencida no seu desígnio por artes do homem, tem uma versão primitiva na *Disciplina clericalis*. Aí o homem é que acaba sendo salvo pela raposa, depois de haver libertado uma serpente da prisão.

As gestas, poemas heróicos do medievo, estão repletas de histórias a envolver personagens mitológicos. Tal é o exemplo de Siegfried, que vence os saxões e os dinamarqueses e empreende viagem à Islândia, para conquistar Brunhilda, sempre em função de suas características mágicas, mas que termina vítima de sua vontade de dominar o mundo. As estórias de Siegfried, que bem revelam os predicados e os defeitos de tantos homens de ontem e de hoje também, compreendem parte da série de poemas "O Anel do Nibelungo", traduzidos em música, de maneira magistral, por Richard Wagner, na famosa *Tetralogia*, na qual se incluem as óperas "Ouro do Reno", "Siegfried", "Valquíria", "Crepúsculo dos deuses".

Da França nos veio, no gênero, a "Canção de Rolando", que teve origem em um fato histórico: a derrota de Carlos Magno frente aos bascos, em Ronscevales, nos Pirineus, a 15 de agosto de 778. O povo transformou este fato em estória e assim foi inscrito na gesta literária. Os bascos transmudaram-se em mouros e conta-se que Rolando, grande chefe dos soldados de Carlos Magno, desafia milhares de inimigos e morre vitorioso. Mas a estória não pára aí: Rolando sobe aos céus e é recebido por São Gabriel, com todas as honras dos verdadeiros santos. Lembre-se que essa estória penetrou no folclore brasileiro através do contexto mouro-cristão, sendo Rolando, com o nome mais popular de Roldão, personagem obrigatória de muitos textos de congada e embaixada de cavalhada, o folguedo que evoca cargas de cavalaria dos exércitos de Carlos Magno e dos mouros ou turcos.

Estórias também compõem o romance da Távola Redonda, inspirado em tradições celtas dos tempos do rei Artur e de seus cavaleiros, que se propuseram a conquistar o Santo Graal, cálice sagrado utilizado por José de Arimatéia, para recolher o sangue de Cristo crucificado. O romance, poema heróico, intitula-se Távola Redonda, porque os personagens costumavam fazer suas reuniões em torno de uma mesa redonda, para demonstrar que todos eram iguais.

Na forma de fábulas, em que os personagens são animais, a Idade Média produziu muitas estórias, utilizando achegas de toda parte, principalmente do Oriente. Entre estas, recordamos as que se encontram no romance *Renart,* isto é, a raposa, série de narrativas escritas no século XII e início do XIII por vários autores.

Não há o que duvidar da sua inspiração popular, folclórica, e da elaboração realizada no correr do tempo, partindo de uma fábula com texto poético, que chegou a possuir mais de uma vintena de milhar de versos. O fundamento do romance é a luta da raposa contra o lobo, da astúcia e hipocrisia contra a força bruta e a estupidez. Outros personagens dessa verdadeira epopéia animal, precioso documento da literatura francesa, são o leão, o urso, o gato, o galo, a galinha, o burro, o corvo etc.

Animais figuram também nos chamados *Bestiários* medievais, inspirados no livro *Physiologus,* de um alexandrino do século II, composto sobre textos gregos, etíopes, armênios e latinos. Aí se divulgam, de forma alegórica, as doutrinas cristãs, utilizando exemplos de animais. Esclareça-se que numerosas estórias dos *Bestiários* do século XII e do XIII, se partiram do povo, foram, depois, retomadas por este e prosseguiram sua caminhada no seio da massa.

Ainda na Idade Média, que em diversas formas e gêneros literários eruditos usou muita coisa do povo, lembramos o teatro, apenas para mencionar que a conhecida lenda de Fausto, que vendeu sua alma ao diabo, já aparece em obra dramática do século XIII, na França. Chama-se *Miracles de Théophile* e seu autor é Rustebeuf.

Já do século XIV é o *Libro de Exemplos del Conde Lucanor y Patronio*, no qual se inscreve o nome de d. Juan Manuel, neto de Fernando III e sobrinho de Afonso, o Sábio, considerado inovador da prosa erudita castelhana. No parecer de Menendez y Pelayo, essa produção, dedicada aos que "non fueron muy letrados nin muy sabidores", não tem um só relato de criação original. Tudo são estórias, trazidas e adaptadas de narrativas orientais, árabes, persas e hindus. E entre elas acha-se uma versão primitiva da conhecida história do galo, que o recém-casado deve matar na sua primeira noite de núpcias, a fim de que não seja dominado pela esposa. O *Libro de Exemplos del Conde Lucanor y Patronio* desenvolve-se em torno das conversas do Conde Lucanor com o sábio empregado Patrônio.

Menendez y Pelayo manifesta a mesma opinião, no que concerne ao aproveitamento de relatos populares, quando analisa o *Decameron,* ou *Decamerão*, de Boccaccio: não há um só relato original. E na realidade, o autor, clássico da língua italiana, baseou-se nas estórias do livro *Novelino*, anotadas por um florentino do século XIII. Precede-as um proêmio, no qual há uma descrição da peste que assolou Florença, em 1348. A seguir, conta Boccaccio, três moças e três rapazes vão passear no campo e aí permanecem a jogar, cantar e a narrar estórias, algumas conhecidíssimas de todo o mundo.

Do poeta espanhol Juan Ruiz, arcipreste de Hita, que viveu entre os séculos XIV e XV, é o *Libro de Buen Amor,* posteriormente intitulado *Libro de Cantares*. Trata-se de quase uma autobiografia em versos, em que se delineiam fábulas, apólogos, sátiras, burlas, procedentes de fontes eruditas e folclóricas. O bom amor, para o autor, é o amor a Deus, em oposição ao *loco amor*, o amor do homem pela mulher ou vice-versa. Muito da vida folclórica da Espanha, representada pela cultura espontânea, acha-se no *Libro de Buen Amor* ou *de Cantares*, no qual se projetam, principalmente, as estórias, várias de origem oriental.

Interessado pela literatura, que hoje chamamos folclórica, o poeta inglês Geoffrey Chaucer utilizou em *Contos de Canterbury* uma de suas formas, a estória, com variantes propagadas por livros latinos, franceses e italianos. Na sua concepção, os contadores de estórias são peregrinos que se dirigem ao túmulo de São Tomás Becket, em Canterbury, mais a passeio do que em romaria piedosa. O poeta encontra-se com o grupo em uma estalagem e cada um conta duas estórias na ida e duas na volta. O ambiente em que estas se situam é a Inglaterra do século XIV, com seus fidalgos, párocos, prioresas e demais representantes de todas as classes sociais. E elas percorrem toda a gama de narrativa, desde a aventura trágica à comédia alegre.

Estórias de cunho novelístico nos oferece Gio Francesco Caravaggio, conhecido por Straparolla, em *Le XIII Piacevoli Notte*, de 1554. Em treze noites, damas e cavalheiros contam setenta e cinco estórias, que compreendem fábulas infantis, novelas de aventuras e anedotas. Entre elas, aparece a estória do peixinho miraculoso, que deu favores a um jovem, pobre e barrigudo, para obter a mão da filha do rei, fazendo que tivesse um filho dele, sem que ambos nunca estivessem juntos. Recorde-se também que nesse livro de Straparolla há uma versão da nossa estória do galo, de cuja morte na primeira noite de núpcias depende a autoridade futura do chefe da família.

Quase um livro de folclore, no domínio da estória, é *Pentamerone del Cavalier Giovan Battista Basile, overo Le Cunto de li Cunte*, escrito no século XVII, em dialeto napolitano. Possui variantes das populares narrativas da "Gata Borralheira", "Gato de Botas", "Bela Adormecida no bosque", "Branca de Neve", e ainda a das "Fiandeiras, tias ou devotas das almas", estória conhecida na Alemanha, França, Inglaterra, Itália, Suécia, Estônia, Finlândia, Lapônia, Dinamarca, Grécia, Noruega etc. Na versão brasileira, recorda-se o caso de uma moça que afirmou ser capaz de fiar, bordar e engomar, sem nunca haver aprendido, desde que o rei a tomasse por esposa. O rei, então, mandou chamá-la e, depois de casar-se com ela, determinou que lhe fizesse uma camisa, e a moça tomou-se de desespero. Mas, no dia seguinte, apareceram no palácio três velhas, dizendo-se tias da moça e a declarar que ficaram feias daquele jeito, a fiar, bordar e engomar. O rei, mais que depressa, mandou chamar a esposa e a proibiu de fazer uso do fuso, da agulha ou do ferro de engomar. As velhas nada mais eram do que almas do outro mundo, das quais a moça era devota.

Na língua portuguesa, uma das principais fontes de vulgarização de estórias, contadas no Velho Mundo, foi a obra *Contos e histórias de proveito e exemplo*, de autoria de Gonçalo Fernandes Trancoso, no século XVI. Seus relatos tiveram larga popularidade no Brasil e a expressão *estória de Trancoso* passou a ter a mesma significação de *estória da carochinha* ou estória no sentido folclórico do termo, já assinalado no início. Nesse conceito, já eram conhecidas, entre nós, no século XVII e a elas se refere o escritor de *Diálogo das grandezas do Brasil*. A Fernandes Trancoso devemos a mais antiga variante, em nossa língua, da estória "As três perguntas do rei", que Sílvio Romero anotou e divulgou com o nome de "O Padre sem cuidados".

Por volta de 1569, aparecia em Valência, na Espanha, a coleção de estórias *Sobremesa y alivio de caminantes*, de Juan Timoneda. Caracterizavam-se pela brevidade e certo tom chistoso, tal a do exemplo: "Um gentilhomem encomendou a um pintor a Ceia de Cristo. Por descuido, este pintou treze apóstolos e para dissimular o décimo terceiro colocou-lhe as insígnias do correio. O gentilhomem, porém, recusou pagar-lhe, porque o quadro estava errado, e o pintor graciosamente declarou: 'Não se aborreça, o que está como correio veio só cear e depois vai-se embora.'" Na coleção de Timoneda encontra-se a nossa estória do "Cego e o dinheiro enterrado", em que o cego finge ter recebido mais dinheiro, para reaver o que enterrara e fora roubado pelo seu vizinho.

Na sua monumental obra literária, Gil Vicente usou muita coisa do povo português, nas expressões de cultura espontânea do tempo em que viveu, entre os séculos XV e XVI. O *Auto de Mofina Mendes* baseia-se em uma estória que integra numerosos folclores e existe em variantes diversas. Para fazer muito dinheiro, Mofina Mendes vai à feira de Trancoso, a vender um pote de azeite. Cheia de felicidade, começa então a cantar:

>Do que este azeite render
>Comprarei ovos de pata
>Que é coisa mais barata
>Que eu de lá posso trazer,
>E estes ovos chocarão:
>Cada ovo dará um pato,
>E cada pato um tostão,
>Que passará de um milhão
>e meio a vender barato.
>Casarei rica e honrada
>Por estes ovos de pata
>E o dia que for casada
>Sairei ataviada
>Com um brial d'escarlata
>E diante o desposado,
>Que me estará namorando;
>Virei de dentro bailando
>Assim dess'arte brilhando
>Esta cantiga cantando.

E assim, cantando, começa a bailar e o pote cai de sua cabeça, pondo tudo a perder. Comentando a estória de Mofina Mendes, esclarece Renato Almeida: "é o tema do castelo no ar, contar com ovo na galinha, que foi divulgado por La Fontaine, pelo 'Pantchatantra' hindu e o livro *Calila e Dimna*".

Outro autor de livro de estórias, anotadas em fontes diversas, que se celebrizou e teve influência na formação de muita criança brasileira, contribuindo para a difusão de exemplares diversos da forma entre nós, foi Charles Perrault. Ele é o escritor de *Les Contes* de *Mère Loye*, *Os contos da mamãe gansa*, que abrange as estórias de "Chapeuzinho Vermelho", "Barba Azul", "Maria Borralheira ou Gata Borralheira", "Bela Adormecida no bosque", "João e Maria". Lembre-se, para comprovar a velha procedência dessas estórias, que a nossa conhecida "Maria Borralheira" tem variante egípcia dos tempos dos faraós. Lá ela se chamava Rodopis e conta-se que sua sandália foi levada por uma águia, a qual a deixou cair em cima do faraó. Este saiu à procura da dona da sandália, achou-a e casou-se com ela. *Os contos da mamãe gansa* apareceram em Paris, em 1697, e os folcloristas os consideram versão fiel de relatos populares.

O século XVIII foi dominado, no que se refere à publicação de estórias, pela edição dos doze volumes de *As mil e uma noites*, em língua francesa. Mais do que uma tradução, trata-se de uma adaptação de Antoine Galland, estudioso de assuntos orientais. Para produzir a obra, utilizou duas fontes: uma coleção recebida da Síria, talvez originalmente egípcia; e narrativas populares, anotadas pelo maronita Hana, católico do Líbano. *As mil e uma noites* têm por narradora Scherazade, filha de um Grão-Vizir, e por ouvinte o rei persa Schariar, seu esposo, que levado pelo seu ódio contra as mulheres costumava determinar a morte das esposas, após a noite de núpcias. Adiando o fim de cada estória para o dia seguinte, Scherazade acabou dominando-o e ganhando em definitivo seu amor e confiança. Essa coleção famosa difundiu entre nós as estórias de "Aladin e a lâmpada maravilhosa", "Simbá, o marinheiro", "Ali-babá e os quarenta ladrões".

Não há quem não conheça no Brasil ou pelo menos já tenha ouvido falar nas estórias dos irmãos Grimm. Esses irmãos, Jacob e Wilhelm, foram importantes filólogos e dicionaristas, além de estudiosos de mitologia e professores da Universidade de Berlim. Em 1812, porém, editaram os *Contos para crianças e para os lares*, que lhes deram renome internacional, não apenas nos meios eruditos, mas principalmente nos populares. Os seus *Contos* são uma série de estórias, em grande parte recolhidas durante suas viagens. E na série podemos encontrar algumas que pertencem à nossa tradição oral. Por exemplo: a da "Devota das Almas"; a de "João e Maria", cujos personagens principais aparecem com os nomes de Hansel e Gretel; a estória de João Grilo, um pobre homem que se fez adivinho para salvar a vida e acaba descobrindo ladrões, por mero acaso.

Com a mesma finalidade dos irmãos Grimm nos seus *Contos*, oferecer assunto para os serões familiares, e em especial para entreter a criançada, um cronista social brasileiro, falecido em 1914, andou compilando e publicando livros de estórias, que marcaram grande êxito editorial. Chama-se Alberto Figueiredo Pimentel e tornou-se conhecido assinando a secção "Binóculo", um repositório da vida social carioca, na *Gazeta de Notícias*. Mas ele se projetou de maneira significativa como autor dos *Contos da Carochinha*, *Histórias da avozinha*, *Histórias da baratinha*, que em suas numerosas edições comprovaram seus méritos de um dos nossos melhores e mais queridos divulgadores de estórias. Prova é que suas coletâneas, publicadas em 1894 e 1896, ainda agora são reeditadas, procuradas e lidas com o mesmo empenho e interesse de então.

É uma pena que outros escritores nossos não lhe sigam o exemplo, organizando novas coleções de estórias em vez de criarem relatos para crianças, no esquema destas, nem sempre justificados nas pretensões de agradar, entreter e ensinar. A estória, a narrativa popular, considerada pelos sábios de todos os tempos inigualável fonte de livros, constitui ainda hoje como amanhã o que de melhor pode ser obtido para a produção de novas obras para a infância e mesmo para adultos. Para tanto, porém, há necessidade de que os escritores aliados aos folcloristas façam a investigação, a pesquisa, colham diretamente os exemplares que estão na memória e na boca dos contadores populares. Sublinhe-se que, nessa atitude e sua concretização, os escritores estarão em condições de dar subsídios aos estudiosos da nossa língua, nos aspectos regionais, desde que na coleta da estória deve-se obter o original na fala do informante, para depois se proceder à recriação ou adaptação, se for o caso.

Na fala do informante um contador de estórias de fazenda de Goiás, J. G. Americano do Brasil, anotou e divulgou no livro *Lendas e encantamentos do sertão* a narrativa popular de Telenco, que não passa de uma reformulação folclórica do entrecho da guerra de Tróia e da *Odisséia*.

Eis como descreve o conselho de Penélope, Zelópe na sua pronúncia, a Ulisses, Urisso, antes de sua partida para Tróia, Bróia:

"Olha milorde, acabando a fufuta, você marcha pra casa; não vá ficar por lá, embelengado com alguma gabiruá da corte do tal Priâmo (Príamo), e si conseguires tomar dele a sirigaita da Irena (Helena), sentido com ela, que si ela foi rapiada é porque consentiu. Quando uma mué não qué, nem o diabo carrega ela. É nossa comadre, porém, depois do sucedido fora com ela. Telenco (Telêmaco) está sem madrinha, porque não quero saber mais dessa findinga."

Sobre o Cavalo de Tróia, diz:

"Então, Urisso inventou um cavalo de pau, ocado por dentro, com rodas nos pés, e mandaram de presente ao rei Priâmo, que recebeu o quadrúpede com agrado e mandou recolher o suplicante para dentro da muraia. A barriga do dito cavalo de pau estava cheia de guerreiros escoídos e valentes quenem Brasabú (Belzebu). De noite, eles saíram por um buraco disfarçado debaixo do rabo do ruminante e socaram fogo no palácio e nas casas, fazendo um grande banzé de cuia e mixórdia de pega-pega."

Assim ele pinta Telenco, Telêmaco:

"O rapaz era mesmo do chifre furado. Sabia toda sorte de jogo de armas e tinha uma espada roge, que era um raio. Bonito então era até ali. Quando oiava uma moça, esta ficava com zóio virado e não piscava, enquanto ele não virasse a cara pra outra banda. Eta moço pimpão e timive pra namoriscá!"

Lembrando a finalidade de Penélope, que resistia ao assédio de numerosos pretendentes, falava o contador de estórias:

"Entretanto, a rainha Zelópe estava abarbada com os pretendentes de casório. Ela, pra não desgostar os coiós, afirmou que ia tecer uma carapuça da mais fina seda, pra pôr na cabeça do escolhido, e assim ia engambelando os pacóvios, até saber notícia certa do suposto falecimento do rei esposo. E nunca mais acabava de fazer a carapuça. Por fim, Urisso voltou e pôs água na fervura."

Também em pesquisas, uma equipe da Comissão Paulista de Folclore gravou e anotou a história de "A baleia, o leão e o sapo", contada por João Alfaia, em Cabelo Gordo, no município de São Sebastião. Trata-se de uma variante de exemplar já recolhido por Couto de Magalhães entre índios do Juruá; Carmen Lyra, em Costa Rica; J. Serra Cardoso, em Moçambique, na África; Osório de Oliveira, na Zambézia; Chandler Harris, entre os negros do sul dos Estados Unidos; e Câmara Cascudo, em Natal. Apenas os personagens variam, devendo-se esclarecer que a baleia aparece nas versões dos índios do Juruá e de Costa Rica.

Bibliografia

CASCUDO, Luiz da Câmara, "Literatura oral", in *História da literatura brasileira*, Rio de Janeiro, José Olympio, 1952, v. VI.
——. *Contos tradicionais do Brasil*. Rio de Janeiro, Americ. Elit., 1946.
ROMERO, Sílvio. *Contos populares do Brasil*. Edição anotada por Luiz da Câmara Cascudo, Rio de Janeiro, José Olympio, 1954.
ALMEIDA, Renato. *Inteligência do folclore*. Rio de Janeiro, Livros de Portugal, 1957.

EXPOSIÇÕES E MUSEUS

Com razão escreveu Renato Almeida, em 1949: "Coube a Mário de Andrade abrir novos rumos aos estudos e pesquisas folclóricas, desviando a atenção para a coleta de material, dentro de um critério científico, por processos mecânicos e estabelecendo bases para um inquérito sério no quadro brasileiro." E acrescentou: "quando diretor do Departamento de Cultura de São Paulo, organizou as primeiras expedições folclóricas, que fizeram registros mecânicos de nossa música popular e coletaram vasto material, sobretudo de instrumentos musicais e implementos de folguedos folclóricos".

Na verdade, Mário de Andrade foi o chefe espiritual das primeiras expedições científicas do folclore brasileiro. Estas se realizaram em 1937 e 1938, quando era diretor do Departamento de Cultura da Prefeitura de São Paulo. Da primeira foi incumbido Camargo Guarnieri e a segunda, já em equipe, teve a assistência diretiva de Luís Saia. Ambas visaram o Nordeste e o Norte do Brasil, coletando, em especial, peças na Bahia e Pernambuco, as quais foram colecionadas no Museu Folclórico da Discoteca Pública Municipal por Oneyda Alvarenga.

Nesse Museu Folclórico, cuja divulgação se fez, em 1950, por meio de um catálogo ilustrado, predominam, no dizer de sua autora, de modo absoluto, os objetos de função religiosa. "Todavia, a natureza deles é bastante variada, compreende instrumentos musicais, cerâmica, indumentária, pintura, trabalhos em madeira e ferro etc."

Nós, que convivemos com Mário de Andrade, sabemos que este sempre se mostrou mais interessado pelo folclore do Norte e Nordeste do que pelo do seu próprio Estado. E apesar da influência benéfica que exerceu sobre todos os estudiosos do folclore, concitando-os a realizar pesquisas de campo, o que nos levou a circunscrever o raio de ação de seu trabalho ao Estado de São Paulo foi a leitura atenta que fizemos de Amadeu Amaral. Este aconselhava delimitar a área de observação, onde normalmente se pudesse exercê-la.

E assim agimos, dando início às pesquisas de folclore paulista. Para concretizá-las, no entanto, víamos a necessidade de colaboradores e, por isso, organizamos, em 1945, com o material que íamos coletando, o pequeno Museu do Centro de Pesquisas, inaugurado no prédio do Conservatório, em 1947. E nesse local, sob a inspiração de Renato Almeida e com a colaboração do Centro de Estudos Folclóricos do Grêmio da Faculdade de Arquitetura e Urbanismo, teve lugar a primeira exposição oficial de folclore, com o predomínio de peças recolhidas no Estado de São Paulo, de 16 a 22 de agosto de 1949, durante a II Semana Nacional de Folclore.

Esta exposição deu maior impulso ao Museu do Centro de Pesquisas Folclóricas "Mário de Andrade", que compreendia as seguintes secções: Técnica Popular, Arte Popular, Ciência e Religião, Música e Danças e Brinquedos Populares.

Na secção de Técnica Popular estavam colecionadas as peças que o meio popular brasileiro utiliza ou utilizou para fins práticos e de uso próprio, como por exemplo: cestas de bucha, capiá, palha de milho, taboa, barba-de-bode, piaçaba; cumbucas de cabaça; cuias de chimarrão; coco para beber água; fole para acender fogo; cadeira de pau com assento de talboa; balaio e bornal de taquara; guampo de tropeiros; cabo de relho com figurações feitas a canivete; cangalha de pau e couro cru; gamelas, pilões, candieiros etc.

Na secção de Arte Popular achavam-se colecionados desenhos, pinturas, esculturas de feitura popular, nos quais se observa, principalmente, um sentido estético, ainda que o seu fim, de início, tenha sido outro, como por exemplo: peças de cerâmica do ciclo do Natal, do Vale do Paraíba, especialmente de Taubaté (reis magos, galos do céu, burrinhos, vaquinhas, carneirinhos, tipos humanos, anjos, lagartos, raposas, galinhas, galos etc.); peças de cerâmica de Natal, Rio Grande do Norte; de Caruaru, em Pernambuco, peças de chifre, de guaraná; ex-votos ou promessas em desenho, pintura e escultura.

Na secção de Ciência e Religião havia as peças que se relacionam ou pertencem à sabedoria e crenças populares, como por exemplo: bandeiras do Divino, Santa Cruz, Santa Rita; figas de diferentes formatos; cruz na garrafa com os Santos Martírios; remo do Divino; rosário de caroço de azeitonas: santos de cruzeiros de beira de estrada; material de sessão de terreiro de São Paulo (maracá, remo, punhais, bengala vidente, braseiro, cachimbo, deus hindu, toalhas com os símbolos de umbanda e quimbanda etc.).

Na secção de Música e Dança encontravam-se peças que estão relacionadas a essas duas artes, como instrumentos musicais: idiofones – adjás, agogôs, guaiás, paiás, maracás, caxixis, reco-recos diversos, ganzás; membranofones – tambu, quinjengue, candongueiro, caixa, lé, puita, pandeiros; cordofones – violas, cocho, rabecas, urucungo; aerofones – flautas de taquara transversais e retas, pios para chamar pássaros; e também pertences de dançadores; chapéus e espadas de congos, casquete e bastões de moçambiques, coroa do rei mouro da chegança, diademas das "baianas" de Alagoas.

Na secção de Brinquedos Populares estavam selecionados os fatos folclóricos que são utilizados como brinquedos de adultos e crianças do nosso meio popular; baianas, bruxas ou bonecas de trapo, bodoques, petecas de palha de milho, estilingue, revólver de madeira com elástico, espingarda de cabo de guarda-chuva, carneiros de algodão, perna-de-pau de cabo de vassoura, piões, bonecas de engonço e outros.

Este Museu funcionou no prédio do Conservatório até 1953. Por essa época, surgiu, em conseqüência dos festejos do IV Centenário da Cidade, a oportunidade de se criar o Museu Folclórico de São Paulo. E através de convênios firmados com Francisco Matarazzo Sobrinho, presidente da Comissão do IV Centenário, a Comissão Nacional de Folclore, representada por Renato Almeida, e a Comissão Paulista de Folclore, por nós, se puseram a campo, a fim de coletar material para uma Exposição Interamericana de Artes e Técnicas Populares, que seria a base do sonhado Museu.

Para a coleta e aquisição das peças, a Comissão Paulista de Folclore e a Comissão Nacional de Folclore enviaram aos seus colaboradores esquemas como o seguinte:

PARA A COLETA DE PEÇAS

O material para a Exposição deverá ser constituído de peças de cunho tradicional ou de aceitação coletiva no meio popular, que, não sendo produtos seriados da industrialização em larga escala, originam-se do trabalho manual de modestos artífices locais. Essas compreenderão:

1 – *Utensílios de uso caseiro*: potes, panelas, frigideiras, alguidares, cuscuzeiros, moringas de barro; panelas de ferro; escumadeiras, colheres, conchas, gamelas, pilões de madeira; caburés, carretilhas, grelhas, trempes, espetos, aldravas, candieiros, lamparinas, castiçais, de material variado; peneiras, apás, cestas, balaios, samburás, de lasca de bambu, barba-de-bode, capiá, palha de milho; cadeiras, bancos, mesas de casa de caboclo.

2 – *Utensílios de indústria doméstica*: teares, rocas, fusos, agulhas, almofadas, fios de algodão; tecidos, panos crus, redes, papéis recortados, cartuchos, rendas, filé, toalhas de saco, trançados, colchas etc.

3 – *Utensílios da vida rural*: a) pesca: tipos de redes e embarcações para o mister, arpões etc.; b) caça: armadilhas (arapucas, alça-

pões, laços etc.), armas (bodoques, estilingues, bacamartes, garruchas etc.), guaiacas, polvarinhos etc.; c) agricultura: rodas de água, cataventos, rodas de manivela, moinhos, engenhocas, monjolos, prensas de tipiti etc.; d) pecuária: chicotes, relhos, rédeas, buçal, coalheira, barrigueira, laços, cochos etc.; e) objetos e instrumentos ligados à mineração, salinagem e seringas etc.

4 – *Meios de transporte*: carretas, carros de boi, embarcações; acessórios: canastras, baú etc.

5 – *Indumentária*: peças de vestuário típico de vaqueiros, gaúchos, tropeiros, cangaceiros, chapéus de palha, bolsas, cintos, tamancos, chinelos etc.

6 – *Folguedos e danças populares*: vestes de dançadores, bandeiras, estandartes, máscaras, disfarces, espadas, bastões etc.

7 – *Instrumentos de música*: violas, rabecas, pandeiros, reco-recos, chocalhos, caixas, bumbos, cuícas ou puítas, tambu, atabaque, quinjengue, pife etc.

8 – *Religião e crendices*: objetos ligados a diferentes cultos e festas religiosas: imagens, oratórios, cruzes, bandeiras de santos, mastros, presépios, lapinhas, figas, amuletos, ex-votos ou promessas etc.

9 – *Brinquedos de adultos e crianças*: bruxas, bonecas, petecas, piões, quebra-potes etc.

10 – *Arte figurativa*: figurinhas, vasos, animais, bonecos de cerâmica, madeira, palha, guaraná, cera, massa de açúcar e outros materiais.

Indicações que devem acompanhar cada uma das peças: 1º) nome da peça no lugar em que foi recolhida; 2º) material de que é feita (madeira, couro, barro, com referência ao colorido e material deste); 3º) menção à pessoa que a fez ou à última que a possuiu; 4º) utilidade ou função da peça; 5º) preço que custou, caso tenha sido adquirida; 6º) dimensões da peça; 7º) local em que foi recolhida; 8º) nome de quem a recolheu. Quando possível os coletores deverão enviar fotografias da peça em função nos seus lugares de origem.

Por fim, após intenso trabalho da Comissão Nacional de Folclore no relacionado à coleta de material brasileiro e americano, e da equipe da Comissão Paulista de Folclore e do Centro de Pesquisas Folclóricas "Mário de Andrade", no que se refere a peças do Estado de São Paulo, inaugurou-se a 10 de setembro de 1954, sob a marquise do Parque Ibirapuera, a Exposição Interamericana de Artes e Técnicas Populares. A organização esteve a cargo de Oswald de Andrade Filho, que, auxiliado pela equipe da Comissão Paulista de Folclore, idealizou o *stand* de São Paulo e dirigiu a construção dos demais, sugeridos pelas Comissões Estaduais de Folclore e pelos próprios países participantes.

Entre as peças adquiridas ou emprestadas, que fizeram parte da mostra – que na opinião de Henri Rivière, do Museu Nacional de Artes e Tradições Populares de Paris e diretor do Conselho Internacional dos Museus da UNESCO, deveria ser apresentada à Europa tal a sua importância –, destacavam-se:

Da *Bahia* – pertences utilizados nos candomblés e carrancas de barcos do rio São Francisco; *Santa Catarina* – cerâmica figurativa e rendas; *Ceará* – casa do vaqueiro, jangada e rendeira; *Rio Grande do Sul* – galpão gaúcho; *Espírito Santo* – festa tradicional da *puxada do mastro*; *Paraná* – indumentária da congada da Lapa e travestis do boi-de-mamão; *Pará* – casa da farinha, peças de patchuli, tapiri, indumentária da marujada de mulheres e instrumentos musicais; *Goiás* – representação, em cerâmica, de personagens de cavalhada de Pirenópolis, máscaras de cavalhadas, coleção de peças de alfenim; *Rio de Janeiro* – pintura popular de macumba, máscaras, indumentária e instrumentos de folias de Reis; *Pernambuco* – cerâmica utilitária e figurativa de Caruaru, Arco Verde, Tracunhaem; *Sergipe* – cerâmica figurativa de Carrapixo; *Minas Gerais* – presépio de Piripipau; *Amazonas* – peças de guaraná, cerâmica utilitária, o boi do boi-bumbá; *São Paulo* – trançados, crochês, peças de sessão de terreiro, redes de Sorocaba, instrumentos musicais, cestaria, cerâmica utilitária, figurinhas de presépio, máscaras de folias de Reis de Carnaval, travesti do boi-de-jacá, o Cuisarruim e o Judas da tradicional malhação do Judas de Itu; *Paraguai* – painel de nhanduti; *Haiti* – máscaras de dança, tecidos, cestaria; *Colômbia* – cerâmica de Malabo e de Mompós; e ainda algumas peças do Uruguai, Venezuela, Canadá etc.

Encerrada a Exposição Interamericana de Artes e Técnicas Populares continuaram expostos, no Ibirapuera, as peças e os ambientes ecológicos brasileiros até que foram transferidos do local onde se achavam para o Palácio Governador Garcez. Aí, sob a direção de Ernani Silva Bruno e Mario Neme, além do representante da Comissão Paulista de Folclore e do Centro de Pesquisas Folclóricas "Mário de Andrade", foi dada outra organização à mostra, que passou a se denominar Exposição de Artes e Técnicas Populares. Dessa maneira, pouco a pouco, surgiu o Museu de Artes e Técnicas Populares, hoje Museu de Folclore*, que pertence à Associação Brasileira de Folclore e acha-se instalado, desde 1961, no Palácio Governador Garcez, Parque Ibirapuera, em São Paulo. Os complexos culturais espontâneos compreendem: Linguagem, Usos e Costumes, Superstições e Crendices, Medicina, Literatura, Casa, Indumentária, Comidas e Bebidas, Coleta e Atividades Extrativas, Agricultura, Caça e Pesca, Pecuária, Avicultura, Transportes, Religião, Festas, Rodas e Jogos, Dança, Teatro, Música, Arte, Artesanato, Máquinas e Ferramentas.

Encerrando este capítulo, recorde-se a saudosa Cecília Meireles, poetisa e estudiosa do folclore brasileiro, membro que foi dos mais proeminentes da Comissão Nacional de Folclore do IBECC. Ela dizia no seu discurso inaugural da Exposição Interamericana de Artes e Técnicas Populares, em 10 de setembro de 1954, procurando definir uma mostra folclórica:

"Por ser um retrato do homem, o folclore tem todas as expressões da humanidade e uma Exposição de Artes e Técnicas Populares repercute em nosso espírito como uma coisa antiqüíssima e

---

* Atualmente Museu de Folclore Rossini Tavares de Lima. (N. do R.T.)

atual, efêmera e eterna, e confunde o que somos no que fomos, seríamos ou seremos, conforme o ponto de onde a contemplamos."

Numa exposição de folclore, acrescentava: "se encontram as alegrias e tristezas, as esperanças, os insucessos e as vitórias da nossa passagem pelo mundo. Como brincam as crianças, como brincam os homens, com que brincam, por que brincam? As invenções de alegria, nos sonhos da infância, nas façanhas da idade adulta, deixam aqui seus objetos e instrumentos, e dão-nos a medida da nossa humanidade e de nossa grandeza. Também, os trabalhos estão aqui; e neles há uma alegria de outra espécie, realizadora, construtiva, embora com certa dureza de esforço, e não mais aquela fluidez dos tempos puramente lúcidos. Podemos ver aqui, nas imagens concretas de cada instrumento, o pensamento, o engenho, a decisão com que se facilita a luta pela vida, aumentando as dimensões do homem – que outra coisa não são os instrumentos de trabalho que uma superestruturação do próprio corpo, substituição do músculo, exageração da força, da habilidade e da destreza, ainda sem a plenitude da máquina, mas já com um poder maior que o da simples criatura".

Por tudo isso, Cecília Meireles aconselhava a todos os que a visitassem: "Se muitas vezes a aparência dos objetos entra em conflito com os nossos preconceitos de arte e técnica, devemos recordar que são os nossos preconceitos de arte e técnica que, neste caso, estão errados. Nós, que pertencemos mais ao mundo da máquina, estranhamos a singular aparelhagem dos que vivem mais, por destino, preferência ou vocação, no mundo da magia. Justamente, essa distância é que devemos tentar abolir, ao visitar esta exposição, para recebermos tal qual é, com olhos de penetrante pureza." E concluía: "Se a conseguirmos entender completamente, teremos entendido muito da complexidade humana, através destes exemplares folclóricos do Brasil e da América, o que nos faz bastante falta, pois, nestes dias velozes é muito fácil deixarmo-nos arrastar para vertiginosos estilos de vida, que se sobrepõem, sem se ajustarem, a alguns dos nossos imperativos remotos, mas ainda palpitantes. E essas formas artificiais de viver têm dado causa a muitos dos nossos sofrimentos. Estamos como certos frutos amadurecidos à força, com uma casca que não corresponde à verdadeira polpa. E na voragem igualitária que nos arrasta, podemos, sem querer, agravar os nossos males, se perdermos de vista a nossa verdade tal qual é. Este mostruário de arte e técnicas populares falará, com mais clareza que as palavras, dos caminhos, a seguir na Educação, tomando como pontos de referência os esclarecedores dados aqui oferecidos. Se queremos, realmente, construir alguma coisa em Educação, se não estamos fazendo ilusionismos, jogos de palavras ou de cabra-cega, temos de contemplar de frente estas imagens que são o retrato do povo, e por elas orientar a ação educacional mais adequada ao fim que nos parecer mais certo."

Bibliografia

ALVARENGA, Oneyda. *Catálogo ilustrado do Museu Folclórico*. Arquivo Folclórico da Discoteca Pública Municipal, São Paulo, 1950, 2º v.

MEIRELES, Cecília. Discurso proferido por Cecília Meireles na inauguração da Exposição Interamericana de Artes e Técnicas Populares, em São Paulo, a 10 de setembro de 1954. Documento da Comissão Nacional de Folclore, nº 308, Palácio Itamarati, Rio de Janeiro, 1955.

Fotografias da Exposição de 1954

Carranca de barco do rio São Francisco.

Pintura popular e sala de milagres.

Cestaria.

Trançados e crochê.

Redes, coxonilhos e teares manuais de Sorocaba, SP.

O boi de boi-bumbá, cerâmica, flechas etc.

Boi de boi-bumbá, peças de patchuli e de jupati.

Presépio com peças feitas de pita.

O Diabo e o Judas de Itu, SP.

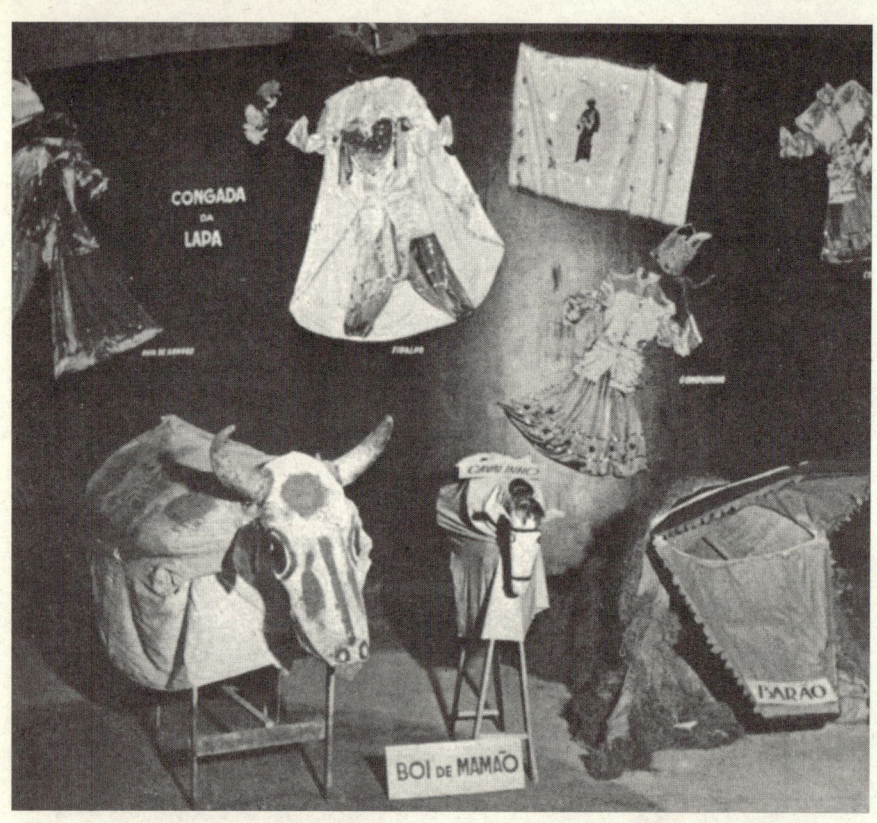

Boi, Cavalinho, Barão, personagens do folguedo boi-de-mamão, e indumentária e bandeira da congada da Lapa, PR.

Personagens em cerâmica da cavalhada de Pirenópolis, GO.

Maruja da marujada de mulheres de Bragança, PA, e instrumentos musicais.

Orixás de candomblé baiano. Salvador, BA.

Cerâmica utilitária de Pindamonhangaba, Cunha, São Sebastião, SP.

Rancho de praia de Ilhabela, SP.

Gaiolas e cerâmica utilitária de São Paulo.

REGIÕES FOLCLÓRICAS DO BRASIL

Joaquim Ribeiro chamou certa vez o folclore de "irmão pobre da História". E acrescentava: "Sim, o irmão pobre, para o qual nós, folcloristas do século XX, voltamos a nossa atenção." Sublinhava, depois: "Os ideais da hora presente reclamam, na verdade, a derrubada de todos os preconceitos contra essas coisas do povo. Não são bagatelas como julgam os fátuos. Constituem um capítulo da história do homem, capítulo que não pode nem deve ser esquecido, sob pena de mutilarmos a imagem autêntica da realidade humana."

Em busca dessa imagem autêntica, cuidou de elaborar a interpretação do Brasil folclórico em uma classificação, na base da técnica de vida, ainda hoje aproveitada e divulgada por muitos estudiosos. No livro *Folclore dos bandeirantes*, Joaquim Ribeiro mostra como esse folclore procede de camadas por assim dizer iniciais: do ciclo costeiro, que implica a reconstituição do folclore dos navegadores dos primeiros séculos e na reconstituição da vida praieira dos primeiros colonos; do ciclo dos engenhos, expressão que propõe para designar a vida espiritual e material do habitante da zona agrícola; seguindo-se o movimento de penetração caracterizada pelo ciclo dos bandeirantes, ao sul, que se irradia do planalto paulista; e, finalmente, o ciclo dos pastores, que compreende a civilização pastoril das margens do São Francisco, e o ciclo de mineração, constituído na região das minas.

Já no seu trabalho *Introdução ao estudo do folclore brasileiro* e posteriormente em *Folclore brasileiro*, dera Joaquim Ribeiro as bases de sua classificação, que divide o país nas seguintes áreas culturais:

1 – *Área costeira*, que inclui a faixa litorânea e compreende dois ciclos: a) costeiro norte, da costa do Pará à costa baiana, que se poderia denominar *ciclo da jangada*, porque esta é a forma mais típica da técnica da vida regional: a pesca; b) costeiro sul, da costa do Estado do Espírito Santo à costa do Rio Grande do Sul, que o autor designou pelo nome de *ciclo dos caiçaras*, utilizando expressão usual para nomear o pescador do litoral paulista.

2 – *Área agrícola*, que abrange a região situada entre o alto sertão e a costa e inclui três ciclos: a) ciclo agrícola do norte, com a zona da cana-de-açúcar, algodão, fumo etc., e onde os roceiros são chamados *matutos, tabaréus, cassacos*; b) ciclo agrícola do sul ou do café, que vai se desfigurando pela presença da policultura e que se estende pelos Estados do Espírito Santo, Rio de Janeiro, Minas Gerais, São Paulo e Paraná, conhecendo-se o seu roceiro por *caipira, tapiocano, capiau*; c) ciclo dos núcleos de colonização estrangeira ou dos imigrantes, em que se observam colonos italianos, japoneses, poloneses, letões, russos etc.

3 – *Área pastoril*, constituída por todo o alto sertão: nordeste sertanejo, sertão da Bahia, Minas, Goiás, Mato Grosso e que Joaquim Ribeiro relaciona no *ciclo do couro*, porque este é o elemento característico da técnica de vida da zona mais típica da área: sertão nordestino.

4 – *Área da mineração*, que se emoldura na garimpagem propriamente dita a se verificar nas margens dos rios e lagos de Minas Gerais, Goiás, Mato Grosso, Bahia, Paraná etc.

5 – *Área platina ou pampeana*, típica da civilização pastoril, em que se agrupam com muitas semelhanças culturais os gaúchos brasileiros, uruguaios e argentinos, os nossos principalmente nos pagos do Rio Grande do Sul e também no sul de Mato Grosso, para onde houve forte corrente migratória de sul-riograndenses.

6 – *Área amazônica*, ainda de grande influência indígena e cuja técnica de vida é predominantemente extrativa: pesca, castanha, borracha, madeira; aí se integra o ciclo do seringueiro, do bebe-água da Amazônia, o caboclo das margens dos rios e igarapés.

No seu mencionado livro *Folclore brasileiro*, Joaquim Ribeiro propôs outras divisões do Brasil em áreas ou ciclos culturais, tomando por base a alimentação, indumentária, habitação, meios de transporte, traços religiosos e cantigas populares.

Quanto à alimentação, sugeriu um ciclo da tartaruga e do pirarucu para a Amazônia; da pesca marítima, para a faixa litorânea; da carne de porco, para a região agrícola do sul; da carne de cabrito, para a zona agrícola do norte e pastoril do alto sertão; do churrasco, para os pampas gaúchos.

No domínio da indumentária, encontra o ciclo do chapéu de palha, no interior e zonas praieiras rurais, em que subsiste o jangadeiro, o roceiro, o garimpeiro; o do chapéu de couro, dominante entre os vaqueiros nordestinos do alto sertão; do chapéu de feltro, usado pelos gaúchos riograndenses do sul.

Relacionando a habitação, observa o ciclo do tapiri, habitação provisória do sertanejo amazônico, onde costuma defumar a borracha; da casa de sapé, feita de barro a sopapo ou pau-a-pique, usada no interior brasileiro; o mocambo, que domina a zona praieira do nordeste; e ainda as favelas das grandes cidades, conseqüência do pauperismo.

Tendo por fundamento os *meios de transporte*, Joaquim Ribeiro anota o ciclo da canoa, nos rios e lagos; da jangada, na costa nordestina; do carro-de-boi, no alto sertão; das tropas, no interior de norte a sul. *Material de repouso*: ciclo da rede extremo-norte e nordeste; do jirau, área agrícola do sul: esteira, pampas brasileiros e interior. *Religião*: ciclo da pajelança, Amazônia e Maranhão; da santidade, interior da área agrícola e pastoril; do candomblé e da macumba, zonas de influência afro-negra. *Cantigas populares*: ciclo da embolada, nordeste; moda, área agrícola do sul; jongo, região de influência bantu; aboios, pastoril do sertão.

Recomendando, afinal, a classificação dos materiais coligidos em ciclos temáticos para a distribuição, de contos, lendas e mitos, Joaquim Ribeiro relaciona os mitos dos bandeirantes nos ciclos dos mitos geográficos, dos mitos sobre minerais, dos mitos vegetais, mitos animais e mitos relativos a heróis ou episódios históricos.

Em todas as classificações propostas, o que desejou Joaquim Ribeiro foi dar um retrato verdadeiro do Brasil, especialmente na sua expressão folclórica, baseando-se infelizmente em material insuficiente. De maneira que os contornos sugeridos nas áreas em que divide o país nem sempre são reais, mas sem dúvida servem de ponto de partida para uma compreensão maior do que temos e somos. E o que se deve ressaltar em todas essas proposições é a atitude científica do seu autor, sempre servida pelo seu amor ao folclore nacional, que o levava, como escreve na "Advertência preliminar" de *Folclore dos bandeirantes*, com perdoável ousadia, preencher lacuna. Atitude que demonstra ainda nessa "Advertência", quando anota: "Outros pesquisadores, por certo, completarão a tarefa, ora iniciada. As obras desta natureza nunca são definitivas e exigem contínuas revisões, acréscimos e até mesmo retificações."

COMISSÃO NACIONAL DE FOLCLORE (1951-1974)

A valorização dos estudos folclóricos, no país, num sentido mais amplo e com características oficiais, foi concretizada graças ao empenho da Comissão Nacional de Folclore, do Instituto Brasileiro de Educação, Ciência e Cultura, órgão nacional da UNESCO, que é o departamento cultural da ONU. Se é bem verdade que esta nasceu em 1947 e que antes do I Congresso patrocinou três Semanas Nacionais de Folclore, das quais a de maior importância, pelas suas realizações, foi a que teve lugar em Porto Alegre, a verdade é que sua história brasileira começou no referido certame.

Graças ao apelo de Renato Almeida, ouvido em todos os recantos do Brasil, o que já era prova de sua inconteste autoridade em assuntos de folclore, todos, estudantes alguns e mestres de renome nacional outros, foram se encontrar no Rio de Janeiro. E aí já se fez algo que haveria de perdurar, ao meio da indiferença de muita gente, que ainda não acreditava no folclore e nos folcloristas, e que hoje, conseqüência indiscutível do movimento, anda a se interessar por ele e a dar palpites sobre o que se deve fazer nestas ou naquelas circunstâncias: sociólogos, etnógrafos, etnólogos ou antropólogos.

A maior conquista do Congresso de 1951 foi a elaboração da Carta do Folclore Brasileiro (em 1955, em Salvador – BA, no período de 12 a 16 de dezembro, procedeu-se à sua releitura), que estabeleceu diretrizes muito objetivas e acertadas para um trabalho científico no setor em que vários estudiosos se iniciavam. Também deve se destacar desse conclave, ao lado de uma pequena exposição de folclore, a primeira manifestação pública, na ex-Capital Federal, das danças gaúchas e do cururu e batuque de São Paulo, e a presença de cento e setenta e cinco trabalhos, alguns precários ainda e de valor apenas informativo e outros importantes, que de certo modo vieram ampliar a reduzida bibliografia folclórica brasileira. Ao I Congresso Brasileiro de Folclore devem-se novos e vários trabalhos, posteriormente publicados em livros ou revistas: "Crendices populares sobre a Bouba", Arnaldo Tavares (Paraíba); "Boi-bumbá", Bruno Menezes (Pará); "Tradições do ciclo pastoril", Dante de Laytano; "Cavalhada de vacaria", Ênio de Freitas e Castro (Rio Grande do Sul); "Cozinha baiana", Hildegardes Vianna; "Cachaça, moça branca", José Calazans (Bahia); "Romanceiro tradicional do Brasil no século XIX", Joaquim Ribeiro e Wilson Rodrigues (Rio de Janeiro); "O cigarro de palha", João dos Santos Areão (Santa Catarina); "Romances do ciclo do gado", Théo Brandão (Alagoas); "Notas sobre as rabecas de Ribeirão Fundo", Frederico Lane; "Festa de São Benedito em Aparecida", Maria de Lourdes Borges Ribeiro (São Paulo); "Sahiré e Marabaixo", Nunes Pereira (Pará).

Depois de 1951, os estudiosos do folclore voltaram a se encontrar no ano seguinte, em Maceió, onde se efetuou a IV Semana Nacional de Folclore. Então, nas mesas redondas levadas a efeito, ficou estabelecido que o tema preferencial do II Congresso, a se realizar em Curitiba, no Paraná, seria *folguedos populares*. E como ponto de partida, definiu-se a expressão como sendo a designativa de todo fato folclórico, dramático, coletivo e com estruturação. A seguir, ainda em mesa redonda, cuidou-se da estruturação de um plano nacional de pesquisa folclórica, destinado à coordenação do trabalho de campo, em todo o país, de forma a transformá-lo num organismo único, o que só ultimamente se tornou uma realidade com o apoio financeiro da Campanha de Defesa do Folclore Brasileiro, do Ministério de Educação. Da reunião de Maceió não pode ser esquecido o magnífico festival folclórico, organizado e dirigido por Théo Brandão, com a ajuda de Aluizio Vilela e no qual se apresentaram reisados, guerreiros, cabocolinhos, fandangos, chegança, pastoril, presépio, quilombos. E então, numa verdadeira pesquisa de campo, os folcloristas brasileiros puderam sentir e melhor compreender esses folguedos, isoladamente e nas suas relações com as coletividades que os sustentam.

Em 1953, reuniu-se, em Curitiba, o II Congresso, em cujo tema preferencial – *folguedos populares* – destacaram-se os relatórios das Comissões e trabalhos individuais. Enviaram relatórios objetivos, alguns contendo o mapa dos folguedos, os Estados de Alagoas, Ceará, Espírito Santo, Paraná, Rio de Janeiro e São Paulo; e entre os trabalhos individuais, merecem registro o de Oswaldo Cabral, "Contribuição ao estudo dos folguedos populares de Santa Catarina"; Aires da Mata Machado Filho, "Catopês, marujos, caboclos, danças dramáticas da festa do Rosário do Serro", Minas Gerais; Hildegardes Vianna, "Autos pastoris", Bahia; Regina Lacerda, "Congadas e cavalhadas de Goiás"; Alfredo João Rabaçal e Yves Rudner Schmidt, "Moçambique de Taubaté e Redenção da Serra", São Paulo.

Os demais temas do Congresso foram: "Folclore do Paraná", "Instrumentos de música popular", "Cerâmica popular", "Trançados"; e dos vinte e dois trabalhos aprovados pelo plenário, imprimiram-se, entre outros, "Gaiolas", Urbano Vicente de Gama Sales, e "Trançados do folclore catarinense", João dos Santos Areão, Santa Catarina; "Casaca, instrumento musical indígena", Guilherme Santos Neves, e "Cerâmica popular em Vitória", Renato Costa Pacheco, Espírito Santo; "Modinhas do passado", Batista Siqueira, Rio de Janeiro; "Berimbau, o arco musical da capoeira", Albano Marinho de Oliveira, Bahia; "Algumas indicações sobre a cerâmica de São Paulo", Oswald de Andrade Filho, divulgado em seus trechos principais pela página de "Folclore" de *A Gazeta*, de São Paulo, e "Alguns instrumentos musicais folclóricos", inserido em nosso livro *Folclore de São Paulo* (melodia e ritmo).

No grupo de trabalho "Instrumentos de Música Popular", foram sugeridas e depois aprovadas pelo plenário proposições referentes a uma orientação para as pesquisas sobre a viola e a rabeca, classificação brasileira de instrumentos musicais e conceituação de música folclórica, esta como ponto de partida para ulteriores indagações.

Ainda nessa reunião, tão produtiva, é necessário que se recorde a proposição formulada pelo grupo que verificou as memórias e teses sobre *trançados*, primeira intromissão direta de etnógrafos, etnólogos ou antropólogos brasileiros nos trabalhos de folcloristas, a demonstrar seu maior interesse pelo objeto do folclore. Elogiando a comunicação de Loureiro Fernandes, "Nota prévia sobre os trançados de cipó, na região de Caiobá e Matinhos", justamente considerada modelo para outras realizações no gênero, a proposição deu ao folclorista uma posição de inferioridade em relação ao etnólogo, transformando-o num simples recolhedor de material, o que já vinha sendo feito pelos sociólogos, porém fora dos congressos folclóricos.

Dizia a proposta: "Os estudos gerais levados a cabo pelos etnólogos serão extremamente deficientes se não se basearem na análise de abundantes materiais cuidadosamente colhidos pelos folcloristas dos vários Estados." E, a seguir, ajuntava: "Está dentro da missão do folclorista a recolha minuciosa desses materiais, porque é das técnicas e da terminologia populares que devem sair os elementos em que hão de se basear os etnólogos." Infelizmente, isso foi votado pelo Congresso, numa demonstração de boa-fé e, especialmente, da falta de unidade doutrinária dos folcloristas, os quais, muitas vezes – e aqui cabe crítica genérica –, votam proposições sem terem refletido maduramente sobre as mesmas, como se o voto não representasse sua anuência ao decidido pelo plenário.

Através deste voto, os folcloristas deram a impressão de que trabalham em função do etnólogo, de que precisam dele para a análise do material que recolhem, que sua missão é mesmo coletar, coletar apenas, quando a realidade é muito outra. O folclorista teórica e metodologicamente preparado sabe que das *técnicas e terminologias populares* investigadas por ele mesmo é que devem surgir seus estudos de base, jamais esperando recolher minuciosamente, para que alguém se utilize ou complete, sejam sociólogos ou etnólogos.

Do Congresso do Paraná, ao lado da apresentação de filmes, gravações e da exibição dos grupos folclóricos das colônias estrangeiras, radicadas naquele Estado – ucraniana, japonesa e árabe –, recorde-se ainda a oportunidade que os folcloristas tiveram de conhecer de perto algumas danças e folguedos paranaenses: o pau-de-fita, a dança das balainhas, o boi-de-mamão, o fandango, na festa realizada na Sociedade Tirolesa Leão, de Paranaguá, e a imponente congada da cidade da Lapa, no Estádio Dorival de Brito, em Curitiba. Dessa maneira, o Paraná ilustrou o tema principal do III Congresso.

Em 1954, houve a monumental assembléia de folcloristas nacionais e estrangeiros de São Paulo, o Congresso Internacional, que discutiu o temário seguinte: Características do fato folclórico; Folclore e educação de base; Folclore comparado; Cooperação internacional entre folcloristas. Figuras de projeção das ciências sócio-antropológicas, e principalmente do folclore, participaram da reunião: Stith Thompson, dos Estados Unidos; Albert Marinus, da Bélgica; Fernando Ortiz, de Cuba; Georges Henri Rivière, da França; Price Mars, do Haiti; Ralph Steele Boggs, também norte-americano. Ao mesmo tempo, realizou-se a VII Conferência do Conselho Internacional da Música Folclórica, sediado na Inglaterra, com os especialistas estrangeiros: Cherbuliez, Maud Karpeles, Douglas Kennedy, Egon Kauss, Iaap Runst e outros.

Sob o ponto de vista da orientação teórica dos folcloristas brasileiros, o certame acenou com a possibilidade de uma vitória, que infelizmente não se concretizou pelas mesmas razões que os levaram a votar a proposição já referida no Congresso do Paraná: falta de unidade doutrinária da delegação brasileira e, sem dúvida, de um trabalho preparatório anterior, que objetivasse a defesa da sugestão da Comissão Paulista de Folclore, inspirada na Carta do Folclore Brasileiro.

Tratava-se da caracterização de fato folclórico, que, tendo por base a mencionada proposta, fora aprovada pelo grupo de trabalho que estudou o assunto e, depois, por divergência quanto ao emprego da expressão *sociedade civilizada*, inteiramente alterada por uma comissão designada pelo plenário, apenas para dar nova redação ao texto. E sobrou apenas, como lembrança da derrota que os folcloristas brasileiros sofreram no plenário, a resolução aprovada no grupo de trabalho, que congregou especialistas estrangeiros e nacionais: fato folclórico é toda maneira de sentir, pensar e agir, que constitui uma expressão peculiar de vida de qualquer coletividade humana, integrada numa sociedade civilizada, que se caracteriza pela espontaneidade e pelo poder de motivação.

Felizmente, em outros setores e até mesmo no Conselho Internacional de Música Folclórica, os folcloristas brasileiros obtiveram algumas pequenas vitórias, em relação ao que têm defendido até aqui nos seus congressos. A Comissão de Folclore e Educação de Base, por exemplo, recomendou, com assentimento do plenário, a inclusão da cadeira de Folclore ou Antropologia Cultural, Etnologia, Etnografia, Volkskunde etc. – matérias que estudam certos aspectos da cultura – nas universidades ou centros de ensino e preparação, oficiais ou privados, que até hoje não o tenham feito, o que confere à matéria o lugar devido ao lado das demais disciplinas. E o grupo que cuidou da Colaboração entre Folcloristas sugeriu que se efetive o contato pessoal, em pé de igualdade, entre etnógrafos, etnólogos e folcloristas, para maior progresso de suas matérias, o que se julga indispensável, mas que até o momento não se concretizou no Brasil por culpa dos dois primeiros, que já se acostumaram, genericamente, a colocar os folcloristas em plano de inferioridade: meros coletores.

Também do Conselho Internacional de Música Folclórica saíram recomendações que estão concordes com deliberações anteriores dos folcloristas brasileiros, a provar sua maturidade: será folclórica a música que for criada por compositor individual, desde que seja aceita e incorporada na tradição oral viva duma comunidade; o conhecimento da música folclórica, incluindo a dança e a canção é a base sobre a qual deveria se erguer a educação musical tanto do cidadão comum quanto do músico especializado; a música folclórica não só deve ser adotada em todas as fases do ensino como também elevada a padrão acadêmico.

Importante iniciativa dos folcloristas, por ocasião desse conclave, em 1954, foi a organização da Exposição Interamericana de Artes e Técnicas Populares, muito elogiada por especialistas estrangeiros, inclusive da Unesco. Outra realização grandiosa foi o Festival de Folclore Brasileiro, considerado uma das maiores demonstrações folclóricas das Américas. Diante de assistência calculada em quase um milhão de pessoas, desfilaram, no Parque Ibirapuera, numerosos grupos: reisado e guerreiro de Alagoas; banda de congo e ticumbi do Espírito Santo; vilão de Santa Catarina; bumba-meu-boi do Estado do Rio; Escola de Samba "Portela" da Guanabara; gaúchos e suas prendas: congada, moçambique, cateretê, fandango, cururu, batuque, chiba de São Paulo, num total de quase mil participantes. Foi realmente uma festa maravilhosa, que deu a todos os presentes uma visão colorida das danças e folguedos do Brasil.

Seguiu-se na agenda brasileira o Congresso da Bahia, o IV nacional, em 1957, que examinou três questões: Artesanato, Folclore do Mar e dos Rios e Folclore da Bahia. No setor que incluiu a primeira questão, mencionem-se os trabalhos de Isolde Brans, "A tecelagem no Rio Grande do Sul"; Maria David de Azevedo e Tales de Azevedo, "Cachimbos de Alagoinha", Bahia; Francisco Alves de Andrade, Cândida Maria Santiago Galeno e Florival Seraine, "A cerâmica utilitária de Cascavel", no Ceará; Regina Lacerda, "Cerâmica popular em Goiás". Como se observa, o tema trouxe ao certame, na maioria, contribuições sobre cerâmica, que havia sido o assunto do Congresso do Paraná. Quanto a Folclore do Mar e dos Rios, entre as contribuições aprovadas salvaram-se, pelo valor e importância das mesmas, as apresentadas por Guilherme Santos Neves,

Valderez de Souza Muller, Armando Bordalo da Silva, Bruno de Menezes, Lima Fonseca e algumas outras. No grupo de Folclore da Bahia, destacaram-se os trabalhos de Hildegardes Vianna, "A história do homem que comeu o diabo"; José Calazans, "Vale Cabral e os estudos de folclore"; Théo Brandão, "Influências baianas no folclore alagoano".

Durante o certame, tiveram lugar cinco mesas redondas: Folclore e Ciências Sociais, Folguedos Populares, Folclore e Linguagem, Proteção ao Artesanato e à Indústria Caseira, Romanceiro Popular. Dessas mesas redondas resultaram algumas conclusões objetivas, votadas pelo plenário, devendo-se ressaltar aquela que incluiu o folclore entre as ciências socioculturais, já assim considerado por vários folcloristas, e outras que interessam diretamente ao desenvolvimento dos estudos folclóricos, no Brasil, e do próprio reavivamento do folclore nas suas manifestações lúdicas e artesanais.

Do Congresso da Bahia, mencione-se ainda a exibição de discos e cantos de violeiros, samba de roda, evocação de orixás, na Escola de Música; a apresentação do filme *Capoeira de Angola*; inauguração do Museu de Arte Popular, no Instituto Feminino; e as demonstrações de maculelê, capoeira, toque e sessões de candomblé.

Em 1959, realizou-se em Porto Alegre o V Congresso Brasileiro de Folclore, que incluiu seis grupos de trabalho: Coordenação, Folclore do Rio Grande do Sul, Folclore Campeiro, Festas Tradicionais, Modos e Escalas da Música Folclórica Brasileira, Redação Final. No seu transcorrer, houve as seguintes mesas redondas: Organização de cursos de folclore, Pesquisas de folclore e teatro, Cerâmica figurativa e utilitária.

No setor de Festas Tradicionais, registre-se o trabalho de Guilherme Santos Neves, que apresentou o calendário das festas do Estado do Espírito Santo: janeiro – ternos e bandeiras de Reis, folia de Reis, pastorinhas, boi e reis-de-boi, festa do Alardo, cabocleiros ou brinquedo de caboclos, festa do Mastro de São Sebastião; março – festa das Canoas, em Marataízes; junho – festa de Santo Antônio,

São João, São Pedro, festa do Mastro de São Pedro; agosto – festa de Nossa Senhora das Neves, em Itapemirim; dezembro – festa de Nossa Senhora da Conceição em Guarapari, Natal, festa do Mastro de São Benedito e puxada do mastro de São Benedito. Festas móveis: carnaval, em que se exibe, por vezes, o boi pintadinho e o boi jaraguá; festa de Nossa Senhora da Penha. E ainda as monografias de Hildegardes Vianna sobre as "Comemorações de dois de julho na Bahia", e de Maria de Lourdes Borges Ribeiro: "Festa do Divino em Alagoinha, SP"; este, como o anterior, divulgados pela página de "Folclore" de *A Gazeta*, de São Paulo.

A mesa redonda sobre "Pesquisas folclóricas" aprovou conclusões relativas à necessidade de se estudarem as manifestações folclóricas no contexto cultural da comunidade em que surgem, sugerindo, portanto, que as pesquisas folclóricas se façam no processo do estudo de comunidade, cientificamente mais completo. Na mesa que abordou o assunto relacionado à cerâmica folclórica considerou-se o perigo da comercialização das artes populares, o que poderá conduzir ao dirigismo, principalmente no fabrico, quebrando especialmente o sentido ecológico das manifestações folclóricas em seu caráter regional. No que se refere a "Modos e escalas da música folclórica", concluíram os folcmusicistas presentes no Congresso que não é a escala que dá características principais à música folclórica brasileira e que não é possível afirmar que existe uma escala típica na nossa música folclórica, pelo menos com os dados que possuímos até hoje.

Afinal, ao Congresso de Porto Alegre, recorde-se a oportunidade que tiveram os folcloristas de entrar em contato com as expressões culturais das colônias italiana, em Caxias do Sul, e alemã, em Nova Hamburgo, e também a de assistirem a uma festa campeira gaúcha na Estância Linck, em Guaíba, com churrasco, danças, cânticos, doma de animais etc.

O certame seguinte, VI da série patrocinada pela Comissão Nacional de Folclore do IBECC, teve lugar em Fortaleza, no

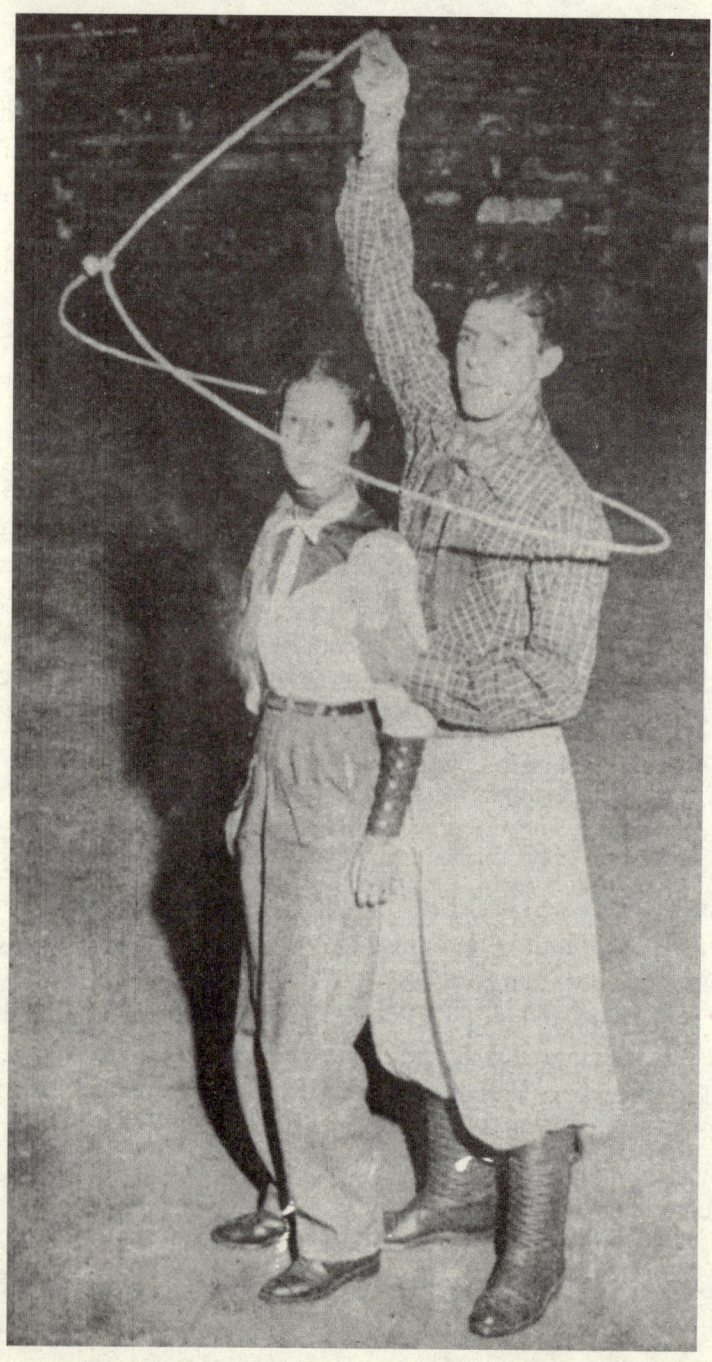

Toureiro paulista, antes de fazer arte com o touro ou vaca mesmo, mostra sua habilidade no trato do laço, juntamente com sua companheira.

Ceará, em julho de 1963. Em grupos de trabalho e mesas redondas estudou-se aí o Folclore do Ceará, Psicologia e folclore, Superstições e tabus, Formação de novos quadros de folcloristas, Escalas da folcmúsica brasileira.

Sublinhe-se a recomendação referente à Psicologia e folclore: o dado folclórico é suscetível de ser interpretado à luz da psicologia. Esta interpretação, porém, será orientada para o campo da psicologia da *motivação*, elemento fundamental para a exibição do desenvolvimento da elaboração folclórica. O problema psicológico da imaginação criadora, em folclore, deve ser encarado objetivamente, tomando-se em consideração o caráter protéico, fluídico, sem fixidez, dos dados folclóricos, sempre em perpétua evocação criadora. Saliente-se a importância dos dados folclóricos como elementos fundamentais da Psicologia Social, pois nesses dados é que se encontram os padrões autênticos dos diversos agrupamentos humanos.

A mesa redonda sobre Escalas da folcmúsica brasileira, que teve erudito trabalho de Ênio de Freitas e Castro, comentado por Maria de Lourdes Borges Ribeiro, concluiu que só se pode afirmar com segurança a existência, no nosso folclore, das escalas tradicionais maior e menor, com acentuada predominância da primeira, admitindo, contudo, a ocorrência das escalas defectivas. A propósito, é bom lembrar que Guerra Peixe, depois, comentando a conclusão, declarava que as escalas modais, embora ocorram na Guanabara e no litoral norte de São Paulo, é no Nordeste que predominam em quase toda linha. E acrescentava que acredita viável a predominância de escalas modais em cerca de oitenta por cento de toda a música de Pernambuco, onde realizou pesquisas folclóricas durante três anos.

Ponto alto do conclave foi o festival folclórico que se realizou na Concha Acústica da Universidade do Ceará, onde os congressistas apreciaram um grupo de maneiro-pau de Granja, na variante denominada *Leroá*; outro maneiro-pau de Crato; o duelo de espadas do reisado, também de Crato; e o conjunto do cabaçal ou banda-de-couro, com zabumba, caixa e pifes (flauta de taquara).

Enfim, sem uma verba à altura de suas necessidades, é o que tem feito no âmbito de congressos e reuniões a Comissão Nacional de Folclore, a partir de 1951. Fora desse programa, porém, seus membros do Rio de Janeiro e aqueles que se acham integrados nas Comissões Estaduais de Folclore vêm realizando um trabalho muito profícuo, a promover pesquisas de campo, a elaborar monografias, a editar boletins, revistas, a publicar secção e páginas de folclore nos jornais e ainda a concorrer e a laurear-se anualmente em concursos da especialidade.

Essa, em síntese, é a história da Comissão Nacional de Folclore, da qual foi dirigente máximo Renato Almeida, que, pelas suas iniciativas, sugestões e apelos às autoridades, acabou vendo amadurecer nos governantes do país o propósito de defender e proteger o folclore do Brasil.

O último Congresso Brasileiro de Folclore, o VII, realizou-se em Brasília, no mês de janeiro de 1974. Foi a derradeira e grande promoção da Comissão Nacional de Folclore, tendo Renato Almeida à frente. Houve mesas redondas sobre Ensino e Pesquisa de Folclore, Artes e Artesanato Folclóricos, Danças e Folguedos, Museu de Folclore, Folclore e Literatura, Diretrizes da Política e da Defesa do Folclore Brasileiro. Além de nós, participaram como relatores e debatedores Saul Martins, Guilherme Schultz, Alfredo João Rabaçal, Julieta de Andrade, José Calazans, Mário Ypiranga Monteiro, Lilian Argentina, Domingos Vieira Filho e outros.

INDÍGENAS

Darcy Ribeiro definiu o índio como todo indivíduo, membro de uma comunidade de origem pré-colombiana, que se identifica etnicamente de forma diversa da nacional e é tido por indígena pela população brasileira com a qual mantém contato. Dizer, portanto, que o verdadeiro brasileiro é o índio é um desses absurdos que só se pode admitir de quem desconhece a ciência do homem, a antropologia.

O índio é tão diferente do brasileiro como os representantes de outros povos, que estiveram ou permaneceram aqui, no correr da nossa história. Mas não se pode negar que, quase tanto quanto o português, também contribuiu para a formação do Brasil. Física e culturalmente temos algo deste ou daquele agrupamento índio.

No folclore brasileiro, encontram-se traços de culturas indígenas que subsistem ou subsistiram no território nacional. Havia, por volta de 1500, no país, cerca de 1 milhão e 100 mil índios; na década de 80 não chegam a 100 mil, com maior percentagem para a Amazônia, seguida do Brasil central. Parecem predominar, no folclore, os traços do grupo tupi que, nos primórdios do século XVI, ocupava a vasta região litorânea e atualmente aparece, quase exclusivamente, nas proximidades do rio Amazonas. A sociedade brasileira, sobretudo em sua face rural, conserva flagrante feição tupi, reconhecível nos modos de garantir a subsistência e em diversos outros aspectos da cultura, escreve Darcy Ribeiro.

Da cultura tupi e possivelmente de outros grupos indígenas, observam-se no folclore brasileiro os traços a seguir, materiais e espirituais ou imateriais, infelizmente nem sempre demonstráveis com exatidão pelas relações e mesmo identidade que possuem com traços de outras culturas, que também contribuíram para a nossa formação.

CULTURA MATERIAL

Habitação – Emprego do sapé, folha de palmeiras, vários tipos de cipó para amarrar as traves de madeira e até o barro, na construção de casas da zona rural. Localização nas circunvizinhanças das aguadas e a expressão *maloca* para designar a casa de várias famílias.

Acessórios de habitação – Uso da rede de algodão ou fibras vegetais, confeccionada como as redes de pesca ou num tecido mais compacto, para dormir. Utilização do jirau, estrado de varas sobre forquilhas, para leito e guarda de pertences de cozinha, assim como para secar mantimentos. Acrescente-se o emprego da esteira e dos bancos de madeira.

Utensílios domésticos e culinários – Utilização de peneiras de fibra vegetais; colheres feitas de conchas ou de pau; cuias de cabaça ou coco, para comer ou beber água; cestos de palha, cipó ou taquara e também de casco de tatu; pilões e abanos; moringas e potes de barro, cozidos em fossas ou escavações à moda de forno, coberto de madeira, que apresentam superfície lisa, polidas com pedaço de cabaça e podendo apresentar depressões feitas com a unha, ponta do dedo ou espátula de pau. Lembre-se ainda que o mosquiteiro indígena, confeccionado com taquaras ou varas, serviu de modelo aos usados pelos portugueses, para se livrarem, à noite, dos borrachudos, mutucas, maruins e mesmo dos morcegos.

Vestuário e ornamentações – Tangas e cocares de penas, braceletes e colares de penas e dentes de animais, observados na indumentária dos participantes de certos folguedos populares. A título de ornamento, registra-se também o costume de picar ou apontar

Este moço encontrava-se vendendo, na feira de Jacareí, panelas de pedra-sabão produzidas em Congonhas do Campo, MG. Sua postura é característica do nosso sertanejo.

os dentes com faca, do qual possuímos documentação entre gente do campo.

Caça e pesca – Na caça, o emprego de armadilha, como o laço ou juçana, para passarinhos; arapuca, para aves, e o mundéu, para animais; mutá ou mutã, estrado ou assento feito na árvore para espera da caça; utilização de instrumentos, a exemplo do bodoque, arco que atira bolas de barro endurecido ou pedras; fundas, laçada de couro ou corda para arremessar pedra; bolas ou boleadeiras, laços com pedras para derrubar animais. Na pesca, a maponga, costume de espantar o peixe para a armadilha, batendo-se na água; o uso da linha de tucum; jequi, espécie de covo feito de taquara; puçá, pequena rede atada a uma vara; as técnicas de arpão, urupema, barragem e curral, uso do suco do timbó e do tingui para atordoar peixe. No que se refere ao domínio dos seres vivos, que podem produzir alimento ao homem, mencione-se a colonização de abelhas silvestres em cabaças vazias junto à casa, ainda observado na zona rural paulista.

Agricultura, alimentos, bebidas – Utilização da mandioca, prensada no tipiti – cesto de taquara –, e dos seus produtos: pirão, tapioca, beiju, mingau, farinha. Uso do milho cozido e assado e de seus derivados: canjica, pamonha, pipoca, farinha etc. Aproveitamento de plantas não cultivadas, mas conhecidas dos índios: inhame, jerimum, fumo, amendoim, algodão, caju, jenipapo, banana, ananás, taioba, samambaia e cambuquira; e das medicinais: batata de purga, poaia ou ipecacuanha, copaíba, quina e muitas outras. Plantio pelo processo de coivara, derrubando árvores e ateando fogo, com aproveitamento das cinzas para adubo. Cozimento dos alimentos na tucuruva, trempe de pedra, e no moquém, grelha de varas para assar ou secar carne e peixe. Preparo de peixe assado e envolvido em folhas: a moqueca e, também, a paçoca de peixe e de carne, feita no pilão; a içá ou tanajura, formiga saúva na forma alada, alimento populariíssimo; carimã, bolacha de mandioca; pacicá ou paxicá, prato de miúdos de tartaruga; ovos de tracajá, tartaruga amazônica; fritadas de siris e casquinho-de-mussuã. Os molhos tacacá e tucupi, com o ardor das pimentas cumari e murupi. Uso de bebidas fermentadas, do tipo cauim indígena, produzidas com murici, jenipapo, piqui, cambuci, caju, mandioca e até cana-de-açúcar; bebidas estimulantes, como o guaraná, no norte, e a congonha e o mate, no sul; bebida sagrada, extraída da árvore jurema, e utilizada em várias práticas supersticiosas do país.

Transporte – A igara ou canoa pequena e a jangada, a que Pero Vaz Caminha na histórica carta chamava de *almadia* e descrevia como sendo de "três traves atadas entre si". Esta jangada, que nada tem a ver com a almadia, canoa estreita e comprida de um só pau, os portugueses haviam encontrado nas Índias, na forma de pequena balsa.

Para o transporte, note-se ainda o uso das pinguelas de um ou vários troncos, à guisa de pontes nos rios.

Cultura espiritual ou imaterial

Atitude – O descanso de cócoras, com o calcanhar a fazer de assento, e o trabalhar também de cócoras, como o das mulheres que se dedicam ao artesanato de potes e panelas. O costume de andar de uma família nas zonas rurais, com o homem na frente e a mulher e as crianças atrás. Os gritos e assobios para a comunicação e as palavras assobiadas, dando origem a uma verdadeira linguagem de assobios; a preferência pelas cores bem vivas, especialmente o vermelho e o azul.

Organização social – O muxirão, putirão, puxirum, putirum, apatxiru, mais conhecido por mutirão, que consiste na reunião de pessoas para trabalhar em proveito de uma só, nas roçadas, plantio, colheita e até construção de casa, ocasião em que esta oferece um grande almoço ou uma festa.

Linguagem e literatura – Na nossa linguagem há numerosos vocábulos de procedência tupi, a exemplo dos nomes próprios: Aracê (a aurora ou o nascer do dia), Araci (mãe do dia ou mãe do tempo), Ceci (a maternal, a que é carinhosa como se fosse a própria mãe), Iracê (a melíflua, a cheia de doçura ou de meiguice), e outros comuns: cacique (chefe da tribo), cunhã (mulher), canhantã (menina, moça), curumim (menino), cururu (sapo), igapó (mato alagadiço), igarapé (riacho), puçanga (remédio), tapera (lugar abandonado), tuxaua (cacique, chefe, morubixaba), xará (o nosso homônimo).

No setor da literatura, além das estórias da onça, raposa, macaco, jabuti (símbolo da astúcia, paciência, coragem e cuja expressão procede do guarani "y-abuti", com a significação de o que tem fôlego, é tenaz e resistente) e outras, destacamos, pela sua indiscutível importância, os mitos, muitos deles já incorporados ao nosso folclore. Na mitologia tupínica, Couto de Magalhães mencionou três mitos principais: o de Guaraci (o sol), o de Jaci (a lua) e o de Perudá ou Rudá (o deus do amor).

De Guaraci descendiam: *Uirapuru* (primitivamente, deus dos pássaros; hoje, um pássaro que canta bonito, o qual, empalhado ou seco pelo pajé, no Amazonas, Pará e Maranhão, possui as virtudes de um talismã, quer para favorecer negócios ou amor); *Anhangá* (primitivamente, deus protetor da caça de campo; pode aparecer sob a forma de um veado, com olhos de fogo, que além de enganar os caçadores, desviando o tiro de suas armas rumo às pessoas queridas, traz febre e loucura para quem o vê; hoje, é mais uma visagem, um fantasma, um espectro de tatu, pirarucu, tartaruga e até mesmo de cachorro, como o recolhemos em São Paulo); *Caipora* ou *Caapora* (primitivamente, era o deus protetor da caça do mato; pode-se apresentar sob a forma de um homem coberto de pêlos e montado num porco do mato: quem o enxergar ficará infeliz para o resto da vida, daí a frase corrente: "Estou caipora!"; às vezes, tem forma inofensiva e aparece para pedir fumo para seu cachimbo); *Ipupiara* (primitivamente, era o gênio das fontes, animal misterioso, que os índios davam como o homem marinho; dele derivam os Caboclos D'água, seres místicos que viram embarcações, assombram e matam, e vivem no fundo dos rios); *Uiara* (primitivamente, era o ser mitológico que cuidava da sorte dos peixes; Couto de Magalhães o registra no masculino, acrescentando que se transforma no boto, herói de uma série de estórias correntes no norte do país, nas quais surge como incorrigível conquistador de mulheres).

De *Jaci* descendem: *Matinta Pereira* (pequena coruja amazônica, que goza da faculdade de se transformar em gente e pintar o sete, brincando, ralhando e castigando os meninos vadios e mal-criados; também, há crença de que os feiticeiros e pajés se transformam nessa coruja para exercer suas vinganças); *Saci-pererê* (em um dos aspectos primitivos seria um indiozinho manco, com barrete vermelho na cabeça e uma ferida em cada joelho; mais comumente, é menino de uma perna só, com o barrete e o cachimbo na boca; diverte-se criando dificuldades domésticas e espavorindo os viandantes nos caminhos solitários); *Boitatá* (primitivamente, era o deus que protegia os campos contra os incendiários; atualmente, recolhemos, em São Paulo, a versão seguinte: É o espírito de gente ruim, que vaga pela terra, tocando fogo nos campos ou saindo que nem um rojão ou tocha de fogo); *Urutau* (ignora-se a tradição tupi-guarani no mito; sabe-se, entretanto, que é uma ave de rapina noturna, a qual, segundo a crendice popular, preserva as donzelas da sedução); *Currupira* ou *Curupira* (primitivamente, era o deus protetor das florestas; aparece, quase sempre, sob a forma de um anão, com os pés voltados para trás; em certas regiões, possui boa índole; em outras, é maligno, irascível e perigoso).

De Rudá ou Perudá, mito que não se integrou ao folclore brasileiro, descendem, conforme Couto de Magalhães, *Cairé* e *Catiti*, que são, respectivamente, a lua cheia e a nova. Rudá era o deus guerreiro, que residia no alto das nuvens e cuja missão era fazer florescer o amor no coração dos homens. Sob a forma de *Cairé*, os índios dirigiam-lhes preces, que terminavam: "... fazei chegar esta noite no coração dele a lembrança de mim", e como *Catiti*, a oração terminava: "... fazei com que eu tão-somente ocupe seu coração".

Lembrem-se ainda os mitos de Jurupari, Mapinguari e Angoera. *Jurupari*, segundo Egon Schaden e outros etnólogos, é denominação genérica dos heróis civilizadores, habitualmente representados nas festas dos homens e nas cerimônias de iniciação dos rapazes. Quando apareceu, as mulheres é que mandavam no mundo e os homens obedeciam. Ele, porém, roubou o poder das mãos das mulheres e o restituiu aos homens. Os jesuítas do século XVI o identificavam ao demônio.

Mapinguari é um dos mais populares monstros da Amazônia, descrito como homem agigantado, de cabelos longos, unhas compridas e fome insaciável. Segundo a tradição, é um terrível inimigo do homem, a quem costuma matar e devorar a cabeça. *Angoera* como vocábulo é uma contração de *anhangoera*, espectro, fantasma, ou *anhanga-oera*, alma velhaca, esperta, sabida. Transformou-se em mito da região missionária do Rio Grande do Sul, cuja estória é a seguinte: era um indígena amigo dos jesuítas, sisudo e secarrão. Batizado com o nome de Generoso, ficou alegre, vivo e sacudido.

Morreu, mas sua alma continua a freqüentar os pagos gaúchos, divertindo-se como o Saci-pererê.

Cerimônias mágico-religiosas – Conservam algo de práticas indígenas o candomblé-de-caboclo, o catimbó e principalmente a pajelança amazônica. Esta é descrita como uma feitiçaria, na qual o feiticeiro conserva o título de pajé. Tem finalidades terapêuticas e o pajé aplica através de espíritos encantados de homens e animais: os caruanas. Baixam por uma corda imaginária, escreve Renato Almeida, a jacaretinga, a mãe-do-lago, a cobra grande e outros bichos fantásticos. "O pajé pergunta ao bicho, que nele se encarnou, como curar este ou aquele mal. Se o bicho sabe, indica a puçanga, que é uma beberagem enfeitiçada, fazendo também o pajé benzeduras, passes mágicos e defumações." O maracá é o instrumento mágico nas mãos do pajé. Renato Almeida relaciona a prática da pajelança ao homem-medicina dos índios.

Bibliografia

ALMEIDA, Renato. *História da música brasileira*. Rio de Janeiro, Briguiet & Cia., 1942.
CASCUDO, Luiz da Câmara. *Geografia dos mitos brasileiros*. Coleção Documentos Brasileiros, Rio de Janeiro, José Olympio, 1947. v. 52.
——. *Antologia do folclore brasileiro*. São Paulo, Martins, 1956.
MAGALHÃES, General Couto de. *O selvagem*. Brasiliana, Nacional, 1940. v. 52.
MONTEIRO, Mário Ypiranga. "Alimentos preparados à base de mandioca", *Revista Brasileira de Folclore*, ano III, nº 5, jan./abr. 1963, Campanha de Defesa do Folclore Brasileiro, Ministério de Educação e Cultura.
RIBEIRO, Darcy. *Línguas e culturas indígenas do Brasil*. Rio de Janeiro, Centro Brasileiro de Pesquisas Educacionais, Ministério de Educação e Cultura, 1957.
——. *Os índios e a civilização*. Civilização Brasileira, 1970.
SCHADEN, Egon. *A mitologia heróica de tribos indígenas do Brasil*. Rio de Janeiro, 1959.
SENNA, Nelson de. *A influência do índio na linguagem brasileira*. Separata nº 101, Conselho Nacional de Proteção dos Índios, Rio de Janeiro, 1947.
RAMOS, Artur. *Introdução à antropologia brasileira*. Coleção da Casa do Estudante do Brasil, Rio de Janeiro, 1943. I v.

AFRICANOS

Segundo Artur Ramos, sobreviveram no Brasil as seguintes culturas africanas: 1º) sudanesas, representadas pelo grupo iorubá ou nagô, jeje, mina ou fanti-ashanti e alguns menores; 2º) bantos, compreendendo negros do grupo angola-conguês e contra-costa, inclusive o moçambique; 3º) guineano-sudanesas islamizadas, integradas pelos grupos pehul (fulah ou fula), mandinga, haussá e outros secundários.

Dessas culturas, porém, as que mais profundos traços deixaram no sentir, pensar, agir e reagir espontâneos das coletividades rurais e urbanas brasileiras foram as sudanesas, com o predomínio do iorubá, e as bantos, por intermédio dos negros de Angola, Congo e Moçambique.

Negro iorubá ou nagô

Os africanos do grupo iorubá ou nagô são originários do sul da Nigéria, de uma região que se chamou Costa dos Escravos, por haver se tornado importante centro de tráfico, nos tempos da escravidão. Designam-se eles pelo nome de iorubá, porque assim era chamada a língua que falavam e o reino a que pertenciam, e nagô, também vocábulo do idioma desses negros, por ser usado, há muito, pelos franceses, para denominá-los.

Consta que o maior contingente do grupo iorubá ou nagô foi introduzido na Capital da Bahia, mas ele chegou a outros pontos do país – Pernambuco, Minas, Rio de Janeiro, São Paulo etc. – e sua cultura, de mistura com a jeje ou daomeana e angola-conguesa, deixou marcantes traços materiais na nossa, muitos dos quais pertencendo também a europeus e indígenas.

Desses traços materiais, lembramos, a título de exemplo:

a) *ornamentos pessoais*: braceletes, argolões, miçangas, balangandãs;

b) *indumentária*: panos vistosos, saias largas e rodadas, xales "da Costa" e listados, turbante ou rodilha, além de vestes de "orixás", usadas pelas filhas-de-santa em transe;

c) *pratos e alimentos*: vatapá, acaçá, caruru, acarajé, mungusá, azeite-de-dendê, pimenta malagueta;

d) *utensílios domésticos e culinários*: pedra de ralar, pião, peneira, colher de pau, alguidares de madeira, quartinhas ou moringas de barro, almofariz ou pilão de cobre;

e) *instrumentos musicais*: membranofones, como os *atabaques*, denominados *rum* (grande), *rumpi* (médio), *le* (pequeno) e os *ilus* dos xangôs pernambucanos, cerimônias religiosas do tipo do candomblé; idiofones, a exemplo do *agogô* e *gonguê*; *afochê*, *piano de cuia* ou *cabaça*, *adjá*; aerofones, representados pelo *afofiê*, pequena flauta já desaparecida;

f) *escultura*: ídolos de madeira, de ferro e outros materiais, figurando os seus *orixás*, santos ou deuses.

Na nossa cultura espiritual ficou muito da sua religião, que longe de ser primitiva, como muitos julgaram apressadamente, apresentava "uma mitologia complexa, um panteon de deuses principais e intermediários, uma teoria de sacerdotes e sacerdotisas do culto, um cerimonial altamente organizado". E esta, ainda agora, se manifesta não só nos candomblés da Bahia, xangôs do Recife, batuque de Porto Alegre, macumbas do Distrito Federal, mas também, com relevo especial, nos terreiros e tendas umbandistas da cidade de São Paulo.

Dos seus *orixás*, santos ou deuses, hoje já reverenciados nas imagens e estampas dos santos católicos e quase sempre a estes identificados, tornaram-se mais cultuados entre nós os seguintes:

Oxalá, identificado ao Senhor do Bonfim, Sagrado Coração de Jesus, Divino Espírito Santo, Jesus Cristo, tendo preferência pela cor branca, e possuindo as credenciais de Pai de todos os *orixás* e, portanto, a de avó dos mortais, segundo Édison Carneiro.

Xangô, *orixá* dos raios e tempestades, que se identifica a Santa Bárbara, São João e São Jerônimo, e cujos símbolos são o machado de duas faces (ita), a chamada *pedra de raio*, um chocalho (xeré); cores preferidas, o branco e o vermelho.

Yansã, mulher de Xangô, com idênticas prerrogativas deste e também a função de guardar a alma dos mortos, identificada como seu marido a Santa Bárbara, sendo seu símbolo o rabo de boi (iêru) e uma espada de cobre; cores preferidas, também o vermelho e o branco.

Oxum, segunda mulher de Xangô, *orixá* da água doce – rios, fontes e lagos – que se identifica às várias Nossas Senhoras: Candeias, Conceição, Aparecida, e cujos objetos símbolos são a pulseira e o *abebê* ou leque de latão; cor preferida, o amarelo.

Ogum, *orixá* das lutas e guerras e do ferro, que se identifica a São Jorge e a Santo Antônio, historicamente considerado oficial do exército brasileiro, e que tem por símbolo um feixe de pequenos instrumentos – picareta, foice, pá, enxada, machado de ferro – designado pelo nome de *ferramenta de Ogum*; cor preferida, o azul-escuro.

Oxóssi, *orixá* da caça, também identificado a São Jorge e ainda a São Expedito e São Sebastião, cujos símbolos são o arco-e-flecha e o mesmo rabo de boi de Yansã (iêru); cores preferidas, o verde, o azul e o vermelho vivos.

Omulu ou *Xapanã*, *orixá* da varíola ou bexiga, que se identifica a São Roque, São Lázaro, São Bento, e apresenta por símbolo um feixe de palha ou vassoura enfeitado de búzios e mesmo um capuz de palha; cores preferidas, o vermelho e o preto.

Yemanjá, *orixá* das águas do mar, mãe de Ogum, Oxóssi e Xangô, identificada às Nossas Senhoras do Carmo, Rosário, Conceição, Virgem Maria, e que tem por símbolos estrelas do mar, conchas marinhas, representações de peixes e da mãe d'água ou sereia, espelhos e o *abebê* ou leque branco; cor preferida, o azul.

Ibejis, *orixás* das crianças, representados nas próprias imagens por São Cosme, São Damião, santos gêmeos católicos, e mais Doum, um terceiro *orixá-menino*, nos *terreiros* cariocas e paulistanos, tendo por cores o meio-tom do azul-claro e o rosa, e sob cuja influência os devotos se comportam como crianças.

Exu, mensageiro dos *orixás*, espírito de demanda, dono das encruzilhadas, embaixador dos mortais junto aos *orixás*, cujo símbolo é um montículo de barro, às vezes, com búzios a fazer de olhos e boca, embebido de azeite-de-dendê; cores preferidas, o vermelho e o preto. Também aparece sob a forma de uma estatueta de ferro ou madeira, que representa o satanás, em virtude de ser considerado espírito malfazejo, ou, melhor dizendo, por ser usado para a prática do mal.

As cerimônias religiosas onde são cultuados estes *orixás* e outros mais chamam-se *candomblé* (Bahia), *xangô* (Pernambuco, Alagoas e Paraíba), *macumba* (Rio de Janeiro e Minas Gerais), *batuque* (Porto Alegre, no Rio Grande do Sul), *tambor-de-mina* (Maranhão). Essas denominações também se dão aos próprios locais em que se realizam as cerimônias.

O chefe religioso designa-se, quando do sexo feminino, *ialorixá*, que significa exatamente *mãe-de-santo*, expressão mais comumente usada, e do sexo masculino *babalorixá* e *pai-de-santo*. Seguem-se-lhes as *iás*, que cuidam dos diferentes serviços religiosos, e a *iá kêkêre*, *mãe pequena* ou *babá*, a mais velha *filha-de-santo*, substituta eventual da *mãe-de-santo*. Os demais personagens são: o *pejigã*, responsável pelo *peji* ou santuário, isto é, o lugar onde se encontram os objetos símbolos dos *orixás* e outras diversas representações suas, inclusive, às vezes, imagens e estampas; o *axogum*, que cuida do sacrifício dos animais votados a este ou àquele *orixá*; *ogã*, protetor do culto, a pessoa que lhe dá prestígio e dinheiro quando necessário; os tocadores de instrumentos chefiados em Recife pelo *ogã-ilu*; as *filhas-de-santo* e *filhos-de-santo* etc.

Filhas-de-santo são mulheres nas quais se revelam direta ou indiretamente os *orixás*, de maneira espontânea ou provocada, determinando-lhes o fenômeno da possessão. Para exercer as funções de *filhas-de-santo*, as fiéis do *candomblé* ou *do terreiro* passam por um período de iniciação no *peji*, também chamado *camarinha*, em que recebem o nome de iaô, o que quer dizer esposa, mas na verdade tem a significação de noviça. Passados sete anos, recebem a designação de *ebômim*, é só aí, nos *terreiros* de maior tradição africana, é que podem desempenhar cargos importantes no ritual. Nas principais organizações religiosas, as *filhas-de-santo* tomadas pelos *orixás* se apresentam com vestes em que predominam suas cores preferidas e um e outro objeto símbolo. Ao lado das mulheres que desempenham essas funções, há também homens, chamados *filhos-de-santo*.

Outros traços espirituais da cultura Iorubá, que se integraram à nossa, foram as *práticas mágicas*, denominadas *ebó* ou *despacho*, por meio das quais *Exu*, mensageiro dos mortais, segundo Édison Carneiro, é enviado aos *orixás*, para que deles obtenha benefícios ou mesmos malefícios, e ainda mais comumente interceda junto a eles, no sentido de que tudo corra bem durante a cerimônia mágico-religiosa. Em conseqüência, o *terreiro* ou *candomblé* tem início com o *despacho de Exu*, que pode consistir no sacrifício de um galo preto atrás da porta do *peji*, derramando-lhe o sangue sobre o objeto símbolo desse *mensageiro dos mortais*. No aspecto material, o *despacho*, colocado nas encruzilhadas, lugar predileto de Exu, apresenta-se sob a forma de um grande cesto contendo bode, galinha preta e outros animais sacrificados, bonecas de pano, às vezes picadas de alfinetes, farofa de azeite-de-dendê, garrafa de cachaça, tiras de pano vermelho e moedas, até apenas uma vela acesa e alguns charutos, informa Édison Carneiro. Os *despachos* das encruzilhadas têm, às vezes, a finalidade de fazer com que Exu atue para conseguir que o mal feito a certa pessoa troque de cabeça, isto é, dirija-se a uma terceira pessoa.

Também constituem traços dessa cultura popular brasileira os relacionados à dança e músicas das cerimônias religiosas já referidas, as estórias ou *alôs* do ciclo de *awon*, a tartaruga africana etc.

A dança chama-se *batucajé* e tem a finalidade de facilitar a incorporação dos *orixás* e dos seus enviados nos *filhos* ou *filhas-de-santo*, como também o de caracterizar o *orixá*, pois cada um possui um figurado próprio, que o identifica. *Oxalá*, por exemplo, dança com requebros de corpo e ligeira flexão de joelhos; *Xangô*, com as mãos para cima e braços em ângulo reto; *Ogum*, terçando espadas como um esgrimista; *Oxum*, a se abanar com a mão direita.

A música é vocal e instrumental, chamando-se a primeira, geralmente, *toada*, e a segunda, *toque*. A *toada* é cantada em solo e coro ou apenas pelo coro, com alguém tomando a iniciativa de começá-la. Esta, na Bahia, pertence a *iá tebexê*, uma das mais velhas *filhas-de-santo*. O *toque* é realizado pelos *atabaques rum*, *rumpi* e *lé*, na Bahia, o *ilu*, tambor de barril, encourado nas duas bocas; nos *xangôs* pernambucanos, e outros membranofones, quase sempre tocados com as mãos; o *aguê* ou *gô*; *cabaça*, *afochê* ou *plano de cuia*, o *adjá*. Há *toques* e *toadas* para os diferentes *orixás*, devendo-se destacar aí a importância dos tambores, os quais, através do *toque* denominado *adarrum*, rápido, ajudam a manifestação de qualquer *orixá* ou santo.

Afinal, recordamos que muitas estórias, ou *alós* do grupo iorubá ou nagô, se tornaram conhecidas no Brasil, merecendo especial referência as do ciclo de *awon*, a tartaruga africana, que se misturam às indígenas do ciclo do jabuti. O etnólogo Nina Rodrigues comprovou a relação que existe entre a estória do "Cágado e o teiú", recolhida por Sílvio Romero, e a da "Tartaruga e o elefante", registrada por Ellis, na Costa dos Escravos.

Negro banto

Os representantes desse grupo, cuja unidade cultural é apenas lingüística, poderiam ser definidos, escreve Seligman, "como sendo todos os negros que se servem de alguma maneira da raiz *ntú*, para qualificar os *seres humanos*; com o prefixo do plural, isso dá = *bantu*, isto é, *os homens (da tribo)*, e é por esta palavra que todo o grande grupo humano foi designado na literatura antropológica".

O grupo banto compreende africanos de Angola, Congo, Moçambique e outros, que embarcados, em São Paulo de Loanda, capital de Angola e principal centro do tráfico desses negros, foram distribuídos para vários pontos do território nacional: Bahia, Rio de Janeiro, Pernambuco, Minas Gerais, São Paulo, Maranhão etc.

Ao banto devemos alguns traços culturais nossos, no setor material, a exemplo de *instrumentos musicais: tambu, candongueiro, quinjengue, engome* ou *angoma, zambê* – *membranofones* de percussão; *cuíca* ou *puíta* – membranofone de fricção; *berimbau* ou *urucungo* (arco musical) – cordofone; *marimba* – idiofone etc. Da sua cultura espiritual, vamos encontrar entre nós com sincretismo iorubá e jêje e até indígena, espírita e católico, vários traços religiosos que podem ser observados nas *macumbas* do Rio de Janeiro e Minas Gerais e nas *sessões de terreiro* de São Paulo, mais conhecidas como cerimônias de umbanda.

Os sacerdotes chamam-se, no geral, *quimbanda, umbanda* ou *embanda*, e também *ganga*, além de *pai-de-santo* ou *babaloxá*. Seu auxiliar é o *cambone* ou *cambono*, quando homem, e *mucamba*, quando mulher. O *peji* ou santuário e mais comumente um altar é colocado no próprio *terreiro, tenda* ou *centro* e chamado *barquice, gongá* e *congá*. Há, também, filhos e filhas-de-santo designados pelos nomes de *médiuns, instrumentos, cavalos, aparelhos* ou *serviçais*.

Além do *espírito familiar*, que caracteriza o *terreiro* de traços banto – Pai Joaquim, Pai Velho, Pai Guné –, o qual se encarna no sacerdote ou sacerdotisa, no início dos *trabalhos,* aparecem no decorrer de suas *sessões* outros *espíritos, guias* ou *encantados*, que são subordinados a este ou àquele *orixá*. Nos *terreiros* da Capital (São Paulo), os *orixás* podem se constituir em duas *falanges, legiões* ou *nações*, que compreendem cada uma *sete linhas*: a de *Umbanda* e a de *Quimbanda*. Os trabalhos nas sete *linhas* de Umbanda visam sempre a prática do bem, e os de *Quimbanda*, do mal.

A invocação dos *espíritos familiares* e dos *orixás*, que se manifestam através dos seus *espíritos, guias* ou *encantados*, é feita por meio de cânticos especiais, que se denominam *ponto*. Esta palavra, também, indica os símbolos escritos no chão do *terreiro* com a *pemba* ou giz: signo de Salomão, flechas, estrelas, espadas, machados, colocados num círculo ou não. Os *pontos* cantados são acompanhados de palmas e também de instrumentos musicais membranofones e idiofones.

O negro banto integrou na nossa cultura alguns dos seus deuses, a exemplo de *Zambi-maior* (grande deus), *Zambi-menor* (identificado a Jesus Cristo), que correspondem ao *Zambi* ou *Nzambi* dos angoleses; *Zambiapongo, Zaniapombo* e *Abias Pongo*, como fomos encontrar na congada de Iguape, que também se refere ao grande deus, mas dos negros do Congo; *Zambi-ampungu; Calunga* ou *Calunga Grande*, a deusa do mar, o reino da morte e um boneco, "o que é facilmente explicável pelo fato de seu símbolo na África ser uma figurinha de madeira"; *Ganga-zumba*, relacionado a Jesus Cristo. O mesmo grupo cultural nos trouxe o nome de certos espíritos ou deuses inferiores: *Zumbi, Lemba* ou *Sinhô Lemba, Cariaperri Calundu*.

Outras manifestações da cultura espiritual do nosso povo também revelam traços desse grupo africano: jogos atléticos, como a *capoeira;* guardamento de defunto, com cânticos, bebidas e alarido: *velório;* danças, *batuque, samba, jongo, lunlu,* cantos de trabalho na mineração: *vissungos;* folguedos populares: *congada, moçambique, quilombo, ticumbi, maracatu, maculelê;* e até mesmo os *cordões, ranchos* e *clubes* carnavalescos.

Afinal, queremos lembrar que há mitos de características africanas do grupo cultural banto que se integraram ao nosso folclore, formando estórias diversas: o *Quibungo,* com sua bocarra às costas; o *Chibamba,* no seu traje de folha de bananeira; o *Tutu Zambê* e o *Marambá,* mais particularmente freqüentando letras de dormenenês; a *Cambinda,* uma coelhinha; *Zumbi,* diabinho, alma do outro mundo; *Canhambora,* homem negro, coberto de pêlos.

Bibliografia

CARNEIRO, Édison. *Negros bantus.* Rio de Janeiro, Civilização Brasileira, 1934.

——. *Candomblés da Bahia.* 2.ª ed. Rio de Janeiro, Editorial Andes.

BASTIDE, Roger. *Sociologia do folclore brasileiro.* São Paulo, Anhembi, 1959.

FERNANDES, Gonçalves. *Xangôs do Nordeste.* Rio de Janeiro, Civilização Brasileira, 1937.

HERSKOVITS, Meiville J. "Estrutura social do candomblé afro-brasileiro", *Boletim do Instituto "Joaquim Nabuco de Pesquisas Sociais".* Recife, v. 3, 1954.

RAMOS, Artur. *Introdução à antropologia brasileira.* Rio de Janeiro, Casa do Estudante do Brasil, 1943. I v.

——. *O folk-lore negro do Brasil.* Rio de Janeiro, Civilização Brasileira, 1935.

——. *O negro brasileiro.* Rio de Janeiro, Civilização Brasileira, 1934.

RIBEIRO, René. "Cultos afro-brasileiros de Recife: ajustamento social", *Boletim do Instituto "Joaquim Nabuco de Pesquisas Sociais".* Recife, número especial, 1952.

RODRIGUES, Nina. *Os africanos no Brasil.* 3.ª ed. Nacional, 1945.

PORTUGUÊS E OUTROS

Para assinalar os traços culturais europeus no folclore brasileiro, precisamos, antes de tudo, falar de Portugal, ou, melhor dizendo, do grupo português. E isso porque o Brasil é precisamente português, antes de ser espanhol, holandês, italiano, francês, alemão, sírio, eslavo e mesmo índio e africano.

Portugueses foram os donos da terra, durante largo período; eles é que mantiveram os primeiros contatos com o índio, resolveram os problemas de mestiçagem com os africanos e abriram daqui os braços para o mundo, a fim de receber todo aquele que desejasse trabalhar ao seu lado nas terras brasileiras.

Parece que os mais antigos elementos do grupo português, chegados ao Brasil, procediam das províncias do centro e do sul de Portugal: Estremadura, Alentejo, Algarve. Só depois é que vieram os casais dos Açores, alguns da Madeira e, afinal, os portugueses da Beira, Minho, Trás-os-Montes, Entre-Douro-e-Minho. E, aqui, eles se misturaram com indígenas, africanos, espanhóis, italianos, franceses, holandeses etc., de tal maneira, que hoje já se vai tornando difícil precisar o que pertence à cultura portuguesa ou pelo menos o que foi difundido entre nós pelo grupo português. Esclareça-se, ainda, que este tem muito da cultura espanhola, francesa e outros elementos europeus, e até mesmo de africanos, asiáticos e judeus.

É provável, entretanto, que tivéssemos recebido, especialmente através do grupo português, vários traços da nossa cultura material, entre os quais:

Habitação e acessórios – Casa com varanda e alpendre; casa de porta e janela; nos engenhos, a senzala; construções de adobe, que é o barro amassado com água, misturado ou não com cal, metido em fôrmas, e também de pedra e tijolos; um ornamento: a pombinha nos ângulos dos telhados. Dentro de casa, a tripeça, o oratório, os cepos feitos de tronco de árvore para assento; na cozinha, a salgadeira, fumeiro, tacho; no quarto, a cama de tábua, os baús ou arcas pregueadas e encouradas para guardar roupa; a iluminação por meio de torcidas de algodão ou de trapos trançados, os candieiros; as lanternas de quatro vidros, para serviços externos; as escovas de piaçaba para lavar a casa.

Artesanato – Tipo de teares para a confecção de redes, colchas e roupas de roceiros; rodas de fiar e urdideiras; fusos, bilros e agulhas; prensa de tipiti para espremer a mandioca, que provém das antigas prensas de azeite e vinho, usadas pelos portugueses; monjolos, rodas d'água, cataventos; trançados de couro e fibra vegetal; tecelagem que advém dos jesuítas.

Arte popular – Figuras de presépio e imaginárias, ex-votos ou promessas, renda no modelo de Puy, na França; bordados de crivo, labirinto, crochê; papel recortado para enfeitar prateleiras, mesas de festa e os próprios doces; alfenins, massa de açúcar modelada em curiosos exemplares de aves e animaizinhos ou mesmo medalhas do Divino.

Indumentária – O chamado *vestido de missa*, traje domingueiro ou roupa de domingo. As saias rodadas, o xale e os tamancos de pau.

Transporte – Velhas cadeiras de arruar, carroças, carros-de-boi, carretas, diferentes embarcações.

Tipos de povoação – Cidades, vilas, aldeias, sítios, quintas e suas disposições; mercados, chafarizes, alamedas, cruzeiros, praças, ruas, vielas, travessas, bairros, quarteirões, arrabaldes.

Irmandade ou Irmãos do Divino de Tietê, grupo religioso folclórico que participa da festa do Espírito Santo daquela cidade paulista, a qual se realiza a 25 ou em dia próximo deste, no mês de dezembro de cada ano. Sua indumentária tradicional – principalmente o gorro – reflete nitidamente traços culturais portugueses.

Brinquedos de crianças – Telefones feitos com fio de barbante; a pandorga ou papagaio, o corrupio de botão no cordel; zumbidor ou berra-boi feito de barbante e tabuinha; pernas de pau; cata-vento ou papavento de papel e vareta; bonecas de trapo (bruxas).

De sua cultura espiritual, destacamos os traços a seguir, sempre recordando que o grupo português é o resultado de numerosos contatos culturais.

Entre as *formas de linguagem* – Parlendas, fórmulas de escolha, de terminar histórias, de jogar bola, de pular corda, de vender fiado, os travalínguas, as adivinhas, os ditados.

Literárias – Poesia: quadrinhas ou trovas, pé-quebrado, sextilhas, oitavas, décimas, romances ou rimances. Prosa: anedota, fábula, histórias, lendas, contos acumulativos e mitos, tais como os seguintes: *Lobisomem*, mito, no dizer de Câmara Cascudo, em que o animismo, simples nas aparições dos fantasmas, se combina com a zoologia religiosa, para dar de si uma enfermidade real, correspondente à doença dos visionários do medo, combinando-se, também, com a alma penada, com a idéia do pecado e da penitência; *Alamoa*, mulher branca, nua, que herdou dos portugueses as razões da existência, e que na Ilha Fernando de Noronha tenta os pescadores ou caminhantes retardatários e depois se transforma num esqueleto, endoidecendo quem a seguiu; *Pisadeira*, que é o nosso muito conhecido pesadelo, personalizado em velha ou velho que, segundo contam, costuma sentar-se à boca do estômago de quem dorme de costas; *Porca dos Sete Leitões*, em versão paulista de Jaú, uma porca que vive com seus sete leitõezinhos, andando pra lá e pra cá: era uma rainha que possuía sete filhos e que foram com ela transformados no que são agora por vingança de um feiticeiro; *Cabra Cabriola*, caprino fantástico e antropófago, dando mil saltos e curvas, cabriolando, que devora crianças; *Cuca* ou *Coca*, velha que vem de noite para carregar crianças traquinas que não querem dormir, recordação da Coca ou Coco em Portugal, do Farricoco ou Morte, no Brasil, personagens embuçados que apareciam nas procissões da Semana Santa; *Mula-sem-cabeça*, Burrinha de Padre ou Burrinha, mulher que manteve em vida ligações amorosas com padre; *Bruxa* ou Feiticeira, na forma universal da mulher velha, encarquilhada, montada em um cabo de vassoura, a voar; *Mãe d'Água* ou Iara, na forma da sereia européia.

Das festas de procedência européia, que recebemos através de Portugal, destacamos no Estado de São Paulo: *Imóveis* (ou fixa) – mês de janeiro: Reis e São Sebastião; maio: Santa Cruz; junho: festas joaninas (assim devem ser chamadas porque os principais elementos das três festas: Santo Antônio, São João e São Pedro são exclusivos do tradicional ciclo de São João); *Móveis* – Divino, São Benedito, Nossa Senhora do Rosário, São Gonçalo (mais domiciliar).

Nas características folclóricas destas festas há numerosos traços originários de festas portuguesas: juiz, alferes, mordomos, padrinho de São João, alvorada com banda-de-música, touradas e cavalhada de São João ou de outros santos, na forma de cortejo a cavalo que percorre as ruas da cidade.

Entre as formas de organização social, lembre-se ainda aqui o nosso mutirão, que também se relaciona aos trabalhos coletivos gratuitos a recíprocos minhotos, por ocasião de vindimas, esfolhadas, espadeladas, fiadas de linho. E na religião, o culto a São Gonçalo de Amarante, santo português, que aqui se transformou em violeiro com chapéu batido na testa, tal o aspecto mais comum da imagem, que inclusive pode ser adquirida nas casas de santos de Aparecida, a Meca brasileira. Recorde-se, afinal, que a maioria de nossas crendices e superstições, assim como a medicina, procede de Portugal também.

Apesar de pouco estudados os demais grupos culturais que contribuíram para a nossa formação, é possível se anotar alguns traços deixados pelo italiano, espanhol, francês, alemão, inglês, sírio e libanês, holandês, polonês e japonês.

No sul do Brasil, principalmente em São Paulo, Rio Grande do Sul e Santa Catarina, além de Paraná, o *italiano* contribuiu com muitas levas de imigrantes, tanto da Baixa como da Alta Itália, para a alteração do contexto populacional e também da cultura. No setor da cultura material, por exemplo, a casa com porão e a construída de pinho e pintada de várias cores e ainda a edificada sobre base de pedra, onde se faziam as cantinas, e, até no sul, aquela feita inteiramente de pedra. Os alimentos, hoje brasileiros, tais como o macarrão, pizza, risoto, polenta, minestrone, brachola. Deve-se-lhe também a difusão do uso do vinho, que participa, como bebida folclórica, de algumas festas nossas, tomado puro ou de mistura. Lembre-se, a propósito, o vinho branco com gemada, que o festeiro de Santa Cruz da Aldeia de Carapicuíba, nos arredores de São Paulo, deve dar aos instrumentistas da Dança de Santa Cruz. Dois instrumentos musicais foram integrados no nosso folclore pelo italiano: a sanfona, gaita do gaúcho, e a bandola, que chega a substituir a viola caipira em determinada região de Piunhi, no sul de Minas Gerais. O carnaval de Recife tem o folguedo do Urso, cujos principais personagens são o homem vestido de urso, o italiano ou domador ou comandante e o caçador.

Aos italianos devemos, em São Paulo e Paraná, o jogo de *morra* ou *mora*, em que os participantes, levantando a mão direita e mantendo no alto o punho fechado, empenham-se em adivinhar o número de dedos que serão esticados, no momento em que os punhos se abaixarem. Há também dois tipos, originalmente itálicos, que contribuíram para a produção de folclore entre nós: Garibaldi, herói da Guerra dos Farrapos, e o homem do realejo, que tira a sorte com o periquito. Garibaldi permaneceu no desafio poético gaúcho que diz:

>Garibaldi foi à missa
>A cavalo sem espora,
>O cavalo tropicou
>Garibaldi pulou fora.
>
>Garibaldi saltou fora
>Do cavalo pangaré,
>Mas não espichou de lombo,
>Saiu caminhando a pé.

Tanto quanto o sertanejo brasileiro, o italiano contribuiu também para o desflorestamento de grandes regiões do Sul, usando a técnica primitiva da queimada para o preparo do terreno que ia plantar. E, de outro lado, teve papel importante na difusão das bandas-de-música no país e acabou se tornando um bom irmão nosso, a quem o povo rende louvores na quadrinha popular:

Italiano grita
Brasileiro fala,
Viva o Brasil
E a bandeira da Itália.

No domínio da linguagem, integrou no falar do brasileiro numerosos vocábulos: *cana*, com o significado de prisão; *esbórnia*, bebedeira, ferro velho, coisas ou objetos imprestáveis; *fiaca*, fraqueja, debilidade; *gôndola*, vagão de transporte de madeira ou gado; *imbrolho*, confusão, qualquer dificuldade; *máquina*, automóvel; *pilha*, pegar, surpreender; *paúra*, medo, pavor; *retífica*, oficina mecânica de retificação de motores; *estrepar*, sair-se mal; e o famoso *tchau*, até logo, conhecido já no mundo inteiro que se origina da saudação comum dos venezianos às pessoas de respeito: "Le sono schia-

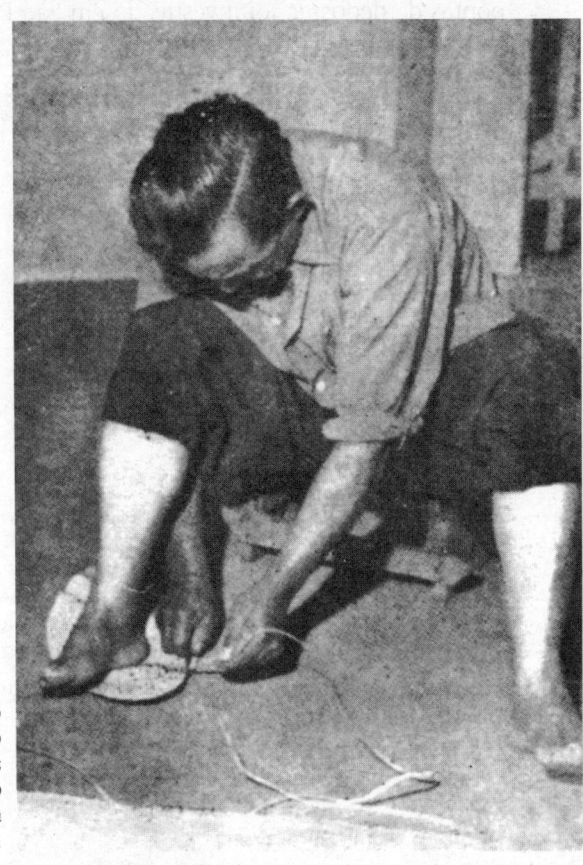

Com muito cuidado, este artesão paulista de laços vai tirando do pedaço de couro que tem preso aos pés uma lonca ou tento, que reunido a outros lhe permitirá trançar um novo laço de apresar animais.

vo", o que deu, na pronúncia vêneta: "... *sciavo*", e que, se estendendo à Lombardia, ficou sendo definitivamente *ciao*.

O *espanhol* também participa em larga escala das populações de São Paulo, Rio de Janeiro, Minas Gerais e Rio Grande do Sul. Mas sua influência de maior importância observa-se na constituição do gaúcho, com seu chapéu de feltro e abas largas, preso ao queixo pelo barbicacho, o lenço no pescoço, bombacha de pano riscado ou de quadrados, abotoada à altura dos tornozelos. E ainda o chiripá, pedaço do pano que é passado entre as pernas e preso na cintura, pelas extremidades, as botas de couro, o ponche e a alimentação baseada no churrasco e chimarrão. O gaúcho combina o espanholismo cultural com o luso-brasileirismo de fontes açorianas e paulistas. Do espanhol recebemos o fandango, série de danças ou de marcas, que na expressão regional brasileira, até com castanholas de pontas de dedos, já foi investigado em São Paulo e no Rio Grande do Sul. A Espanha também está presente em algumas rodas infantis nossas, em texto e música, a exemplificar-se nos documentos que divulgamos no trabalho *Ai, eu entrei na roda*. O espanhol diz:

> Yo soy la viudita
> Del conde Laurel,
> Que quiero casarme
> Yo no encuentro con quien.

O brasileiro, em São Paulo:

> Eu sou a viuvinha
> Do conde Laurel,
> Escolho a casar-me
> Não encontro com quem.

Afinal, lembre-se a vaquejada nordestina – derrubada do boi, puxando-lhe o rabo, na corrida – que, segundo esclarece Câmara

Cascudo, procede do jogo do *toro coleado*, outrora existente na Espanha e do qual não há referência em Portugal.

O *francês* integrou traços culturais seus no nosso folclore, através, principalmente, da atividade dos colégios de freiras dessa origem. As crianças brasileiras cantam o *Irmão Jaque*, que não passa de tradução do famoso *Frére Jacques, dormez vous*. Se bem que com música diferente, também é conhecido, no Brasil, o *Sur le pont d'Avignon*, traduzido como *Lá na ponte da Vinhaça, da Vingança* etc. Outras rodas francesas conhecidas entre nós são: *Fui passear no Jardim Celeste, Giroflê, Giroflá*, em que, "Bois Seulette" deu em "jardim celeste"; *A mão direita tem uma roseira*, que corresponde ao francês *A ma main droite y a-t-un rosier; Margarida está no castelo, o quê, o quê, o quê*, originalmente *O'u est la Marguerite? Oh gai, oh gai, oh gai!*; e, por último, *Vamos passear na floresta, enquanto seu lobo não vem*, que procede, ou pelo menos tem correspondente, em *Promenon-nous dans les bois tandis que le loup n'y est pas*. À França devemos ainda uma dança, hoje inteiramente folclorizada: a *quadrilha*, e certos entrechos de congada e de cavalhada da região sul inspirados no livro *História de Carlos Magno e dos doze pares de França*, cujo original em língua francesa é do ano de 1485. Foi tão grande a divulgação dessa obra, tanto em Portugal quanto no Brasil, que os nomes de seus personagens, Guy de Borgonha, Duque de Naimes, Ricarte, Roldão, Floripes, Oliveira, Duque Regnier, Geraldo de Mondifer, Duque de Nantes e outros, por vezes alterados na pronúncia, chegaram a ser nomes de muito brasileirinho.

Veja-se ainda a importância da cultura espontânea francesa na constituição do carnaval do Brasil, verificando textos do livro *Folclore das festas cíclicas*, de nossa autoria.

Os Estados do Rio Grande do Sul, Espírito Santo, Santa Catarina, especialmente, receberam *alemães* do Sul e do Norte: da Pomerânia, Holstein, Saxônia, Westfália, Oldenburg, Renânia, Baviera, Palatinado, Hesse, Prússia, Wurtemberg, Saxe. E nas regiões de maior concentração estes deixaram traços culturais de muita valia, para o estudo do Brasil, segundo o critério da aculturação. Recorde-se, exemplificando-se, a difusão da casa feita de madeira ou mesmo de tijolos com madeiras intercaladas; o aproveitamento do cavalo na tração de carroças, nos serviços rurais; a introdução da batatinha como um dos alimentos básicos. Quanto a este traço cultural, lembre-se que o alemão se relacionou de tal modo à batata, que se difundiu a expressão: "Alemão batata" e até apareceu uma parlenda de características críticas, que diz: "Alemão batata, come sangue de barata." No que se refere à alimentação, aos alemães devemos a introdução e difusão do uso da salsicha, que inicialmente se comia bebendo uma cerveja ou um bom chope, ambos também trazidos por eles. Há festas teuto-brasileiras, como o famoso *Kerb*, com cortejo, danças e diversas brincadeiras, além de muito chope, que tivemos ocasião de assistir em Novo Hamburgo, no Rio Grande do Sul; a festa da cumieira ou da cobertura da casa dos pomeranos catarinenses; festa do tiro ao alvo, também tradicional entre colonos alemães. Nos enfeites de casa ou de rua nos dias festivos, eles dão preferência às folhas de palmeira em vez dos ornamentos de bambu, usuais nas comunidades de expressão cultural luso-brasileira. O palmito ou, melhor dizendo, todo o caule da palmeira, cuja parte terminal é comestível, é elemento integrante da cultura dos pomeranos do vale do Itajaí, em Santa Catarina. Aparece na alimentação, construção rústica, ornamentação da festa no lar, na igreja e na escola. As churrascadas são sempre acompanhadas de palmito em conserva. Nos dias festivos, as folhas servem para enfeitar os animais, carroças e automóveis. Nos aniversários, há palmito em conserva e também nos pastelões, misturado com camarão. Casa sem palmito é casa sem festa, escreve T. C. Jamundá. Há dois outros traços alemães, que ainda se observam nas coletividades teuto-brasileiras: o aproveitamento da mulher no trabalho agrícola e o uso, como ornamento, do pano de parede na cozinha.

Quanto ao aspecto demográfico, a *Inglaterra* contribuiu para nossa formação com pequeno contingente. Mas, culturalmente, os ingleses nos trouxeram o jogo desportivo, que se transformou num verdadeiro complexo cultural de características brasileiras: o futebol. Em torno dele existe todo um folclore nacional, que já tem sido estudado, mas que merece ainda melhores e maiores investigações. Originariamente vários vocábulos da nossa língua são ingleses, muitos chegados a nós, ultimamente, através dos contatos que mantemos com os norte-americanos: rosbife, breque, bonde, rabo-de-galo, cachorro-quente etc. Lembrar também que na variante de um folguedo, a Marujada de Iguape, no Estado de São Paulo, encontramos entre os personagens o Capitão-Inglês, que falava em *chigrilim*, e referências no texto falado à Ana Bilona, possivelmente Bolena, para relacionar quem despreza a lei de Jesus.

Os *sírios* e *libaneses* nos deram a figura do mascate – turco da prestação –, com sua indefectível matraca e o processo de venda à prestação, traços culturais de muita expressão no contexto histórico do Brasil. O mascate turco, pelo seu aspecto diferente em relação à maioria da população, chegou a se transmudar em ser mítico, na forma de turco que come criança. O turco passou a ser um centro de motivação folclórica, substituindo o mouro nas embaixadas de congadas e de cavalhadas e levando para a mesa brasileira pelo menos dois dos seus pratos prediletos: o quibe e a carne no espetinho.

Durante dezenove anos, de 1630 a 1649, os *holandeses* dominaram o nordeste do Brasil e posteriormente alguns colonos da Holanda se radicaram no país. Quase nada sabemos, entretanto, de sua contribuição ao nosso folclore, a não ser lembranças dos holandeses em ditados nordestinos, como aquele que diz: "No tempo dos flamengos", ou aos tesouros que eles teriam deixado enterrados, além da expressão "mal de Holanda".

Ultimamente, além do *polonês*, que deixa seu traço cultural na casa feita de madeira, há um imigrante que passa a ter importância na nossa formação cultural espontânea. Trata-se do *japonês* que, na zona rural de São Paulo, introduziu na casa a cobertura de palha de arroz e que já acostuma o brasileiro a comer feijão-soja, broto de bambu e a beber saquê.

Bibliografia

Cascudo, Luiz da Câmara. "Literatura oral", in *História da literatura brasileira*. Coleção Documentos Brasileiros, José Olympio. v. VI.

———. *A vaquejada nordestina e sua origem*. Natal, RN, Fundação José Augusto, 1971.

Ramos, Artur. *Introdução à antropologia brasileira; as culturas européias e os contatos raciais e culturais*, 2º v. Rio de Janeiro, Casa do Estudante do Brasil, 1947.

Diégues Junior, Manuel. *Etnias e culturas do Brasil*. 3ª ed. Rio de Janeiro, Letras e Artes, 1963.

———. *Regiões culturais do Brasil*. Rio de Janeiro, Centro Brasileiro de Pesquisas Educacionais, Ministério de Educação e Cultura, 1960.

Cenni, Franco. *Italianos no Brasil*. São Paulo, Martins.

FOLCLORE EM TEXTOS LITERÁRIOS COLONIAIS

O folclore brasileiro estruturou-se como expressão da nossa cultura espontânea nos fins do século XVIII e princípios do século XIX. Antes, era mais precisamente português-europeu, africano, índio. Comprovam as produções da literatura erudita dos três primeiros séculos. Aí, porém, observamos referências a muitos fatos, que se integram no folclore do Brasil, como o conhecemos, além de obras que se ligaram a esse mesmo folclore pelos problemas que levantaram em torno da origem de fenômenos folclóricos nossos. Tal é o exemplo da *Prosopopéia*, de Bento Teixeira Pinto.

PROSOPOPÉIA

Pode parecer estranho mencionarmos esta obra, que na verdade nada apresenta de folclore. Mas lembre-se de que todas as vezes que há comentários sobre o nosso romance folclórico da *Nau catarineta* os autores fazem menção à *Prosopopéia*. Pereira da Costa, em "Folclore pernambucano" (Separata da *Revista do Instituto Histórico e Geográfico Brasileiro*, tomo LXX, parte II, Rio de Janeiro, 1908), considerou seu autor possível criador primitivo do romance, descrevendo sua odisséia marítima ao viajar de Recife a Lisboa com Jorge Albuquerque Coelho. Ainda, ao estudar a *Nau catarineta* (Portucalense Editora, 1954), Fernando Castro Pires de Lima referiu-se ao poema de Bento Teixeira Pinto, cotejando-o no texto com o velho romance folclórico.

Explique-se, entretanto, que nesse aspecto ainda estamos com Mário de Andrade, o qual não acreditava que o romance tivesse nascido para relembrar a odisséia náutica referida, que se deu em 1565. Quando muito esta teria contribuído para reavivar o romance, sem dúvida anterior, que procede da antiga tradição latina, que perdurou "na memória portuguesa salgada de tanto mar" ("A Nau catarineta", Separata da *Revista de Arquivo*, n.º LXXIII, São Paulo, 1941).

De qualquer modo, em nossos dias ainda não se analisa a *Nau catarineta*, que, surpreendida pela tempestade desarvorada, navegou errante pelos oceanos, teve fome a bordo e depois se salvou, chegando à terra firme, sem referências à *Prosopopéia*. Esse poema, escrito em fins do século XVI, declarou José Veríssimo (*História da literatura brasileira*. Francisco Alves, 1929), "marca o primeiro passo dos brasileiros na vida literária, é o primeiro documento da sua vontade de continuar na América a atividade espiritual da metrópole". Possuindo noventa e quatro oitavas em versos endecassílabos, em tom laudatório, modelado nos *Lusíadas* de Camões, foi impresso em 1601 e dedicado a Jorge de Albuquerque Coelho, pernambucano como o autor, o qual foi "testemunha de todas as ocorrências da longa viagem do navio, sofrendo como todos os que iam a bordo das amargas privações provenientes do saque praticado pelos corsários franceses e os mesmos perigos nos naufrágios e nas lutas de abordagem".

No seu ensaio sobre a *Nau catarineta*, Fernando Castro Pires de Lima, defendendo a tese de que o romance folclórico nasceu da odisséia de Jorge de Albuquerque Coelho, "que se cercou de circunstâncias excepcionais, causando o espanto dos náufragos e de todos quantos dele houveram notícia", recorda a *Prosopopéia*, cuja existência, segundo ele, vem reforçar a solução que pretende dar ao problema. E menciona trechos do poema: como conseguiu Jorge de Albuquerque acalmar a marinhagem desorientada:

> É duma graça natural ornado,
> Os peitos alterados, edifica,
> Vencendo com Tuliana eloqüência,
> De modo que direi, tanta demência.

A situação da tripulação, assolada pela fome e pela sede:

> Vindes num lenho côncavo cortando
> As inquietas ondas espumosas,
> Da fome e da sede, a rigor passando,
> E outras faltas em fim dificultosas...

E a chegada a Portugal, depois de largos sofrimentos:

> Por perigos cruéis, por casos vários,
> Hemos dentrar no porto Lusitano.
> (...)
> E assim todos concordes e num ânimo,
> Vencerão o furor do Mar bravíssimo,
> Até que já a Fortuna de enfadada,
> Chegar os deixe à Pátria desejada.
> (...)
> À cidade de Ulisses destroçados,
> Chegarão da Fortuna, e Reino salso
> Os templos visitando consagrados
> Em procissão e cada qual descalço.

Dessa maneira, como vemos, um poema de valor inferior, feito para louvar um grande senhor, não apenas se transformou no primeiro documento literário da nossa história, mas também se ligou aos estudos do folclore brasileiro através das discussões que ainda persistem sobre qual a origem da nossa *Nau catarineta*, um dos mais belos romances folclóricos da língua.

GREGÓRIO DE MATOS

As poesias do baiano Gregório de Matos Guerra, divulgadas nas suas obras completas, constituem importante documentário do folclore seiscentista. Inúmeras superstições e crendices, costumes, ditados, mitos, brinquedos de crianças e adultos, hoje anotados pelos pesquisadores brasileiros, são mencionados nas produções do poeta.

Faz alusão ao remédio simpático de se queimar a casa de marimbondos para se extinguir logo a dor das suas picadas, dizendo na *Satírica* nº II:

> Dizem que a vingança está
> Em lhe saber eu da casa,
> Porque deixando-lhe em brasa,
> Um fogo outro abrandará.

"A Cloris, mandando um ramo de flores com uma liga pendente", registra na *Graciosa*:

> Essas flores, que uma figa
> Levam consigo, meu bem,
> Grande mistério contêm
> Contra a fortuna inimiga.

"A uma dama, tirando o sol da cabeça por um vidro cheio de água", que ainda agora é um processo para se curar dor de cabeça, oferece um poema, que diz:

> Mas com ser a doença clara,
> Já eu lho dificultara,
> Temendo em tanto arrebol,
> Quer tirar da testa o sol,
> Lhe custe os olhos da cara.

(...)
Bem se vale das armas da água,
Que só pode em tanta frágua,
Tanto vidro alívio ser.
(...)
Que se nas águas procura
Em seus ardores abrigo.

No segundo volume da *Satírica*, descreve os implementos dos feiticeiros, em versos assim:

O meu cabaço das ervas,
Combuca de carimá,
A tigela dos angus,
O tacho de aferventar.

O surrão de pele de onça,
Que todo cheio achará
De coisas mui importantes
Para ventura ganhar.

O que tudo vale um reino
Si o souber aferventar
Nas noites de São João.

As cerimônias religiosas dos negros também têm seu lugar na poesia de Gregório. Chamavam-se, então, calundus, conforme dizem os cronistas. E o poeta os registra:

Que de quilombos que tenho
Com mestres superlativos,
Nos quais se ensina de noite
Os calundus e feitiços!

Com devoção os freqüentam
Mil sujeitos femininos,
E também muitos barbados,
Que se prezam de Narcisos.

Ventura dizem que buscam
(Não se viu maior delírio!)
Eu que os ouço e vejo, calo
Por não poder diverti-los.

O que sei é que em tais danças
Satanás anda metido,
E que só tal padre mestre
Pode ensinar tais delírios.

Não há mulher desprezada,
Galã desfavorecido,
Que deixe de ir no quilombo
Dançar o seu bocadinho.

E gastam belas patacas
Com os mestres do cachimbo.
Que são todos jubilados
Em depenar tais patinhos.

E quando vão confessar-se
Encobrem aos padres isto,
Porque ó têm por passatempo,
Por costume ou por estilo.

Ditados e frases feitas, conhecidos de todos nós, Gregório de Matos usa em poesias várias.

Quantos há que os telhados têm vidrosos
E deixam de atirar sua pedrada,
De sua mesma telha receiosos.

Adeus, praia, adeus, ribeira,
De regatões tabaquista,
Que vende gato por lebre
Querendo enganar a vista.

Nenhum modo de desculpa
Tendes, que valer-vos possa:
Que se o cão entre na igreja,
É porque acha aberta a porta.

Mitos de agora, ele já os conhecia. Descreve com acerto da bruxa, em que foi transformada a mulher:

Que me dizem que esta noite
A bruxa se foi meter,
E ninguém a viu em casa
Até que amanheceu.
Dize-me se está arranhada
Porque se está, sinal é,
Que andou por baixo da folha
Carmo aquém, e Carmo além.

E o nosso Pedro Malasartes aparece em sua poesia:

Sois moço de boas partes
Isso não vos posso negar,
E bem vos posso afirmar
Que Pedro de Malasartes
Elas em vós se repartem

Partes más, e as boas fora,
E nada em vós se melhora
Não sei, Pedro, o que vos diga,
Pois nesta grande fadiga,
Sois asno de porta fora.

Dos nossos usos e costumes, fala em "Verdades", do primeiro tomo da *Satírica*:

Os barbeiros rasgam veias
....
Comem gentios cajus.
....
É marisco o sururu.
....
É abóbora o jerimu.
....
Papa rala é mingau.
....
Tabaco é fumo pisado.
....
Peixe de moquém é assado.
....
A farinha do Brasil
Primeiro foi a mandioca
Milho estalado é pipoca.
....
Toda banana é pacova.
....
Tabaco pobre é macaia.
....
Aguardente é jeribita.
....

> Ganhamu é caranguejo.
> ....
> Quem come está manducando.

Brinquedos folclóricos de crianças e de adultos são recordados pelo poeta: a cabra-cega.

> Um maltrapilho, um ninguém,
> Que ainda hoje nestas área jogando
> Com todos a cabra-cega.

O jogo das argolinhas ou manilhas das cavalhadas de 1685:

> Logo na primeira entrada
> Houve jogo de manilha,
> Que para isso a quadrilha
> Pelo lindo era pintada:
> Quem lhe dava uma encontrada,
> E quem na ponta a levava,
> Tudo então nos agradava.
> ....
> Cada qual sem mais tardança
> A dama, a quem mais se aplica,
> Levou...
> O que ganhou pela lança.

Conta-nos, também, que já no século XVII, os negros faziam suas festas no dia de Nossa Senhora do Rosário. A esse respeito, critica um memorial enviado ao Governador, dizendo:

> Senhor, os negros juízes
> Da Senhora do Rosário
> Fazem por uso ordinário

Alarde nestes países:
Como são tão infelizes,
Que por seus negros pecados
Andam sempre emascarados
Contra as leis da polícia,
Ante vossa senhoria,
Pedem licença, prostrados.
A um General-capitão
Suplica a Irmandade preta,
Que não irão de careta.
....
Pede que se lhe permita
Ir o alarde enfrascados
Calçados de Jeribita.

Também a viola, instrumento folclórico brasileiro por excelência, não deixa de participar da poesia e da própria vida do nosso Gregório. Violeiro de primeira água, diz "A uma certa dama...":

Houvera de encomendar-vos
Outro amor por minha conta,
Se acaso cantar soubera
Como sei tanger viola.

CARTAS CHILENAS

O poema satírico de fins do século XVIII, no qual o autor, que se esconde sob o pseudônimo de Critilo, censurou os desmandos de D. Luís da Cunha Menezes, governador das Minas Gerais, apresenta no seu transcurso três bons registros de fenômenos folclóricos nossos: batuque, tourada e cavalhada. Estes fenômenos existiam na opinião do poeta, que segundo especialistas seria Alvarenga Peixoto e mais provavelmente Cláudio Manuel da Costa ou

Tomás Antônio Gonzaga, em Vila Rica, atual Ouro Preto, onde residiam o governador mencionado e seus apaniguados, como representantes do governo português.

Quem bem conhece o batuque, estudado por nós no livro *Folclore de São Paulo* (melodia e ritmo) – 2.ª ed., Ricordi –, logo percebe a relação dessa dança com o batuque referido por Critilo. Como este menciona, as nossas batuqueiras costumam levantar um pouco a saia com a ponta dos dedos e procurar o seu cavalheiro na ponta dos pés, para depois lhe dar a umbigada, levantando os braços para cima da cabeça. É justamente o que declara o poeta:

> Fingindo a moça que levanta a saia
> E voando na ponta dos dedinhos,
> Prega no machacaz, de quem gosta,
> A lasciva umbigada, abrindo os braços.

Que se trata mesmo do batuque e não de outra dança, como supõem, provam estes versos:

> Ah! tu, famoso chefe, dás exemplo
> Tu já, tu já batucas, escondido
> Tu também já batucas escondido.

Segundo a tradição das zonas batuqueiras – Capivari, Tietê etc. –, o batuque só se realiza à noite e termina ao amanhecer. É justamente o que também conta o autor das *Cartas chilenas*, ao dizer:

> O criado que sabe que o bom chefe
> Só quer que lhe confessem a verdade,
> O sucesso lhe conta, deste sorte:
> Fizemos esta noite um tal Batuque!

Acaba-se a função, e chega o dia.

A tourada é descrita com mais pormenores, e a descrição muito se assemelha à das touradas caipiras ou sertanejas do Brasil de hoje. Realiza-se à tarde e antes os organizadores cuidam de molhar a arena de terra, para não levantar poeira. A seguir, ouvem-se o tocar dos instrumentos musicais, que doces vozes acompanham. E começa a tourada, com o capinha ou toureiro, a fustigar o animal:

> Agora sai um touro levantado,
> Que ao mau capinha, sem fugir, espera.
> Acena-lhe o capinha novamente,
> De novo raspa o chão e logo investe
> Lá vai o mau capinha pelos ares,
> Lá se estende na areia, e o bravo touro
> Lhe dá com o focinho um par de tombos.

Recorda o poeta que a tourada se dá em uma festa religiosa, Senhor do Bonfim, e que nela intervêm os *caretas*, palhaços mascarados, que brincam com os touros mansos, como aliás são quase todos deste brinquedo nosso:

> Os caretas lhe dão mil apupadas,
> Um lhe pega no rabo, e o segura,
> Outro intenta montá-lo, e o grande chefe
> O deixa passear por largo espaço.

Da cavalhada, folguedo eqüestre, que pode aparecer no Brasil sob a forma de um simples *jogo de argolinhas* ou de torneios de mouros e cristãos, Critilo faz extenso comentário. E no seu registro, apesar de não mencionar mouros e cristãos, lembra que existe uma luta entre dois grupos:

> Feitas as cortesias do costume,
> Os destros cavaleiros galopeiam,

> Em círculos vistosos pelo campo.
> Logo se formam em diversos corpos
> A maneira das tropas que apresentam
> Sanguinosas batalhas.

Nas cavalhadas de mouros e cristãos sempre se acham presentes bandas de música, que executam peças vibrantes. A elas também se refere o autor das *Cartas chilenas*:

> Soam trompas,
> Soam os atabales, os fagotes,
> Os clarins, os boés e mais as flautas.

Recorda, a seguir, a existência de dois mantenedores, que são os chefes de cada grupo, como nas cavalhadas atuais. Registra Morais Silva no seu *Dicionário da língua portuguesa* que o mantenedor é o "principal cavaleiro das justas e torneios, que defende a empresa contra os combatentes".

O entrecho de guerra, como de outras cavalhadas brasileiras, apresentava o encontro dos cavaleiros, jogo de alcanzias, que são bolas de barro cheias de flores e cinza; jogo de canas, rebatidas com as espadas e cortadas ao meio; tiro de pistolas sobre máscaras colocadas em postes, a imitar supostos inimigos, ou as mesmas arrancadas com espadas e, afinal, o jogo da argolinha, em que esta por meio de lanças era retirada de postes ou de um fio estendido no centro do campo. Eis a palavra de Critilo:

> Jogam-se encontroadas, e se atiram
> Redondas alcanzias curtas canas,
> De que destro inimigo se defende
> Com fazê-las no ar em dois pedaços.
> Ao fogo das pistolas se desfazem
> Nos postes as cabeças. Umas ficam

Dos ferros trespassadas, outras voam.
Sacudidas nas pontas das espadas:
Airoso cavaleiro ao ombro encosta
A lança, no princípio da carreira;
No ligeiro cavalo a espora bate;
Desfaz em mão igual o ferro, e logo
Que leva uma argolinha, a rédea toma
E faz que o bruto pare. Doces coros
Aplaudem o sucesso, enchendo os ares
De grata melodia.

ANCHIETA: MITOS E O CATERETÊ

Os cronistas dos séculos XVI a XVIII são mais detalhados nos seus registros folclóricos. Anchieta, por exemplo, sessenta anos depois da descoberta do Brasil, relaciona seres míticos que acabaram se tornando expressão do nosso folclore: o *curupira*, o *ipupiara*, o *boitatá*.

Diz ele: "É cousa sabida e pela boca de todos corre que há certos demônios, a que os brasis chamam *curupira*, que acometem aos índios muitas vezes no mato, dão-lhes de açoites, machucam-nos e matam-nos. Há também nos rios outros fantasmas, a que chama *ipupiara*, isto é, que moram na água que matam do mesmo aos índios. Há também chamados *baetatá*, que quer dizer coisa de fogo, e que é o mesmo como se dissesse o que é todo fogo."

Também cabe a Anchieta, não como escritor, mas como catequista, segundo informação de Couto de Magalhães, a divulgação de uma dança religiosa dos índios, que veio dar no nosso cateretê ou catira, ainda agora dançado pelos sertanejos brasileiros.

GANDAVO: REDES, MANDIOCAS, CARNES E UMA HISTÓRIA

Pero de Magalhães Gandavo, em seu *Tratado da terra do Brasil*, escrito em 1570, falando dos costumes de então, conta-nos: "A

O sururu é um marisco típico das lagoas de Maceió. Com ele se faz prato tradicional, muito apreciado. Na foto, vemos o trabalho da retirada do sururu da lama de uma lagoa.

maior parte das camas do Brasil são redes, as quais armam numa casa com duas cordas e lançam-se nelas a dormir. Este costume – acrescenta – tomaram dos índios da terra." Entre os alimentos, destaca a farinha de pau, que se "faz da raiz duma planta que se chama mandioca a qual é como inhame. Da mesma mandioca, fazem outra maneira de mantimentos, que se chamam beijus".

Das carnes de caça, fala o mesmo cronista na *História da província de Santa Cruz*: "Há também a que chamam paca; para comer pelam-nas como leitão e a carne é muito gostosa e das melhores que há na terra." Também se refere à carne do tatu, a qual, como nós, já achava que "tem o sabor quase como de galinha". Das "aves que na terra se comem", enumera os macucos e jacus, "as quais são muito saborosas, e das melhores que há no mato".

O trecho de maior valor folclórico dessa obra de Gandavo, escrita cinco anos depois do *Tratado*, é o "Do monstro marinho que se matou na Capitania de São Vicente, ano 1564": "Foi coisa tão nova e tão desusada aos olhos humanos a semelhança daquele feroz e espantoso monstro marinho, que nesta província se matou no ano de 1564, que ainda que por muitas partes do mundo se tenha já notícia dele, não deixarei todavia de a dar aqui outra vez de novo, relatando por extenso tudo o que acerca disto passou; porque na verdade a maior parte dos retratos ou quase todos em que querem mostrar a semelhança de seu horrendo aspecto, andam errados, e, além disso, contam-se o sucesso de sua morte por diferentes maneiras, sendo a verdade uma só, a qual é a seguinte: Na Capitania de São Vicente, sendo já alta noite, a horas em que todos começavam de se entregar ao sono, acertou de sair fora de casa uma índia escrava do capitão, a qual lançando os olhos a uma várzea, que pegada com o mar, viu andar nela este monstro, movendo-se de uma parte para outra com passos e meneios desusados, e dando alguns urros de quando em quando tão feios, que como pasmada e quase fora de si veio ao filho do mesmo capitão, cujo nome era Baltazar Ferreira, e lhe deu conta do que vira, parecendo-lhe que era alguma visão diabólica; mas como ele fosse não menos sisudo que esforçado, e esta gente da terra seja digna de pouco crédito, não lho deu logo muito às suas palavras, e deixando-se estar na cama, e tornou outra vez a mandar fora dizendo-lhe que se afirmasse bem no que era. E obedecendo a índia a seu mandado, foi; e tornou mais espantada; afirmando-lhe e repetindo-lhe uma vez e outra que andava ali uma coisa tão feia, que não podia ser senão o demônio. Então se levantou ele muito depressa e lançou mão a uma espada que tinha junto de si, com a qual botou somente em camisa, pela porta afora, tendo para si que seria algum tigre ou outro animal da terra conhecido, com a vista do qual se desenganasse do que a índia lhe queria persuadir, e pondo os olhos naquela parte, que ela lhe assinalou, viu confusamente o vulto do monstro ao longo da praia, sem poder divisar o que era, por causa da noite lho impedir, e o monstro também ser não visto e fora do parecer de todos os outros animais. E chegando-se um pouco mais a ele, para que melhor se pudesse ajudar da vista, foi sentido do mesmo monstro, o qual em levantando a cabeça, tanto que o viu, começou de caminhar para o mar donde viera. Nisto conheceu o mancebo que era aquilo coisa do mar, e antes donde nele se metesse, acudiu com muita presteza a tomar-lhe a dianteira, e vendo o monstro que ele embargava o caminho, levantou-se direito para cima, como um homem, ficando sobre as barbatanas do rabo, e estando assim a par com ele, deu-lhe uma estocada pela barriga, e dando-lha no mesmo instante se desviou para uma parte, com tanta velocidade, que não pôde o monstro levá-lo debaixo de si; porém, não pouco frontado, porque o grande torno de sangue que saiu da ferida, lhe deu no rosto, com tanta força, que quase ficou sem nenhuma vista; e tanto que o monstro se lançou em terra, deixou o caminho que levava, e assim ferido, urrando com a boca aberta, sem nenhum medo, remeteu a ele, e indo para o tragar a unhas e a dentes, deu-lhe na cabeça uma cutilada muito grande, com a qual ficou já muito débil, e deixando sua vã porfia, tornou então a caminhar outra vez para o mar. Nesse tempo, acudiram alguns escravos aos gritos da índia, que estava em vela; e chegando a ele, o tomaram todos já quase morto e dali o levaram à povoação onde esteve o dia seguinte à vista de toda a gente da terra."

Terminando o relato, acrescenta Gandavo: "Os índios da terra chamam em sua língua *hipupiara*, que quer dizer demônio d'água. Alguns como este se viram já nestas partes, mas acham-se raramente."

Em verdade, porém, esse ser mítico, de que já havia feito referência Anchieta e que chegaria até nós como os "caboclos d'água" do rio São Francisco e demais, não era outra coisa, neste acontecimento de São Vicente de 1564, do que um leão-marinho extraviado. Vale-nos o documento, entretanto, como um interessante relato folclórico, ouvido da tradição oral da época.

Gabriel Soares de Souza

Muitos fatos folclóricos do nosso tempo já os registra também Gabriel Soares de Souza no *Tratado descritivo do Brasil de 1587*.

Referindo-se ao gado da Bahia, diz que as vacas "depois de velhas criam algumas no buxo umas maçãs tamanhas como uma péla e maiores", as quais "são muito leves e duras, e dizem que têm virtude". Trata-se, como se vê, das "pedras de buxo", que para os campeiros de agora têm as virtudes de um verdadeiro talismã.

Ao descrever a feitura da farinha de mandioca, registra que os índios espremem a massa "em um engenho de palma, a que chamam tapeti, que lhe faz lançar a água que tem toda fora, e fica esta massa toda muito enxuta". Esse *tapeti* é o nosso tipiti e consiste num cesto feito de lasca de taquara, no qual se espreme a mandioca. "Depois de bem espremidas desmancham esta massa sobre uma urupema" – escreve Gabriel Soares, referindo-se, como os nordestinos e nortistas atuais, à peneira.

Sobre a utilidade dos frutos do cabaceiro, cuieira ou cuitezeira, fala: "Estas abobras ou cabaços semeia o gentio para fazer delas vasilhas para seu uso, as quais não costuma comer, mas deixam-nas estar nas abobreiras até se fazerem duras, e como estão de vez, curam-nas no fumo, de que fazem depois vasilhas para acarretarem água, por outras pequenas bebem, outras meias levam às costas cheias de água quando caminham; e costumam também cortar estes cabaços em verdes, como estão, duros, pelo meio, e depois de curadas estas metades servem-lhes de gamelas, e outros despejos, e as metades dos pequenos servem-lhes de escudelas, e dão-lhes por dentro uma tinta preta, por fora outra amarela, que não tira nunca; e estas são as suas porcelanas."

Dos usos populares do amendoim, escreve: "comem-se assados e cozidos com a casca, como as castanhas, e são muito saborosos, e torrados fora da casca são melhores". E acrescenta: "Desta fruta fazem as mulheres portuguesas todas as coisas doces, que fazem das amêndoas, e cortados os fazem cobertos de açúcar de mistura como os confeitos".

Trata, a seguir, das plantas que dão envira ou embira, fibras que são utilizadas pelos nossos sertanejos para fazer corda ou estopa; e das *árvores moles*, como a epeíba, da qual se constroem jangadas.

Destacada a utilidade dos cipós, timbás e cipó-impê – "umas cordas muito rijas e muitas, que nascem aos pés das árvores e atrepam por elas acima" –, "que servem em lugar de cordas, e fazem deles cestos melhores que de vime" e "também cestos finos". Lembra o tucum, de cujas folhas se tira "o mais fino linho do mundo, de que fazem linhas de pescar torcidas a mão, e são tão rijas que não quebram com peixe nenhum".

Fala dos sapos de Espanha, a que os índios chamam cururus, e das rãs, "as quais se comem esfoladas e são muito alvas e gostosas". Enumera as formigas da terra, entre as quais "a que os índios chamam içans (içás)". "Estas formigas os índios comem torradas sobre o fogo, e fazem-lhe muita festa; e alguns homens brancos que andam entre eles, e os mestiços têm por bom jantar, e o gabam de saboroso", como aliás até hoje.

Nesse tempo como agora, o "marisco mais proveitoso à gente da Bahia são uns caranguejos a que os índios chamam *ussás*, os quais são grandes e têm muito que comer". "E não há morador da Bahia – acrescenta Soares de Souza – que não mande cada dia um índio mariscar destes caranguejos, que trazem vivos em um cesto serrado feito de verga delgada, a que os índios chamam *samurá* (samburá)." Também fala dos sururus, "que são da mesma feição e tamanho e sabor dos mexilhões de Lisboa".

André João Antonil

O nosso folclore está presente em uma das obras mais perseguidas do período colonial, o famoso livro de André João Antonil, *Cultura e opulência do Brasil*, impresso em 1711, e logo depois confiscado e com tal severidade destruído, que dele apenas escaparam três ou quatro volumes, como demonstração do inflexível princípio grandioso – escreve Afonso de Taunay – de que ninguém mata as idéias.

Ao descrever os engenhos da época, registra a existência dos *reais* e outros inferiores, vulgarmente chamados *engenhocas*, denominação que até hoje se dá aos pequenos estabelecimentos, que se destinam, principalmente, à produção da cachaça.

Depois de afirmar que "os escravos são as mãos e os pés do senhor de engenho", alude a um ditado, que ainda agora corre mundo pela nossa terra: "Brasil é inferno dos negros, purgatório dos brancos e paraíso dos mulatos." E explica que esses "ordinariamente levam no Brasil a melhor sorte; porque, com aquela parte de sangue de brancos, que têm nas veias, e talvez dos seus mesmos senhores, os enfeitiçam de tal maneira, que alguns tudo lhes sofrem, tudo lhes perdoam; e parece, que se não atrevem a repreendê-los, antes todos os mimos são seus".

Ao defender o escravo, Antonil faz referência às suas danças e festas, escrevendo: "Negar-lhes totalmente os seus folguedos, que são o único alívio do seu cativeiro, é querê-los desconsolados e melancólicos, de pouca vida e saúde. Portanto, não lhes estranhe os senhores o *criarem de seus reis*, e *bailar* por algumas horas honestamente em alguns dias do ano, e o alegrarem-se honestamente em alguns dias pela manhã e o alegrarem-se honestamente à tarde, depois de terem feito pela manhã suas *festas de Nossa Senhora do Ro-*

sário, de *São Benedito*, e do orago da capela do engenho, sem gasto dos escravos, acudindo o senhor com sua liberdade aos juízos, e dando-lhes algum prêmio do seu continuado trabalho. Porque se os *juízes e juízas das festas* houverem de gastar do seu, será causa de muitos inconvenientes, e ofensas de Deus."

Falando sobre a condução das boiadas, diz: "Os que as trazem são brancos, mulatos e pretos, e também índios." E elas são guiadas, "indo uns adiante *cantando*, para serem desta sorte seguidos do gado". Esse registro refere-se ao aboio, melodias geralmente calcadas sobre vogais ou sílabas, que ainda em nosso tempo entoam os boiadeiros, conduzindo o gado.

FRANCISCO CALMON E FREI MANUEL DA MADRE DE DEUS

Agora, mencionamos dois nomes do período colonial, que poderíamos considerar precursores dos atuais folcloristas de nosso país, pela característica de monografia folclórica de seus trabalhos.

O primeiro é Francisco Calmon, nascido em 1703, autor da *Relação das faustíssimas festas*, que celebrou a câmara da vila de Nossa Senhora da Purificação e Santo Amaro, da comarca da Bahia, por ocasião do casamento de dona Maria, princesa do Brasil, com D. Pedro, infante de Portugal.

Francisco Calmon faz referência a diversas danças da época e ao folguedo dos congos, que incluíam as talheiras (taiêras) e quicumbis: "Entre as danças, distinguiram-se não só as dos mestres mecânicos, cutileiros e carpinteiros, com farsas mouriscas, a dos alfaiates, e a dos sapateiros e correeiros, como a dos congos, que mui agaloados, anunciavam a vinda de um rei negro, o qual depois aparecia com corte de sovas, dançando as *talheiras* e *quicumbis*, ao som de seus instrumentos." O mesmo autor também sugeriu algo parecido aos folguedos dos caiapós e cabocolinhos, quando declara: "Seguiam-se índios emplumados e d'arcos e flechas, saindo de ciladas."

Em Januária, MG, às margens do rio São Francisco, a engenhoca de tração animal é puxada a bois. A engenhoca, como se vê, serve para triturar a cana-de-açúcar e dela extrair o caldo, com o qual depois se fará a pinga.

O segundo é Frei Manuel da Madre de Deus, que escreveu a *Súmula triunfal* sobre as festas do beato São Gonçalo Garcia, realizadas, em Recife, de agosto a 19 de setembro de 1745. Lembra que esse santo é padroeiro dos homens pardos e conta como apareceu sua imagem em Pernambuco, levada por um homem pardo, chamado Antonio Ferreira, e registra a pomposa procissão que conduziu a imagem à igreja do Livramento. "Esta mais parecia um préstito carnavalesco, pelas alegorias, caráter simbólico, ostentação e uma porção de outras coisas estranhas ao culto religioso.

No dia seguinte, que era um 13 de setembro, houve cavalhada, oriunda da Idade Média, com os clássicos torneios das argolas (jogo de argolinhas), as justas de alcanzias (bolas de barro ocas, cheias de flores e cinzas), sempre ao som de clarins, charamelas, trompas e outros instrumentos sonoros, de caráter marcial. Prolongou-se a cavalhada até o dia imediato com outros números e sortes de aspecto belicoso."

Estas duas obras citadas já apresentam, como dissemos, aspecto de monografias folclóricas, o que é um testemunho que, no período colonial, havia quem se preocupasse com os fatos da nossa cultura espontânea. Poetas e cronistas de então interessavam-se mais pelas coisas do Brasil do que muita gente louvada, com mirra e incenso, que veio depois. E em suas obras encontram-se o folclore nascente do Brasil e as próprias raízes da nossa literatura.

COMUNICAÇÃO E FOLCLORE

Comunicação, no sentido genérico, define Charles Wright, é a transmissão de idéias entre os homens. Constitui processo vital humano, porque nessa transmissão há a troca de experiências, o que é fundamental para a sobrevivência do homem e da sociedade. A comunicação, portanto, baseando-se na capacidade de transmitir intenções, desejos, sentimentos, conhecimentos, também se observa no domínio do folclore, na sua manifestação de cultura espontânea da gente dos campos e das cidades, desde que a cultura, pode-se dizer, existe justamente na comunicação.

Diferente, entretanto, é a comunicação de massas, que os pessimistas julgam ser capaz de acabar com o folclore. Esta é dirigida a uma audiência relativamente grande, no geral heterogênea e anônima. Audiência grande quer dizer que sobre ela o comunicador jamais poderá atuar diretamente. Heterogênea, porque constituída de homens que ocupam várias posições dentro da sociedade e ainda de diversas idades, sexo, educação, localidades etc. Anônima, porque seus receptores são pessoalmente desconhecidos do comunicador. Por fim, recordar que a comunicação de massas organiza-se e se desenvolve em empresas complexas, envolvendo grandes despesas.

Os objetivos da comunicação de massas são distribuir notícias, interpretar informações e orientar a conduta, dar esclarecimentos relativos a valores e normas sociais de uma geração a outra e mesmo a elementos novos do grupo, entreter e distrair. Como bem diz Edgar Morin, esses objetivos não se concretizam através da atuação dos intelectuais, se bem que possam trabalhar nesse mister, mas como simples empregados de uma indústria cultural, fazendo o que desejam seus patrões. De modo geral, a comunicação de massas esmaga o intelectual e sua criatividade.

Comentando o caráter da cultura de massas, conseqüência da comunicação de massas, afirma Edgar Morin, que este vive em função do imaginário, imitando o real e vice-versa. Por isso, leva a criança ao nível do adulto e este ao da criança, chegando a permanecer, em princípio, estacionário. Há uma tendência para igualar as idades, dominando a juvenil, e sua temática fundamental é a juventude.

A massa, a quem é dirigida a cultura, modela-se no homem médio, homem-criança, que se encontra em todos nós. Sempre curioso, gostando de se divertir e apreciando o jogo, o mito, a lenda e a estória. Homem comum de toda parte, espécie de *anthropos* universal, que em nossa opinião é justamente aquele homem que está dentro de todos os homens e se revela nas manifestações de cultura espontânea.

A finalidade da educação de massas é promover uma cultura industrial e comercial, para a criação de novo homem, novo público, o público de massa. Vive, entretanto, em função da técnica e não faz previsões sobre o que vai sempre acontecer, mas o que irá acontecer com esmagadora probabilidade. A verdade, porém, é que nenhuma medição física pode ser precisa, devendo-se sempre considerar a medida da probabilidade, que se chama entropia. A tendência desta é aumentar mais a ordem, e o menos provável é o caos possível. Contra este há enclaves locais, que podem determinar limitada e temporária tendência à organização.

Nessa orientação, começou a se desenvolver a cibernética, criada por Norbert Wiener. Cibernética procede do grego *kubernetes* ou piloto e é o nome que se dá ao estudo das mensagens, na forma de meios de dirigir as máquinas e a sociedade, desenvolver essas mesmas máquinas, computadores e demais autômatos e a fazer reflexões acerca da psicologia e sistema nervoso. Como teoria das mensagens, a cibernética também é probabilística.

Afirma Wiener que a sociedade só pode ser compreendida através do estudo das mensagens e das faculdades de comunicação de que disponha. Acredita que no futuro as mensagens entre homens e máquinas, máquinas e homens, máquina e máquina vão desempenhar cada vez mais um papel importante e que o homem precisa estar preparado para isso. Entretanto, esclarece o criador da cibernética que não se observa ainda essa preparação. Recorda, por exemplo, que o volume que uma pessoa recebe de comunicação se torna cada vez menor do que o volume total de comunicação existente. Em conseqüência, somos obrigados a aceitar, mais e mais, um produto padronizado, inofensivo e insignificante. Como o pão das padarias, define Norbert Wiener, esse produto é fabricado mais devido às propriedades de conservação e venda do que ao valor nutritivo. Essa é a desvantagem externa da comunicação moderna.

Mas há outra que, na sua opinião, constitui o câncer da estreiteza e debilidade criadora. É a relativa à educação dos jovens, que outrora se preparavam com uma educação geral, espécie de sondagem de suas capacidades e gênio. Escolas primárias e secundárias estão mais interessadas na disciplina formal da sala de aula, que oferece aos estudantes os instrumentos necessários para ultrapassarem este ou aquele obstáculo. Vive-se em função da escola preparatória, relegando-se a plano inferior a preparação séria para curso científico ou literário.

Entretanto, mesmo que tudo ocorresse, segundo os planos preestabelecidos por aqueles que acreditam na criação do público de massa, para seus interesses industriais e comerciais, este jamais será uma realidade no mundo da técnica. A propósito, diz o próprio filósofo da comunicação de massas, Marshall McLuhan, que é improvável a escravização do homem pela máquina, a sua automatização. E esclarece que o homem, no uso normal da tecnologia, é perpetuamente modificado por ela, mas em compensação sempre encontra novos meios de modificá-la. É como se tornasse o órgão sexual do mundo da máquina, como a abelha do mundo das plantas, fecundando-o e permitindo o desenvolver de formas sempre novas. Socialmente, sublinha McLuhan, a acumulação de pressões e irritações grupais conduz à invenção e à inovação como contra-irritantes. E mesmo na educação, o sistema tem que ser modificado, porque vai se percebendo mais e mais que a divisão convencional do currículo em matérias está superada e que qualquer matéria examinada, em profundidade, logo se relaciona a outras. O mundo é um todo e cada vez se percebe mais isso, com o desenvolvimento técnico e científico.

Criticando aqueles que temem a chegada do dia em que o homem vai se transformar em um escravo da máquina, escreve Robert Mueller que a esta sempre faltará o clarão do gênio, embora possa vir a possuir o talento de um falsário. Esse temor, portanto, não tem o menor fundamento. O homem, reafirma Mueller, será sempre o topo do mastro totêmico da inventiva. Jamais haverá um substituto mecânico, elétrico ou químico da originalidade, da criatividade humana. E essa criatividade, espontaneamente concretizada e aceita pelo grupo social, curiosamente vem sendo, cada vez mais, objeto do maior interesse do rádio, televisão, cinema, sempre a aproveitar jogos, festas, danças, músicas folclóricas. Tudo o que possa interessar mais ao homem comum, a reviver suas expressões características de cultura nas gravações, telas ou cartazes publicitários. Porque, na verdade, reagindo contra o universo abstrato, quantificado, objetivado, o homem quer ser embalado nas fontes de sua afetividade espontânea.

Com a máquina ou com a produção massificada, por mais que possa agir sobre as manifestações do sentir, pensar, agir e reagir espontâneos, a comunicação e a cultura de massas jamais afetarão o homem, no sentido de transformá-lo em um autômato. Sem dúvida, modificar-se-á, como sempre se modificou, mas continuará a manter o aspecto de sua personalidade, marcado pela criatividade e constituído espontaneamente nas relações ou comunicações que mantém com seus semelhantes, vivendo a vida social nas cidades e nos campos e, portanto, produzindo folclore.

Bibliografia

MORIN, Edgar. *Cultura de massas no século XX*. Rio de Janeiro, Forense, 1967.
MCLUHAN, Marshall. *Meios de comunicação como extensões do homem*. São Paulo, Cultrix, 1969.
WRIGHT, Charles R. *Comunicação de massa*. Rio de Janeiro, Bloch, 1968.
WIENER, Norbert. *Cibernética e sociedade*. São Paulo, Cultrix, 1968.
MUELLER, Robert E. *O poder de criação*. Rio de Janeiro, Lidador, 1965.

BIBLIOGRAFIA

Na história do estudo, análise e interpretação do folclore no Brasil, a primeira contribuição que se deve mencionar é a do maranhense Celso da Cunha Magalhães, autor de uma série de artigos sobre assunto relativo à matéria, publicados nos jornais *O Trabalho*, de Recife, e *O Domingo*, de São Luís. Esses artigos, divulgados em 1873, foram, em 1960, reunidos em livro, editado pelo Departamento de Cultura do Maranhão, sob o título *A poesia popular brasileira*. Celso era um racista, ao dizer que o nosso povo, por causa do índio e do negro, deturpou o que recebemos de Portugal. Fala da estupidez desse povo e destaca, no domínio da cultura espontânea, como definimos, o Estado do Maranhão, por haver conservado hábitos portugueses, festas, tradições, lendas, romances. É um verdadeiro português, de índole e gênio, quando se refere à nossa pobreza poética, conseqüência das péssimas condições da transplantação da cultura de além-mar para o território brasileiro, resultando, enfim, na corrupção fatal. Já acreditava, porém, na origem individual da poesia popular e na sua característica de aceitação coletiva, concordando com as expressões do sentir, pensar, agir e reagir da coletividade. Foi dos primeiros brasileiros a relacionar diferentes aspectos de nosso folclore: festas, folguedos e, principalmente, literatura de procedência ibérica. Refere-se à chegança, brinquedo de marujos, bumba-meu-boi, cavalinho, caipora e brigas de galo, em

Pernambuco. Comprova a existência, entre nós, dos romances da *Donzela que vai à guerra*, *Noiva arraiana*, *Silvaninha* etc., e oferece um documento de "dona Juliana e D. Jorge".

Um ano depois, em 1874, o jornal *O Globo*, do Rio de Janeiro, começa a publicar cartas de José de Alencar, dirigidas ao sr. Joaquim Serra, com o título de "O Nosso Cancioneiro". Nas cartas, editadas em 1962, num pequeno livro de título semelhante, conta que andava preocupado em recolher romances e poemas populares, tendo sido auxiliado na tarefa por Capistrano de Abreu. Divulga uma versão cearense do romance do boi, "O Rabicho da Geralda", esclarecendo que a Geralda era uma fazendeira viúva e rica, menciona o romance do Boi Espácio, doce de queixume e tom saudoso, o aboiar de nossos vaqueiros, ária tocante e maviosa. Bem diferente de Celso, José de Alencar chama o povo de primeiro dos clássicos e igualmente dos gramáticos, sugerindo aos escritores nacionais que voltem à sua língua, termos e locuções, usos e sentimentos. Chama a atenção não apenas para o vocabulário, mas até para a sintaxe da linguagem popular brasileira!

De 1882 é o livro *Cantos populares do Brasil*, de Sílvio Romero, sem dúvida o primeiro grande sistematizador do folclore brasileiro. Refere-se, no prefácio, às superstições e crendices, festas de igrejas e do ciclo anual, bumba-meu-boi, marujos, congos, taiêras, pastorinhas, batuques, chibas, sambas, candomblés, cateretê, fandango, baiano, modinha, desafio, potirão, aboiar, romances e xácaras, ditados, adivinhações, capoeira. Acredita no fator racial português, índio e africano, na formação do nosso folclore. Diz que esses três povos distintos existem ainda e que, no futuro, o branco deve predominar sobre índios e negros no número, como já prepondera nas idéias. Divide a população brasileira em quatro secções naturais: habitantes das praias e grandes rios, habitantes das matas, habitantes dos sertões e habitantes das cidades.

Relacionando a contribuição do português, que para ele ainda é a mais importante, e a do mestiço, oferece rica documentação dos romances e xácaras, dos bailes, cheganças e reisados, versos gerais, orações e parlendas. Em 1883, publica os seus *Contos populares do Brasil*, com numerosos documentos, considerando a origem européia (portuguesa), indígena, africana e mestiça. Na sua opinião, os criadores do folclore brasileiro são as três raças distintas: portuguesa, indígena e africana, destacando a portuguesa como a raça superior. Se bem que essa teoria folclórica de Sílvio Romero se encontre inteiramente superada, não podemos deixar de situá-lo em lugar de muita importância nos estudos do folclore brasileiro, pela documentação que nos deixou, como também por diferentes conceitos relevantes que emitiu e merecem ainda hoje nossa atenção. Como aquele em que diz: "O negro influenciou-nos toda a vida íntima", ou este outro: "Somos uns figurinos do pensamento, exibimos a roupa alheia e não tratamos de talhar uma que nos vá a jeito e a caráter." Essas duas obras do escritor sergipano foram, posteriormente, editadas em três volumes, com anotações de Luís da Câmara Cascudo, pela José Olympio, sob o título de *Folclore brasileiro*.

Em 1889, um discípulo de Sílvio Romero publicou, em Paris, um livro destinado a divulgar temas do nosso folclore. Trata-se de *Folklore Brésilien*, e seu autor, o paraense Frederico José de Sant'anna Neri, era um brasileiro ilustre, formado em direito pela Universidade de Roma e bacharel em ciências pela Sorbonne. A posição de prestígio que ocupava na capital francesa, amigo de intelectuais de renome e do príncipe Roland Bonaparte, que lhe prefaciou a obra, acrescentando-se a importância da língua em que foi escrita, muito contribuiu para a divulgação do assunto, na Europa, chamando, inclusive, a atenção de outros brasileiros daqui para o nosso folclore. Apesar de fazer questão de revelar suas intenções de mero divulgador, Sant'anna Neri já se refere à existência visível de traços holandeses, franceses e espanhóis no folclore brasileiro, embora mencione, como principal, a amálgama de portugueses, africanos e indígenas. Mesmo na base da simples divulgação, *Folklore Brésilien* tem méritos revelados na honestidade de seus propósitos e pelo fato de ser o primeiro e único livro sobre folclore brasileiro editado, até agora, em outra língua que não seja a nossa. Mencione-se ainda a importância da pequena documentação musical que apresenta, com alguns temas registrados por Itiberê da Cunha, inclusive o do fandango paranaense "Balaio, meu bem, balaio", usado por esse compositor na peça pianística *A Sertaneja*.

Em 1903, publica-se, em Fortaleza, o *Cancioneiro do Norte*, do paraibano Rodrigues de Carvalho, sem dúvida a primeira abordagem do folclore de uma região brasileira: o Nordeste. Além da documentação que apresenta, essa obra representa um progresso, ao defender a tese do hibridismo, cuidando de ver o folclore no processo de mestiçagem, que seria o da aculturação de nossos dias. Negando a importância de se saber se este procede do português, do africano ou do índio, por causa da problemática da mestiçagem, observada em nosso país, Rodrigues de Carvalho sugere o estudo do meio no seu relacionamento com o folclore, a fim de verificar as modificações deste. Entusiasmado pelo nosso povo e julgando-o muito inteligente, acaba por dizer que pela observação de seus contos e harmonia da trova desejava avaliar sua inteligência como se esse fosse o objetivo de quem o estuda nas suas expressões de cultura espontânea, de folclore.

Pereira da Costa, Francisco Augusto Pereira da Costa, historiador nascido em Recife, é autor da importante obra *Folclore pernambucano*, editada na Revista do Instituto Histórico e Geográfico Brasileiro, do Rio de Janeiro, em 1908. Revela superstições procedentes do português, sem esquecer as contribuições holandesas, italianas, indígenas, africanas. "As superstições e crendices do nosso povo constituem um misto geral e complexo de todas essas estranhas influências, reunidamente, e consubstanciadas em um vínculo harmônico e hereditário, mas de dificílima discriminação, para precisar ou presumidamente mesmo fixar-se origens." Acrescenta Pereira da Costa que o mesmo se dá com a poesia popular. O interesse dele se reflete apenas na coleta do material. Registra ditados, coisas do diabo, seres míticos, histórias, lendas, orações, parlendas, festas de santos, danças de São Gonçalo, pastorinhas ou pastoris, festejos das bandeiras de santos, procissões, batuque, maracatu, velório, eleição dos reis do Congo, mineiro-pau, fandango ou folgança de marujos, Bumba-meu-boi, romances peninsulares ibéricos e outros.

Somente em 1918 um escritor volta a se interessar pelo assunto, no sentido da teoria folclórica. É o mineiro Lindolfo Gomes, autor de *Contos populares brasileiros*, mais na base de documentos recolhidos em Minas Gerais. Muito esclarecido, diz que é difícil precisar origens raciais nos contos, acrescentando que estes podem proceder de tradições do Egito, da Grécia, do povo romano, dos indianos, da Ásia e África, da Europa e América. Nessas tradições, os investigadores têm encontrado, em variantes múltiplas, contos perfeitamente semelhantes. Lindolfo Gomes foi quem primeiro propôs a classificação de nossas histórias em ciclos temáticos, ordenando-as no ciclo do Preguiçoso, Coelho e Onça, Pai João, Diabo, Pedro Malasarte.

No ano seguinte, em 1919, aparece *O folclore*, de João Ribeiro, historiador, gramático e lingüista. Também ele mostra da inconseqüência de se defender origens raciais no nosso folclore. Analisando os temas originais dos contos, afirma que quando muito podemos falar em fontes prováveis. E esclarece: "Nem sempre é coisa fácil acertar com a genealogia histórica dos contos." De qualquer modo, a comprovar essas dificuldades, João Ribeiro estuda a história da "Festa no Céu", o mito do Lobisomem, o jogo do pião, o pega infantil "Fui indo por um caminho" etc.

Interessadíssimo pelo folclore, o escritor cearense Gustavo Barroso nos deixou vários livros em que aborda a nossa matéria, a comprovar, por vezes, largo conhecimento da bibliografia folclórica universal do seu tempo. Sua obra de maior prestígio, entretanto, é a publicada em 1921, sob o título de *Ao som da viola*. Gustavo Barroso, através de seus estudos, verificou a semelhança que existe entre todos os folclores e escreveu: "As formas variam ao infinito de país a país. O seu fundo continua o mesmo, desde a Ásia longínqua até as terras americanas. Raros os contos, as lendas ou as fábulas que se não encontram em todos os povos, em variantes as mais diversas." Em conseqüência, deixa de lado o problema de origens e de raças, para dividir o folclore sertanejo, principalmente do Nordeste, que analisa em ciclos mais ou menos temáticos: o dos Bandeirantes, do Natal, Vaqueiros, Cangaceiros, Caboclos, Animais.

Em 1925 e 1931, o jornalista e escritor paulista Amadeu Amaral, que já havia publicado a gramática e vocabulário *O dialeto caipira* e outros estudos sobre a matéria, divulgou uma série de artigos e mesmo ensaios, reunidos e editados, em 1948, sob o título de *Tradições populares*. Amadeu já partia para a caracterização do folclore e sugeria a pesquisa como a melhor maneira de conhecê-lo. O folclore, dizia, não pode ser compreendido se não o vemos no seu entrelaçamento. A poesia, por exemplo, especialmente a roceira, está relacionada à música, à dança e ligada e sustentada por atos coletivos diversos. Provém o folclore de duas correntes: uma tradicional e outra inventiva e individual, em plena atividade criadora e transformadora. E pode ser originário de autor individual, culto ou inculto, não importa. A primeira coisa que se deve fazer é "procurar, coligir, cotejar materiais, acompanhados de informações exatas". O folclore, afirmava, precisa ser estudado com um pouco menos de imaginação e sentimento e um pouco mais de objetividade, menos literatura e mais documentação. Antes de qualquer conclusão, observar séria e pacientemente os costumes, ritos, usanças do povo, sua linguagem, a vida dos núcleos populosos urbanos e rurais e das populações esparsas, coletando com o mais rigoroso cuidado as expressões ligadas a tais costumes, ritos e usanças. Na coleta, em muitos casos, sublinhava Amadeu Amaral, devemos vencer as naturais reservas e desconfianças com que o povo, em toda parte do mundo, fecha as suas coisas à curiosidade nem sempre discreta da gente engravatada. Lembrava que os intelectuais eram levados a se interessar pela nossa matéria "por uma espécie de admiração romântica de seus conterrâneos, pelo transparente desejo de os glorificar, provando que eles são muito inteligentes, muito engraçados ou muito imaginosos". E por isso, sugeria que se imprimisse "aos estudos de folclore uma orientação mais séria, mais metódica, mais fecunda, espancando a atmosfera de curiosidade vaga, de diversão inócua e de sentimentalismo convencional". Só assim haveremos de ver o nosso povo, esclarecia, com suas qualidades e defeitos, com suas fraquezas e suas forças, assim nós o surpreenderemos "inteiro, alma, coração, instintos, tendências, crenças, aspirações, preconceitos". Em conseqüência destas considerações, Amadeu Amaral pode e deve ser considerado o primeiro grande professor de folclore do Brasil. Ele emitiu conceitos sobre o estudo de nossa matéria, que ainda agora são, em muitos pontos, de inteira atualidade científica, se bem que no fundamento teórico de um dos mais eminentes folcloristas do mundo, o francês Arnold van Gennep.

Do mineiro Basílio de Magalhães é a obra *O folclore no Brasil*, com primeira edição de 1928 e a segunda, de 1939. O objetivo imediato foi o de anotar e divulgar a coletânea de 81 histórias, registradas por João da Silva Campos, na Bahia. Mas Basílio de Magalhães acabou por incluir na obra alguns estudos importantes, para um melhor conhecimento do folclore brasileiro. Destaque-se o que se refere ao levantamento e análise sucinta da bibliografia folclórica brasileira ou de livros de interesse para o estudo do folclore do Brasil, no qual chama atenção para a nossa literatura de cordel. Considerando folclore a prosa e a poesia espontâneas da alma do povo, colhidas nas cidades ou nos sertões, sem emendas, sem polimentos, sem atavios de qualquer espécie, relaciona nessa bibliografia, em que se incluem obras de mero aproveitamento ou de inspiração folclórica, muitos aspectos do folclore brasileiro: mitos, lendas, histórias, poesia, música, crendices e superstições, usos e costumes, ditados, adivinhas, vocabulários. Por vezes, encontrados em artigos de revistas regionais, de pequena tiragem, tal o exemplo de "Festas populares piauienses", de Matias Olímpio, divulgado no terceiro número da publicação "Litericultura", de Teresina, em 1913, ou em livretos como o "Guia da Capoeira ou Ginástica Brasileira", editado no Rio de Janeiro, sem nome de autor, em 1885. Esclarecendo que o folclore revela atividade intelectual criadora, assimiladora e transformadora, Basílio de Magalhães aborda, nos demais estudos de *O folclore no Brasil*, outros temas, dos quais merece especial menção o que relaciona os mitos gerais e regionais do país, numa grande síntese explicativa, se bem que hoje valendo reparos.

O escritor paulista Mário de Andrade foi quem deu início ao estudo científico de folclore, no Brasil. Demonstrando sempre maior interesse pela música folclórica, começou publicando, em 1928, seu *Ensaio sobre música brasileira*, no qual divulga numerosos temas de cantos folclóricos, recolhidos por ele, com a principal finalidade de chamar a atenção de nossos compositores musicais eruditos para o assunto. A partir de então, visando a conhecer e analisar a música folclórica, prosseguiu seu trabalho de coleta e pesquisa, mais voltado para o Nordeste do que para a sua região. De São Paulo apenas estudou, mais seriamente, uma modalidade de samba, o samba de Pirapora, campineiro ou de bumbo, divulgando o resultado, em 1937, em trabalho que recebeu o título de "Samba rural paulista", e que se acha, hoje, no volume XI das *Obras completas*, denominado *Aspectos da música brasileira*. Dois anos depois, em 1939, no livro *Namoros com a medicina*, publica estudo sobre tema jamais abordado pelos nossos folcloristas: a aplicação dos excretos humanos e de animais na terapêutica popular, folclórica. Analisa a aplicação, a obsessão pelas porcarias, pelas palavras feias, o que se chama coprolalia, e o uso dos excrementos nas práticas mágicas. Trata-se do primeiro trabalho brasileiro no domínio do folclore secreto, com interpretação de dados. Bem mais tarde, em 1946, depois de sua morte, apareceu o resultado de suas pesquisas, no norte e nordeste do país, nos três volumes de

Danças dramáticas no Brasil, nos quais se incluem também algum material coletado em São Paulo. Afinal, em 1962, é publicado o seu livro *Música de feitiçaria no Brasil*, um resumo de suas observações no domínio do candomblé, candomblé de caboclo, catimbó, pajelança e macumba. Se bem que jamais se considerando um verdadeiro folclorista, mas apenas um enamorado do folclore, foi quem primeiro e de maneira mais direta estimulou e orientou os estudos científicos da matéria entre nós. Também se lhe devem, na qualidade de Diretor do Departamento de Cultura, da Prefeitura de São Paulo, que as patrocinou, as primeiras expedições científicas de folclore do Brasil, as quais tiveram lugar no Norte e Nordeste.

O folclorista rio-grandense-do-norte, Luís da Câmara Cascudo, é uma de nossas maiores autoridades em bibliografia folclórica. Sua atividade teve início, em 1939, com a publicação do livro *Vaqueiros e cantadores*, no qual reuniu, segundo suas próprias palavras, o que foi possível salvar da memória e das leituras, para o estudo sereno do folclore brasileiro. Estuda aí a poesia sertaneja do Nordeste: romances, pés quebrados, abecês, pelos sinais e orações, gestos de animais, algumas integrando também o folclore de outras regiões do país. Analisa o desafio, seu canto e acompanhamento, com resumo da biografia dos cantadores. Apresenta alguns documentos de literatura de cordel, inclusive o que se refere à *História de Genevra*, que nada mais é do que a novela nona, da segunda jornada do *Decameron*, de Bocaccio, transformada em sextilhas sertanejas. Outra obra de sua autoria, que deve ser valorizada, porque representa completo levantamento bibliográfico de nossos mitos, foi publicada antes, em 1947, e se intitula *Geografia dos mitos brasileiros*. Pouco antes, em 1944, Câmara Cascudo iniciou a publicação de sua *Antologia do folclore brasileiro*, agora em quinta edição, que constitui livro imprescindível para o estudo da história de nosso folclore, incluindo resumos bibliográficos dos autores de cujas obras foram destacados este e aquele aspectos da cultura espontânea, a começar pelos viajantes e cronistas, que os observara entre os índios e africanos, e terminando com os folcloristas já falecidos. Finalmente, mencionem-se os *Contos tradicionais do Brasil*, como *Literatura oral*, da *História da literatura brasileira*, publicada pela José Olympio, os dois volumes já editados de sua *História da alimentação no Brasil* e o seu *Dicionário do folclore brasileiro*.

Autor da *História da música brasileira*, editada em 1942, que ainda hoje é livro fonte para o estudo de muitos aspectos de nossa música folclórica, Renato Almeida, baiano que se fez carioca, a partir de 1947, passou a ser considerado, com justa razão, um dos maiores mestres do estudo do folclore em nosso país. Criava, então, a Comissão Nacional de Folclore, do IBECC, além de dirigir a Campanha de Defesa do Folclore Brasileiro, do Ministério de Educação e Cultura. Em todos esses anos, demonstrou sua grande capacidade de homem de ciência e de estimulador dos estudos de folclore, no país.

Como homem de ciência, Renato Almeida alcançou maior prestígio ao escrever *Inteligência do folclore*, grande tratado científico do folclore, editado em 1957.

Em *Inteligência do folclore*, mostra a característica autônoma de nossa matéria no quadro da antropologia, ligando-se à antropologia cultural ou à etnologia. Destaca-lhe o caráter funcional, esclarecendo que o folclore traduz a experiência da vida coletiva, revela as atitudes do grupo e espelha os modos de ser da comunidade, exatamente pelas funções que preenche. Aborda o problema da criação folclórica, referindo-se ao contínuo erudito-popular da Idade Média, às histórias que vieram da Arábia e inundaram a Europa e outras questões relacionadas à literatura folclórica. Afirma que essa criação é um mistério permanente, que existe em função da inspiração e da fantasia de cada homem. Relaciona, a seguir, as diferentes teorias explicativas do mito, dizendo que o folclore aprofunda o olhar por cima das coisas, para conhecer o eterno desconhecido – o homem. Coteja materiais referentes à cultura, escolas e especialistas que a conceituaram e a interpretaram, comprovando a importância do assunto para o folclorista. Destaca a problemática da difusão folclórica, esclarecendo que as melhores pesquisas no setor têm sido feitas pelos interessados na estória ou conto e sublinhando que no folclore há sempre clarões de aurora, porque sua criação é contínua e interminável. Seguem-se, nessa importante obra de Renato Almeida, capítulos sobre metodologia e técnica de pesquisa, terminando o autor por dizer que o estudo do homem não pode prescindir do conhecimento das formas do seu folclore, como manifestação básica de suas idéias, de suas vontades e de seus sentimentos.

Na bibliografia de estudo de folclore, pela atualidade, devem-se mencionar ainda as obras dos folcloristas Édison Carneiro e Paulo de Carvalho Neto. Édison Carneiro, além de ser autor do melhor estudo relativo às manifestações religiosas, na cidade de Salvador, *Candomblés da Bahia*, com numerosas edições, escreveu interessante livro sobre a *Dinâmica do folclore*, em 1950, e outro intitulado *A sabedoria popular* (1957), em que reuniu artigos de muita categoria científica, inclusive um em que sugere uma Classificação decimal do folclore brasileiro.

Paulo de Carvalho Neto, sergipano de origem, é hoje, talvez, o maior especialista em folclore latino-americano do nosso continente. Tem trabalhos sobre o folclore brasileiro, uruguaio, paraguaio, colombiano, equatoriano, revelando uma atividade ímpar no domínio da matéria. Em 1961, publicou no Equador, em língua castelhana, o excelente livro *Folklore y Educación*, que consideramos indispensável para a orientação do professor que deseja aproveitar folclore na escola. Da obra, destaque-se a "Parte Tercera: Folklore Desechable", em que analisa ou denomina "folclore secreto", dividido em fatos genitais, escatológicos, paraescatológicos, parapsicopatológicos, agressivos.

Deixamos de fazer aqui referência ao folclorista Joaquim Ribeiro, porque está comentado no capítulo "Regiões folclóricas do Brasil" deste livro.

PEQUENO DICIONÁRIO MUSICAL

Bendito

Explicação: Oração cantada, cujos versos fazem menção à expressão "bendito, louvado seja", ou apenas à palavra "bendito". No Estado de São Paulo, há vários benditos folclóricos, entre os quais estes dois.

1 – *Levantei de madrugada*

Este documento, que aparece em numerosas manifestações do folclore brasileiro, surge, em Olho d'Água, Córrego do Bagre (Estado de São Paulo), como bendito, e assim é cantado:

Levantei de madruga(da), Fui varrer meu barracão, Encontrei Nossa Senhora Com seu raminho na mão.

Levantei de madrugada,
Fui varrer meu barracão,
Encontrei Nossa Senhora
Com seu raminho na mão.

Eu pedi uma folhinha
Ela me disse que não,
Eu tornei a repedir
Ela me deu seu cordão.

O cordão deu sete voltas
Ao redor do coração,
O' meu padre São Francisco
Venha benzer esse cordão.

Numa ponta tem São Pedro,
E na outra São João,
No meio um letreiro
Da Virgem da Conceição.

Ofereço este bendito
Ao Senhor daquela Cruz,
Que nos livre do inferno
Para sempre, Amém, Jesus.

2 – *Bendito louvado seja*

Tradicionalmente entoado na festa de Santa Cruz, da Aldeia de Carapicuíba, agora Município de Carapicuíba (Estado de São Paulo). Recolhemos este exemplar com o violeiro Belizário de Camargo Júnior, que ainda o cantou na festa de Santa Cruz, de 1954.

Bendito louvado seja
Do céu a Divina luz,
Nós também na terra damos
Louvores à Santa Cruz. } bis

Humildemente prostrado
De joelhos ao pé da cruz,
Deu o último suspiro
Nos braços da Santa Cruz. } bis

No alto monte Calvário
Viu-se brilhar uma luz,
Dos anjos raios caíram
Nos braços da Santa Cruz. } bis

Meu Jesus quando morreu,
Deixou o mundo sem luz,
Para remir os pecadores
No santo lenho da cruz. } bis

Meu Jesus quando morreu,
Deixou o mundo sem luz,
Mas deixou a sua graça ⎫
No santo lenho da cruz. ⎬ bis

Esta firme redenção
Foi feita na Santa Cruz
É a quem devemos louvar, ⎫
Para sempre, Amém, Jesus. ⎬ bis

CANTIGA DE MENDIGO

Explicação: Canto usado pelos mendigos, postados nas ruas ou feiras, para atrair a atenção dos que passam, com a finalidade de angariar esmolas.

1 – *Deus lhe pague a boa esmola*

Cantado, há quarenta anos, por um anão, que pedia esmolas nas ruas de Monte Santo (Estado de Minas Gerais) e memorizado pelo dentista Romeu Médici.

Deus lhe pa - gue a bo - a es - mo - la, Deus lhe pa - gue a bo - a es - mo - la, Da - da de boa von - ta - de. Da - da de boa von - tade.

Deus lhe pague a boa esmola,
Deus lhe pague a boa esmola,
Dada de boa vontade.
Dada de boa vontade.

Lá no céu tereis o pago,
Lá no céu tereis o pago,
Da Santíssima Trindade,
Da Santíssima Trindade,

2 – *Uma esmolinha pro cego*

Entre 1942 e 1945, um velho cego da rua do Norte, em Vitória (Estado de Espírito Santo), entoava este tema, acompanhando-se com um chocalho. A informação é de Leny Gonçalves, que residiu na referida rua.

U - ma es - mo - li - nha pro ce - go,

Pe - ço por fa - vô me dá,

Eu não ve - jo a luz do di - a

Que - ro nas tre - vas so - nhá.

Uma esmolinha pro cego,
Peço por favô me dá,
Eu não vejo a luz do dia
Quero nas trevas sonhá.

3 – *Sou ceguinha de nascência*

    Solfa, em tempo de marcha, de uma cega de Pereiras (Estado de São Paulo), em 1952, segundo ex-aluno.

Sou ceguinha de nascência
Isso assim não é viver,
Minha dor é grande e imensa
Quem me dera eu morrer.

Porque assim fui condenada
Se nunca fiz mal a ninguém,
Viver em trevas sepultada
Não conheço nem pai e nem mãe.

Devem ser lindas as estrelas
E que as serras é oval,
Eu só conheço as andorinhas
Pelo riso seu de cristal.

Que são lindas as andorinhas,
Que sempre escuto a cantar,
Eu que vivo triste, sozinha
Por não poder enxergar.

Devem ser lindas as estrelas
A aurora linda é,

Sou ceguinha de nascência
Isso assim não é viver,
Minha dor é grande e imensa
Quem me dera eu morrer.
Porque assim fui condenada
Se nunca fiz mal a ninguém,
Viver em trevas sepultada
Não conheço nem pai e nem mãe.

Dava tudo para vê-la,
E a minha própria vida até.

Sou ceguinha de nascência
Nesta imensa escuridão,
Espero um dia que um anjo
Venha me dar a sua mão.

4 – O rico dorme no "corsão" de pena

Marcha cantada, há mais de vinte anos, em Pereiras (Estado de São Paulo), por três cegos. Eles a denominavam "Vida de pobre". O registro é de 1952 e a informante foi dona Francisca Vaz de Almeida, moradora naquela localidade.

O rico dorme no "corsão" de pena
Coitado pobre no gelar do chão,
O rico acorda, tem sua mesa ao lado ⎱ bis
Coitado pobre mendingando pão. ⎰

O pobre sai de porta em porta,
Pedindo esmola pelo amor de Deus,
O rico nega e lhe dá as costas ⎱ bis
Coitado pobre sai do destino seu. ⎰

Os ricos fazem os seus teatros
Tudo para eles se parecem bem,
Coitado pobre com sua bolsa ao lado ⎱ bis
Sua bolsa escassa, nem siquer vintém. ⎰

Rico morre, tem seu cimento armado
Missa cantada com T*e Deum*,
Coitado pobre apenas tem mortalha ⎱ bis
Sua alma salva para entrar no céu. ⎰

CANTO DE BEBIDA

Explicação: Estes cantos, não muito comuns no Brasil, são melodias cujos textos fazem menção ao hábito de beber, sugerem a bebida ou louvam a cachaça, bebida nacional por excelência. Há cantos individuais e outros entoados em conjunto.

1 – *Vamos companheiros*

Este, entoávamos, em conjunto com os colegas, reunidos no bar Pingüim ou no Franciscano, na Capital (Estado de São Paulo), lá pelos anos de 1935. Mandávamos o garçom servir chope para todos, sentados em volta de uma mesa, e aí iniciávamos a cantoria, apontando com o dedo aquele que deveria beber em primeiro lugar. E enquanto este não esgotava o copo, ficávamos a apontá-lo e a cantar: "vira, vira, vira". Dessa maneira, um por vez, todos bebiam, de uma só virada, o chope duplo, e o garçom solícito ia enchendo os copos vazios.

Vamos todos companheiros,
Ver quem bebe mais ligeiro,
Se és covarde,
Saias da mesa,
Que a nossa empresa
Requer valor.
Primeira bateria,
Vira, vira, vira,
Vira, vira, vira,
Já virô
Segunda bateria,
Vira, vira, vira,
Vira, vira, vira,
Já virô.

Vamos todos companheiros,
Ver quem bebe mais ligeiro,
Se és covarde,
Saias da mesa,
Que a nossa empresa
Requer valor.

Primeira bateria,
Vira, vira, vira,
Vira, vira, vira,
Já virô.

2 – *Lá na vendinha*

Documento de Jaú (Estado de São Paulo), registrado em 1947. Trata-se de canto individual.

Lá na vendinha
De dona Chiquinha
Não há quem não goste
Da boa pinguinha.

Da venda, venda,
Da venda, vendinha,
Não há quem não goste
Da boa pinguinha.

Moça solteira
De grande estadão,
Debaixo da cama
Tem seu garrafão.

Da venda, venda,
Da venda, vendinha,
Não há quem não goste
Da boa pinguinha.

Juiz de Direito
E o Juiz de Paz,
Também tem um dia
Que bebe demais.

Da venda, venda,
Da venda, vendinha,
Não há quem não goste
Da boa pinguinha.

Mulher casada,
De grande mandinga,
Também tem dia
Que gosta da pinga.

Da venda, venda,
Da venda, vendinha,
Não há quem não goste
Da boa pinguinha.

3 – As duas horas

Melodia também cantada por velhos boêmios paulistanos, em 1945.

Às duas horas
Já não posso mais beber,
Os taberneiros
Já não querem mais vender.
Ó minha mãe
Não lastime a minha sorte,
Se eu não bebo,
O consolo é a própria morte.

Quando eu morrer,
Quero em minha sepultura,
Um encanamento
Que me dê até a boca.
Uma pipa grande

Daquelas sem mistura,
Em pouco tempo
Deixarei a pipa oca.

4 – *O fumar alegra a gente*

O presente documento foi obtido em Pederneiras (Estado de São Paulo), em 1947, e segundo o informante já era antigo.

[partitura: O fu-mar a-le-gra a gen-te O be-ber nos dá pra-zer, Quem não be-be e não fu-ma Que a-le-gri-a há de ter.]

O fumar alegra a gente
O beber nos dá prazer,
Quem não bebe e não fuma
Que alegria há de ter.

Do funil faço a mortalha,
Da pipa faço caixão,
Eu sei que morro mesmo
Morro com o copo na mão.

Debaixo do alambique
Faço a minha sepultura,
Ao menos depois de morto
Pinga quero com fartura.

5 – A cachaça é moça branca

Canto de bebida, comunicado ao autor por um informante de Minas do Rio das Contas (Estado da Bahia), residente na Capital (Estado de São Paulo). O registro é de 1954.

A cachaça é moça branca,
Filha de um homem trigueiro,
Quem bebe a cachaça,
Ai céu, ai mundo, ai meu Deus,
Não pode ajuntar dinheiro.

Ninguém me dá seus conselhos,
Pra cachaça eu não beber,
Eu hei de beber cachaça,
Ai céu, ai mundo, ai meu Deus,
Até quando eu morrer.

Minha gente quando eu morrer,
Me enterrem num alambique,
Onde mora a moça branca,
Ai céu, ai mundo, ai meu Deus,
Filha de um homem trigueiro.

Da garrafa faço a vela,
Da pipa faço o caixão,
Do funil faço a mortalha,
Ai céu, ai mundo, ai meu Deus,
Morro com o copo na mão.

Canto de trabalho

Explicação: Melodia entoada por gente que trabalha em lugar fixo e nisso ela se diferencia do pregão, que é justamente o canto de trabalhadores ambulantes.

1 – *Você diz que rola pedra*

Na fazenda Redenção, em Botucatu (Estado de São Paulo), há mais de trinta anos, lavadeiras cantavam:

Você diz que rola pedra
Rola pedra nem por isso,
No dia que tô à toa,
Rola pedra pra patroa.

Você diz que rola pedra
Rola pedra nem por isso.
No dia que tô à toa,
Rola pedra no serviço.

2 – *Bate, bate o ferreiro*

Antônio Lima, antigo ferreiro, que trabalhava nas forjas do avô da informante Lúcia Teresa de Toledo Piza e Almeida, em Botucatu (Estado de São Paulo), costumava entoar nas suas lides.

Bate, bate o ferreiro
Noite e dia sem parar,
Bate, bate o ferreiro
Noite e dia sem parar.
Bate, bate o dia inteiro
Até nas noites de luar.

Triste é meu destino
Trabalhar e só trabalhar,
Sem o descanso necessário
Para o sustento ganhar.

3 – Limpar vidraça

Maria da Penha, uma limpadora de vidraça de Botucatu (Estado de São Paulo), cantava, há mais de trinta anos, o tema seguinte:

Limpar vidraça
O dia inteiro,
É o meu serviço
Costumeiro.

Não largo dele,
Nem por nada,
Só pra ganhá
Muito dinheiro.

4 – Pega a enxada e leva o pito

Entoado por trabalhadores da roça de São João da Boa Vista (Estado de São Paulo). Um ex-aluno o recolheu do informante João do Carmo, lavrador, de cor negra, em 1949.

Pega a enxada e leva o pito
Vamo ino Sebastião
Vamo capiná o arrois,
Na bera do riberão,
Na bera do riberão.

Ói que o mato tá matano
O miará do grotão,
No roçado da baxada
Na bera do riberão,
Na bera do riberão.

CONTO ACUMULATIVO CANTADO

Explicação: Também chamados pelos portugueses de lenga-lengas, os contos acumulativos são estórias em que se encadeiam palavras ou períodos, numa longa série. Este documento foi recolhido de uma baiana residente à rua Mazzini, bairro da Aclimação, Capital (Estado de São Paulo), que, segundo contou, é tradicional em Caetité (Estado da Bahia). A coleta é do ano de 1953.

1 – Meus senhores, eu sou a bota

Meus senhores, eu sou a bota, Meus senhores, eu sou a bota, Que leva a vidinha fazendo patota, Que leva a vidinha fazendo patota. Meus senhores, eu sou a porta, Meus senhores, eu sou a porta, Que leva a vidinha fazendo patota, Que leva a vidinha fazendo patota. Meus senhores, eu sou a corda, Meus senhores, eu sou a corda, Que marre a bota e botei na etc. Que leva a vi- etc.

Meus senhores, eu sou a bota, ⎫
Meus senhores, eu sou a bota, ⎬ bis
Que leva a vidinha fazendo patota,
Que leva a vidinha fazendo patota.

Meus senhores, eu sou a porta, ⎫
Meus senhores, eu sou a porta, ⎬ bis
Que leva a vidinha fazendo patota,
Que leva a vidinha fazendo patota.

Meus senhores, eu sou a corda,
Meus senhores, eu sou a corda,
Que marre a bota e botei na porta,
Que leva a vidinha fazendo patota,
Que leva a vidinha fazendo patota.

Meus senhores, eu sou o sebo,
Meus senhores, eu sou o sebo,
Que passe na corda, que marre a bota,
Que botei na porta,
Que leva a vidinha fazendo patota,
Que leva a vidinha fazendo patota.

Meus senhores, eu sou o rato,
Meus senhores, eu sou o rato,
Que roeu o sebo, que passe na corda,
Que marre a bota, que botei na porta,
Que leva a vidinha fazendo patota,
Que leva a vidinha fazendo patota.

Meus senhores, eu sou o gato,
Meus senhores, eu sou o gato,
Que comeu o rato, que roeu o sebo,

Que passe na corda, que marre a bota,
Que botei na porta,
Que leva a vidinha fazendo patota,
Que leva a vidinha fazendo patota.

Meus senhores, eu sou o cachorro,
Meus senhores, eu sou o cachorro,
Que comeu o gato, que matou o rato,
Que roeu o sebo, que passe na corda,
Que marre a bota, que botei na porta.
Que leva a vidinha fazendo patota,
Que leva a vidinha fazendo patota.

Meus senhores, eu sou o pau,
Meus senhores, eu sou o pau,
Que matou o cachorro, que comeu o gato,
Que matou o rato, que roeu o sebo,
Que passe na corda, que marre a bota.
Que botei na porta,
Que leva a vidinha fazendo patota,
Que leva a vidinha fazendo patota.

Meus senhores, eu sou o facão,
Meus senhores, eu sou o facão,
Que cortô o pau, que matou o cachorro,
Que comeu o gato, que matou o rato,
Que roeu o sebo, que passe na corda,
Que marre a bota, que botei na porta,
Que leva a vidinha fazendo patota,
Que leva a vidinha fazendo patota.

Meus senhores, eu sou a mulher,
Meus senhores, eu sou a mulher,

Que pega o facão, que cortô o pau,
Que matou o cachorro, que comeu o gato,
Que matou o rato, que roeu o sebo,
Que passe na corda, que marre a bota,
Que botei na porta,
Que leva a vidinha fazendo patota,
Que leva a vidinha fazendo patota.

Meus senhores, eu sou o homem,
Meus senhores, eu sou o homem,
Que vou dar na mulher, que pegou o facão,
Que cortô o pau, que matô o cachorro,
Que comeu o gato, que matou o rato,
Que roeu o sebo, que passe na corda,
Que marre a bota, que botei na porta
Que leva a vidinha fazendo patota,
Que leva a vidinha fazendo patota.

CORETO

Explicação: Em Diamantina, no Estado de Minas Gerais, é um canto de brinde, que anda de braços dados com os discursos de saudação, e não um palanque construído no centro das praças públicas, para concertos de banda. Referindo-se a ele, escreve Angélica de Rezende Garcia no livro *Nossos avós contavam e cantavam*, em que divulgou os primeiros documentos dessa forma folclórica: "Geralmente, cantados em banquetes, ceias ou reuniões familiares e não raro entoados em homenagem a uma pessoa, no intervalo de discursos e saudações, coreto é dedicado a cada um dos presentes ou a todos em geral." Hoje, os coretos nascidos em Diamantina estão espalhados por quase todo o país, a exemplo do "Zum, zum", que Saint-Hilaire ouvira já em 1817, do "Tim, tim" e do "Peixe vivo".

1 – Zum... zum... zum...

Cantado em São Paulo, em reuniões de estudantes, e encerrado com *vivório*, na década de 30.

Zum... zum... zum... zum...
Lá no meio do mar...
É o vento que nos atrasa,
É o mar que nos atrapalha
Para no porto chegar...
Zum... zum... zum... zum...
Lá no meio do mar...
Viva!

2 – Tim, tim; tim, tim

Entoado pelo prof. Ayres da Mata Machado Filho, secretário geral da Comissão Mineira de Folclore, nas reuniões dos folcloristas brasileiros, a partir do I Congresso Brasileiro de Folclore, em 1951.

Tim, tim; tim, tim,
Tim, tim, olará,
Quem não gosta dele ou dela
De quem gostará.

Nota: encerrado também com *vivas*.

CHULA

Explicação: Irmã gêmea do lundu, como afirma Melo Morais Filho, a chula é uma canção e dança que, apesar de ter vindo de Portugal, conforme alguns autores, chegou a ser grandemente influenciada pelos negros. E, com esse traço, chegou até nós como uma canção em compasso binário, modo maior, dentro do esquema de estrofe e estribilho, com um texto que se caracteriza pelo gracejo, zombaria e chacota.

1 – *Eu quero uma ziri cartola*

Solfa conhecida por Chula Africana pelo informante. Foi largamente cantada, em 1888 mais ou menos, no bairro do Bom Retiro, na Capital (Estado de São Paulo). Nós a recolhemos em 1949.

Eu que-ro u-ma zi-ri car-to-la Da-quela de zi-ri-ci-lim, Zi-ri que-ro u-ma zi-ri car-to-la Da-que-la de zi-ri-ci-lim, Pra quan-do zi-ri ne-go sai na ru-a As mu-la-ta oi-á pra mim. A ben-ça si-nhá São Dom Cris-to Si-nhô, Zi-ri que-ro me la-vá Pra ti-rá o zi-bo-lô, Eu não que-ro es-ta ce-rou-la Zi-ri cus-ta ar-re-se-cá, Zi-ri que-ro u-ma zi(ri) mi-ra Pra pas-se-á na ci-dá.

[para terminar] Mi-rá pra pas-se-á na ci-dá.

Eu quero uma ziri cartola
Daquela de ziri cilim,
Ziri quero uma ziri cartola
Daquela de ziri cilim,
Pra quando ziri nego saí na rua
As mulata oiá pra mim.

Abença sinhá
São Dom Cristo Sinhô,
Ziri quero me lavá
Prá tirá o zibolô,
Eu não quero esta ceroula
Ziri custa arresecá,
Ziri quero uma zirimira
Pra passeá na cidá.

Eu quero uma ziri garavata
Daquela de ziri gorogorão,
Ziri quero uma ziri garavata
Daquela de ziri gorogorão,
Pra quando ziri nego saí na rua
A ziri mulata ficá pasmá.

Abença sinhá etc.

Eu quero uma ziri bengala
Daquela de ziri marafim,
Eu quero uma ziri bengala
Daquela de ziri marafim,
Pra quando ziri nego saí na rua
A ziri mulata oiá pra mim.

Abença sinhá etc.

Eu quero uma ziri butina,
Daquela de ziri buzuruguim,
Eu quero uma ziri butina,
Daquela de ziri buzuruguim
Pra quando ziri nego saí na rua
A mulata oiá pra mim.

Abença sinhá, etc.

Branco são fio de Deus,
Cabroco são inteado,
Branco são fio de Deus,
Cabroco são inteado,
Mulato são escravo
Nego é fio do diabo.

Abença sinhá etc.

2.– *Mamãe eu sou solteiro*

Os versos desta chula foram divulgados por Pereira da Costa, no seu livro *Folclore pernambucano*, p. 451, com o título de "As moças me querem bem". A presente versão é de informante de São João da Barra (Estado do Rio de Janeiro), 1949.

Mamãe eu sou solteiro
E as moças me querem bem,
Elas querem que eu cante, ó mamãe,
Que remédio a gente tem.

Chega pra cá,
Dá sua mão,

Deixe de graça,
Não deixo não.
Sou moço
E sou vadio,
Esmola grande,
Eu desconfio.

Ma - mãe eu sou sol - tei - ro E as mo - ças me que - rem bem, E - las que - rem que eu can - te, ó ma - mãe, Que re - mé - dio a gen - te tem. Che - ga pra cá, Dá su - a mão, Dei - xe de graça, Não dei - xo não. Sou mo - ço E sou va - dio, Es - mo - la gran - de, eu des - con - fio.

As estórias que eu conto
São verdades, não são petas,
Fumando meu cigarrinho, ó mamãe,
Namorando essas capetas.

Chega pra cá etc.

DORME-NENÊ

Explicação: Também chamada pelos eruditos, e não pelo povo brasileiro, *acalanto, cantiga de ninar*, e segundo a expressão francesa, *berceuse*, é a melodia usada pelas mamães para aquietar, acalentar, adormecer os seus filhinhos. É uma forma que pertence ao folclore de todos os povos e cujas melodias muitas vezes são oriundas de conhecidas canções.

1 – Ó Juju...

Foi recolhido em Salvador, Bahia, em 1944, por ex-aluna.

Ó Juju...
Menino mandu,
Carinha de gato
Narizinho de peru.

Boi, boi, boi,
Da carinha preta,
Deixa o menino
Que tem medo de careta.

2 – Boi, boi, boi do currá

Procede de Brejo Velho, Bahia, tendo sido anotada em 1948.

Boi, boi, boi
Do currá…
Pega o nenê
Num dexa chorá.

Não, não, não.
Coitadinho…
Quanto mais ele chorá
Mais é bonitinho.

3 – *Nana, nana, que é feito do papai*

Pertence à tradição oral de Pindamonhangaba, São Paulo, e foi registrado em 1948.

Nana, nana,
Que é feito do papai,
Nana, nanana
Morreu no Paraguai.

Nana, nana,
Que foi o seu pai,
Nana, nanana

Fazer no Paraguai.
Nana ferido
Por bala de fuzil.
Nana, nanana
Morreu pelo Brasil.

4 – *Tutu manguê*

Documento de Cravinhos, no Estado de São Paulo, e segundo o informante cantado no início do século XX.

Tu - tu man - guê, Co - me, co - me, co - me, Vem
co - mê, ne - nê, Co - me, co - me, co - me, Que e -
le_es - tá cho - ran(do). Co - me, co - me, co - me, E
não quer dor - mir, Co - me, co - me, co - me.

Tutu manguê,
Come, come, come,
Vem comê, nenê,
Come, come, come.

Que ele está chorando
Come, come, come,
E não quer dormir,
Come, come, come.

EMBOLADA

Explicação: Canto de procedência nordestina, que, às vezes, integra danças como o coco. Apresenta estribilho fixo e versos improvisados, em andamento rápido, num estilo recitativo. Há emboladas que se tradicionalizaram tanto no estribilho como nos versos. E, neste caso, estão os exemplos que aqui se acham, os quais participam do folclore do sul do Brasil, como cantos isolados.

1 – *Eu vou mergulhar*

Este documento, recolhido de um informante da Capital (Estado de São Paulo), foi também dado como tradicional no Ceará. Entretanto, parece originário de Pernambuco pela referência ao rio Beberibe. Data da coleta: 1952.

Eu vou mergulhar
La na maré,
É perigoso,
Tem jacaré.

Eu vou mergulhar
Lá na maré,
É perigoso,
Tem jacaré.

Lá no rio Beberi(be)
Tem cobra, tem jacaré,
Tem home tomano ba(nho)
Misturado co'as muié.

Lá no rio Beberibe
Tem cobra, tem jacaré,
Tem home tomano banho
Misturado co'as muié.

Eu vou mergulhar, etc.

Este rio é afamado
Lá não navega canoa
Lá só navega barquinha
Que carrega gente boa.

Eu vou mergulhar, etc.

Eu tenho medo de cobra
E também de jacaré,
Uma vez eu fui mordido
Por uma cobra muié.

Eu vou mergulhar, etc.

2 – Olha o rojão

Embolada comunicada por um morador de Jaú (Estado de São Paulo), o qual acrescentou que já era velha no local. O registro é de 1949.

Olha o rojão,
Olha o rojão,
Toma cuidado
Que explode na sua mão!

Eu fui num baile,
Na fazenda dos coqueros,
Tinha muito cavaiero,
Muita dama pra dançá.
Tinha uma véia,
E por desgraça era perneta,
Ela andava de muleta,
E tava loca pra dançá.

Olha o rojão etc.

Levei a véia
Para o meio do salão,
Arredei a rapaziada
Pra ninguém me atrapaiá,
Ela caiu,
E foi batê numa janela,
Machucou as pernas dela
E feiz o baile se acabá.

Olha o rojão etc.

Minha cunhada
Que só tem um zóio só,
Tem também um papagaio
E o burrinho Jericó.
Pois a danada
Gosta tanto do bichinho
E quando vê que tô deitado
Vem brincá cô passarinho.

3 – *Jacaré tá no caminho*

Variante de embolada muito conhecida, que parece ser de procedência alagoana. Foi recolhida em Jaú, no Estado de São Paulo, em 1947.

Jacaré tá no caminho
Tá querendo me pegá,
Ói que bicho tão danado
É melhor nóis dois vortá.

Lá no alagado
Tem um jacaré papudo,
Tá ficando tão danado
Que dá medo inté de vê.
Meu fio Zeca
Todo dia no alagado
Que muleque encorajado
Não tem medo de morrê.

Jacaré tá no caminho etc.

Coquero seco
Sapezá fala seu moço
Sou filho do Né do Poço
Da Capela do Virá.
Lá em Pinga Fogo
Entrei no meio duma briga.
Corri a faca na barriga
No mais gordo do lugar.

Lundu

Explicação: Lundu é nome de procedência africana banto, que designa dança e canção. Como canção, apresenta as seguintes características: compasso binário, modo maior, certo predomínio de sons rebatidos e ritmo declamatório, além de um texto literário, no qual sempre há uma censura jocosa, burlesca. Desprovido da tristeza sentimental do assunto das modinhas, escreveu Mário de Andrade, o lundu é satiricamente risonho. "A comicidade, a caçoada, o sorriso eram o disfarce psico-social que lhe permitia a difusão nas classes dominantes."

1 – Mãe Maria te pede favô

Recolhido de uma senhora, residente em São Caetano do Sul (Estado de São Paulo), em 1954. Ela o conheceu em Sorocaba, no mesmo Estado, cinqüenta anos antes.

Mãe Ma-ri-a te pe-de fa-vô, Pra num que-rê mais bem pai Jo-ão, Mãe Ma-ri-a te pe-de fa-vô, Pra num que-rê mais bem pai Jo-ão, E te pre(go) na ca-be-ça o-ri-mo-nho, E te pre(go) na bar-ri-ga o fa-cão, Óia só Mãe Ma-ri-a, seu ne-go tá pa-de-cen-do, va-i pra ro-ça, va-i ge-men-do. Hum, hum, hum, hum, hum, Hum, hum, hum, hum, hum.

Mãe Maria te pede favô,
Pra num querê mais bem pai João, } bis
E te prego na cabeça o orimonho,
E te prego na barriga o facão,
Óia só Mãe Maria, seu nego tá padecendo,
Vai pra roça, vai gemendo.
Hum, hum, hum, hum, hum,
Hum, hum, hum, hum, hum.

Mãe Maria te pede favô,
Pra mim querê mais bem pai Vicente, } bis
Mãe Maria mecê bem sabe,
O que é que meu peito sente.
Óia só Mãe Maria, seu nego tá padecendo,
Vai pra roça, vai gemendo.
Hum, hum, hum, hum, hum,
Hum, hum, hum, hum, hum.

2 – *Mama Maria, como tá tudo zangado*

Versão do Lundu do Escravo, já estudado por Mário de Andrade, recolhida em Iguape (Estado de São Paulo), em 1952, por Maria Abujabra.

Mama Maria,
Como tá tudo zangado,
Mama Maria,
Com seu zóio arregalado,
Mama Maria,
Com seu beiço dependurado,
Mama Maria,
Com seu pé carrapaxado,
Mama Maria,
Se quiseres ganhá saia,

[Partitura musical com letra:]

Ma - ma Ma - ri - a, Co - mo tá tu - do zan - ga - do, Ma - ma Ma - ri - a, Com seu zói - o ar - re - ga - la - do, Ma - ma Ma - ri - a, Com seu bei(ço) de - pen - du - ra - do, Ma - ma Ma - ri - a, Com seu pé car - ra - pa - xa - do, Ma - ma Ma - ri - a, Se qui - se - res ga - nhá sa - ia, Não me fa - ra Não me can - ta não me ó - ia p'ra sor - da - do. Não me fa - ra Não me can - ta Não me ó - ia pra sor - da - do.

Não me fara
Não me canta } bis
Não me óia
Pra sordado.

3 – *Tava chovendo*

Este curioso documento foi registrado em 1949, em São Paulo, de informante de Iguatu, Estado do Ceará, que o julgava ter quase cem anos.

Tava chovendo Tava chuviscando, Sinhazinha mandou comprá Uma garrafinha De cachacinha. Eu dei um escorrego Dei um escorreguinho E quebrei a boquinha Da garrafinha Na minha. Quando cheguei em casa, Muito desconfiado, Sinhazinha entrou pra dentro Trouxe uma coisinha compridinha De cabinho redondinho Chamada palmatória. Tava chovendo Tava chuviscando, Tô caindo Sinha tá me dando.

Tava chovendo
Tava chuviscando,
Sinhazinha mandou comprá
Uma garrafinha
De cachacinha.
Eu dei um escorrego
Dei um escorreguinho
E quebrei a boquinha
Da garrafinha
Na minha.
Quando cheguei em casa,
Muito desconfiado,

Sinhazinha entrou pra dentro
Trouxe uma coisinha compridinha
De cabinho redondinho
Chamada palmatória.

Tava chovendo
Tava chuviscando,
Tô caindo
Sinhá tá me dando.

MODA-DE-VIOLA

Explicação: Melodia folclórica cantada em terças com acompanhamento de viola, que se apresenta isoladamente ou freqüentando o cateretê, como sua música vocal, e também o fandango do interior sul, do Estado de São Paulo. Na maior parte das vezes, ela se identifica pelo tom narrativo, à poesia de circunstância, funcionando, então, como imprensa na expressão de cultura espontânea, a registrar os acontecimentos, fazendo crítica e humorismo. Há, entretanto, modas-de-viola líricas, que expressam estados de alma dos cantadores paulistas, mineiros, goianos etc.

1 – Eu tava na minha casa

Moda-de-viola cantada na fazenda Pouso Frio, na cidade de Pindamonhangaba (Estado de São Paulo), aproximadamente em 1940. Foi colhida em São Paulo, no ano de 1954.

Eu tava na minha casa
Sem tê nada que pensá,
Eu chamei a cachorrada
E fui pro mato caçá.

Eu trelei os meus cachorros
Pra de mim não separá,
O Pombinho cô Vinagre,
Faceira cô Corumbá.

Primero bicho que vi
Que me feis admirá
Foi um lagarto pintado
Que me feis arrepiá.

Eu puxei pá espingarda
Sem corage de atirá,
E a diaba feis pich-poch
Nem escorva quis quebrá.

Eu vortei pra minha casa
Fiquei muito aborrecido,
Mais não contei pá ninguém
O que tinha assucedido.

Mais quando chegô mais tarde
Arresorvi a contá,
Toda gente deu risada
Quá, quá, quá, quá, quá, quá, quá.

Nota: variante desta moda, registramos como solfa do "Tiraninha", dança do fandango de Iguape, SP.

2 – *Vô contá o que aconteceu*

Documento colhido em Capão Bonito (Estado de São Paulo), no ano de 1954, tendo sido informante o sr. Antonio Thomé Pinto, que o aprendeu em Guapira, nas proximidades daquela cidade em 1941.

Vô contá o que aconteceu
Na cidade de São Carlos,
Isto foi cuntecimento,
Foi na semana passada;
Vô contá esses versinho
Vô explicá bem explicado.
Numa ocasião de gente rica ⎫
Uma moça dançô cô diabo. ⎭ bis

[Notação musical]

Vô contá o que aconteceu Na cidade de São Carlos, Isto foi cuntecimento, Foi na semana passada; Vô contá esses versinho Vô explica bem explica(do). Numa ocasião de gente rica(ca) Uma moça dançô cô dia(bo). Numa ocasião de gente rica(ca) Uma moça dançô cô dia(bo).

Pai e mãe dela falou:
Este baile num tá usado,
Isto é fim de Quaresma,
Isto pode ser pecado,
Mas a moça respondeu,
Com um arzinho entusiasmado:
Ai, Jesus Cristo está no céu,
Aqui nós dançamo largado.

O baile começô
Mais ou meno às nove hora,

Lá que chegou o mocinho,
Repisando um par de espora
Dando adeus pros senhoris
Dando viva pras senhoras:
Eu quero conhecê a festera
Porque eu vô chegano agora.

O mocinho que chegô
Era mais do que um dotô,
Cheio de aliança no dedo,
Anel que furtava cor;
Moça pra dançá com ele
Pedia até por favor:
Eu quero dançá com você
Eu quero sê o seu amor.

O moço tirô a moça,
Na sala saiu dançando,
Dançô valsa por mazurca,
No salão saiu rodando,
Com o chapéu na cabeça,
A moça foi se incomodando:
Ai, você tá fora do uso,
E a mamãe não tá gostano.

Tirô o chapéu da cabeça,
Os dois chifres lhe mostrou,
Chifre de boi cuiabano,
Daquele bem pegadô;
A moça quando viu isso,
Noutra vida ela passô.
Aï, por sê moça de corage
Até o diabo ela enfrentô.

Deu um estouro na sala,
Foi só enxofre que cheirô;
Ai, eu tenho a certeza
Que a moça o diabo levô;
A sala tava tão clara,
Ficô escura que nem breu.
O diabo saiu dizendo:
Tudo este pessoal é meu.

Vô cantá esses versinho,
Vô fazê explicação:
Isto serve de exemplo
Quem abusa religião,
Deixar a lei de Deus,
Freqüentá outras diversão.
E acabô-se a moça rica
Filha do Major Simão!

3 – *Festa no céu*

Com o título acima, era esta moda cantada por João e José Carlos Rosa, de Guaxupé (Estado de Minas Gerais), em 1949.

Ai, esta noite eu tive um sonho,
Si eu contá tomo vaia,
Ai, assentei de arretirá
Dispidi da parentada.
Ai, assentei de ir pros ar
Num aeroplano de paia,
Eu embarquei no Mato Grosso
Fui saí no Paraguai.

Ai, esta noite eu tive um sonho,
Si eu contá to mo va(ia),
Ai, assentei de arretirá
Dispidi da parenta(da).
Ai, assentei de ir pros ar,
Num aeroplano de pa(ia),
Eu embarquei no Mato Grosso
Fui saí no Paraguai.

Sonho pros outro dá certo
Só pra mim foi o contrário,
Si meu sonho fosse verdade,
Eu era um rico milionário,
Foi numa festa no céu
Abanquei um missionário,
Lá estava pegando pulga
Pensando que era rosário.

Eu mais o meu companheiro
Custemo muito a chegá,
Quando nóis cheguemos lá,

Chico Jacuba estava lá,
Estava cantando moda
Fazendo santo chorá,
Eu cheguei, cantei uma moda
Fiz o santo se alegrá.

Era o Pedro Malasarte
Que era o nosso parceiro,
Fez São Gonçalve alembrá
Do tempo que foi violeiro,
Quando foi de meia noite,
Vestiu saia de muié,
Veio falando diferente
Pra enganá São Gabrié.

Era os oito *pé de França*
Era oito home valentão,
Eles andaro pro mundo
Fazendo grandes prisão,
Hoje eles estão lá no céu
Não são mais valente, não,
Pra dançá o cateretê
Eles é um companheirão.

O povo lá dos ar
Gosta muito de função,
Gordinho, Luiz,
Costa, Rordão
Dava cada sapateado
Que estremecia o salão
O povo de cá do mundo
Pensava que era trovão.

Quando foi de meia-noite,
Antes do dia clareá,
Eu mais o meu companheiro
Assentemo de arretirá,
Chico Jacuba ficô lá,
Dando um jeito de desculpá
Foi cantá mais uma moda
Esperando pra armoçá.

4 – *Tratei um querer bem*

Dos mesmos cantadores de Guaxupé (Estado de Minas Gerais), é a moda-de-viola por eles intitulada "Tratei um querer bem".

Eu tratei um querer bem
Ninguém podia a saber,
Eu tratei com uma morena
De no mundo a sorveter.
Ela foi me arrespondeu
Só franca pra te dizê,
Na ponte daquele corgo
Lá eu vô esperá você.

Eu tratei um querer bem
Ninguém podia saber,
Eu tratei com uma morena
De no mundo assorveter.
Ela foi me arrespondeu
Sô franca pra te dizê,
Na ponte daquele corgo
Lá eu vô esperá você.

Regulava meia-noite,
Quando na ponte eu cheguei,
Quando fui chegando lá
Na mão dela eu peguei.
Ela foi, me respondeu
Se ainda está como eu tratei,
Eu arrespondi pra ela
De minha vida eu não sei.

Ela foi me arrespondeu
Acho você sem corage,
Assim mesmo me acompanha
Vamo seguir a viagem,
Estano com você, meu bem,
Nóis corta em quarqué parage,
Estano nóis dois bem juntinho
Quarqué lugá tem passage.

Eu arrespondi pra ela
Quero muito bem a você,
Eu sendo um home casado
Num estou no meu querer
Eu ir com vóis eu num posso
Isto eu num posso fazê,

Eu indo cum vóis, meu bem
Tenho certeza de morrê.

Ela foi me arrespondeu
Pegando na minha mão,
Aceite mais um adeus
Deste triste coração,
Num esperava te encontrá
Esta tua ingratidão,
Espero de ter alívio
Debaixo do frio chão.

Ela foi me arrespondeu
Com isso sofro desgosto,
Com um lenço branco na mão,
Limpando lágrima do rosto,
Este nosso querer bem
No mundo já está composto,
Meu coração está tampado.

Com a fumaça de agosto,
Ó que triste apartamento
No romper da madrugada,
Os pássaros já estão cantando
Naquela vós aturada,
Avistei ela pras costa,
Dando pequenas passada,
Escutei o choro dela
Naquela voz soluçada.

5 – Embarquei na Mogiana

Moda-de-viola recolhida por uma ex-aluna, em Onda Verde (Estado de São Paulo), em 1945.

Em-bar-quei na Mo-gi-a-na   Na_es-ta-ção de Ja-ta-í,
E-la vai me car-re-gar   Me dei-xá lon-ge da-qui.

Embarquei na Mogiana
Na estação de Jataí,
Ela vai me carregar
Me deixá longe daqui.

Eu falei com maquinista
Faça o apito a retini,
Que escureça de fumaça
Pra não vê meu bem parti.

Proveitei da escuridão
Do meu bem fui despidi,
Para que ele não visse
Minhas lágrimas caí.

6 – Levantei de madrugada

De um violeiro de Pocinhos do Rio Verde (Estado de Minas Gerais), recolhemos este documento, em 1947.

Levantei de madrugada,
Sereno tava caindo,
Fui passeá no jardim
Achei a rosa drumindo.

Eu dei um suspiro triste
A rosa acordô se rindo,
Me deu um abraço apertado
Que até hoje tô sintindo.

Ela foi me perguntô
Meu bem onde vai indo,
Eu fui respondi pra ela
Meu bem não tenho destino.

> Eu ando correndo mundo,
> Somente me distraino,
> Pra disfarçá uma sodade
> Que anda me perseguino.

MODINHA

Explicação: A modinha constitui forma de procedência erudita ou popularesca da música folclórica. Folclorizando-se, passou a existir como uma das vozes mais sinceras do coração queixoso da gente do povo, conforme diz Renato Almeida. No momento, baseados na documentação ultimamente recolhida, pode-se defini-la como uma canção, geralmente no compasso ternário e modo menor, cujo texto é de caráter lírico e sentimental. Ela nos fala – escreveu Renato Almelda – dos encantos da mata, dos murmúrios dos rios, dos quebrantos do luar, dos mistérios das estrelas, mas sobretudo das incertezas do amor, das inconstâncias dos namorados e amantes.

1 – *Tava na beira da praia*

Esta versão de modinha velha foi colhida em Sorocaba (Estado de São Paulo), em 1949.

> Tava na beira da praia
> Pensando no meu amor,
> E lá vem vindo Isaura
> Num lindo barco de flor.
>
> Isaura, querida Isaura,
> Acorda se estás dormindo,

*Tava na beira da praia
Pensando no meu amor,
E lá vem vindo Isaura
Num lindo barco de flor.*

Se estás dormindo acorda.
Para meus lábios beijar.

Teus lábios eu já beijei,
Já sei o gosto que tem,
Hoje você me despreza,
Vou desprezar-te também.

A carta que eu te mandei,
Papel achado na rua,
Tinteiro foi emprestado
E a pena não era sua.

Da boca tirei o tinteiro
Da língua a pena dourada,
Dos dentes letras miúdas,
Dos olhos carta fechada.

2 – *Amanhã são atrasos da sorte*

Documento de São João da Boa Vista (Estado de São Paulo), coletado por ex-aluno, em 1948.

Amanhã são atrasos da sorte
E da vida com seu amargor,
Amanhã o triunfo ou a morte
Amanhã o prazer ou a dor.

Amanhã, amanhã, sempre o mesmo,
Ó maldigo esta frase tão vã,
Nem sequer um olhar, nem um beijo
Meigo e terno, maldito amanhã.

És formosa e mais bela serias
Envolvida em teu manto de lã,
E tão lindos teus seios morenos
Fosse hoje e não amanhã.

Amanhã, amanhã, sempre o mesmo,
Ó maldigo esta frase tão vã,
Nem sequer um olhar, nem um beijo
Meigo e terno, maldito amanhã.

Ó não sejas cruel, dai-me o sim,
De teus lábios da cor de romã,
Dai-me a vida num lânguido abraço
Mas não diga por Deus, amanhã.

Amanhã, amanhã, sempre o mesmo,
Ó maldigo esta frase tão vã,
Nem sequer um olhar, nem um beijo
Meigo e terno, maldito amanhã.

3 – Ceci, minha bela Ceci

Solfa cantada em Iguatu (Estado do Ceará), na década de 20.

Ceci, minha bela Ceci,
Desperta que tens teu Peri,
Escuta a canção delirante
De um pobre errante
Trovador.

Os meus toscos versos plangentes,
As minhas palavras frementes
Saíram de um peito que te ama
Ardentes chamas
De amor.

Ceci, mi-nha be-la Ce-ci, Des-per-ta que tens teu Pe-ri, Es-cu-ta a can-ção de-li-ran-te De um po-bre er-ran-te Tro-va-dor Os meus tos-cos ver-sos plan-gen-tes, As mi-nhas pa-la-vras fre-men-tes Sa-í-ram de um pei-to que te a-ma Ar-den-tes cha-mas De a-mor.

Ceci, minha fada de amor,
Acalmas por Deus minha dor,
Descerre-me as trevas desta alma,
Fazendo-me a calma,
Ó piedade!

Padeço mil longos tormentos,
Sofrendo em meu pensamento
As dores atrozes da morte.
Que a infeliz sorte,
Tens piedade!

Mulher, dai-me um raio de luz
Do teu amor que me seduz,
Mergulha teus olhos em meus olhos

Escuros abrolhos
Para mim.

Ceci, minha bela Ceci,
Desperta que tens teu Peri,
Que vive sofrendo mil dores,
Cantando amores
Até o fim.

4 – *Quantas vezes gravei o teu nome*

Documento anotado em Muzambinho (Estado de Minas Gerais), em 1947.

Quan - tas ve - zes gra - vei o teu no - me N'al - va a - rei - a das pra - ias do mar, Mas as va - gas, tal - vez com ci - ú - mes, Vi - nham lo - go o teu no - me a - pa - gar.

Quantas vezes gravei o teu nome
N'alva areia das praias do mar,
Mas as vagas, talvez com ciúmes,
Vinham logo o teu nome apagar.

Graveio-o nas pétalas de um lírio,
Oloroso, com terno afago,
Mas, à hora em que o sol se sepulta,
Vi-o murcho à beira de um lago.

Gravei-o no tronco rugoso
De uma velha mangueira copada,
E depois de algum tempo fui achá-la
Pelos ventos no chão derrubada.

Numa lage da rocha gravei-o,
Onde o império do tempo não medra,
Parti, então, e volvendo aos meus lares
Não achei uma letra na pedra.

Hoje, enfim, convencido que o tempo
Até no mármore a letra consome,
Gravei-o, então, com o punhal da saudade
Bem no fundo do peito o teu nome.

Depois, uma ex-aluna, em 1955, ofereceu-nos esta versão de Campos (Estado do Rio), sob o título "... E o teu nome ficou".

Es - cre - vi o teu no - me n'a rei - a, Nas ar - gên - teas a - rei - as do mar, Veio a vaga e o teu no - me que - ri - do A - pa - gou sem ves - tí - gios dei - xar. Es - cre gou seus ves - tí - gios dei - xar

Escrevi o teu nome na areia,
Nas argênteas areias do mar,
Veio a vaga e o teu nome querido
Apagou sem vestígios deixar.

Escrevi o teu nome em rondós,
Versejando-o com rimas sem par,
Veio o tempo e o teu nome querido
Apagou sem vestígios deixar.

Escrevi o teu nome em meu peito
Onde imperas num único altar
Veio a dor e o teu nome querido
Não o pôde sequer apagar.

5 – *Bem sei, mulher, bem conheço*

Procede de Jundiaí (Estado de São Paulo), onde era cantado desde o princípio do século XX e foi recolhido em 1947. É uma das raras modinhas em tom maior.

Bem sei, mulher, bem conheço,
Que fui um louco em fitar-te,
Muito mais louco em amar-te,
Sem consultar a razão.

Mas, não suponhas, nem creias,
Que teu desprezo me consome,
Embora pobre e sem nome
Sei desprezar-te também.

Não avalias a distância,
Que nos separa na vida,
Tu tens a aurora florida
Eu tenho as noites cruéis.

Bem sei, mulher, bem conheço,
Que fui um louco em fitar-te,
Muito mais louco em amar-te,
Sem consultar a razão.
Mas, não suponhas, nem creias,
Que teu desprezo me consome,
Embora pobre e sem nome
Sei desprezar-te também.

Tu tens um manto de flores
A enfeitar-te a existência,
Eu tenho a noite de espinhos
Que me dilacera os pés.

Antes eu quero ser filho
Da musa da natureza,

Do que ter por mãe a beleza
E ter por pai um brasão.

Nem tudo que reluz é ouro,
Nem sempre a flor tem perfume,
Nem sempre o céu tem seu lume,
Nem sempre o amor é paixão.

6 – Quando saí primeira vez de minha terra

Esta modinha, conhecida pelo informante desde 1889, era cantada nas serenatas paulistanas do bairro do Bom Retiro (Capital, Estado de São Paulo).

Quan-do sa-í pri-mei-ra vez de mi-nha ter-ra Dei-xei noi-tes de a-mo-ro-so en-can-to, A mi-nha do-ce a-ma-da sus-pi-ran-do Vol-veu-me os o-lhos ú-mi-dos de pran-to. A mi-nha do-ce a-ma-da sus-pi-ran-do Vol-veu-me os o-lhos ú-mi-dos de pran-to.

Quando saí primeira vez de minha terra
Deixei noites de amoroso encanto,
A minha doce amada suspirando
Volveu-me os olhos úmidos de pranto. } bis

E um romance ela cantou-me à despedida
Que a saudade do amor amava tanto,
Lágrimas que orvalharam os olhos dela
E deu-me o lenço úmido de pranto. } bis

Nunca mais te verei na minha vida
Mas, contudo, meu Deus, te amava tanto
Eu guardo em um cofre perfumado
O lenço dela úmido de pranto. } bis

Muitos anos contudo é já passado
Sem que eu possa olvidar amor tão santo,
Quando eu morrer estendam-me no rosto
O lenço dela úmido de pranto. } bis

7 – *Moreninha, se eu te pedisse*

Solfa colhida por uma ex-aluna, em Cuiabá (Estado de Mato Grosso), em 1949.

Moreninha, se eu te pedisse,
De modo que ninguém visse,
De modo que ninguém visse,
Um beijo, tu me negavas?
Moreninha, se eu te pedisse,
De modo que ninguém visse,
Um beijo, tu me negavas?
– Eu dava, eu dava…

Moreninha, se eu te pedisse,
De modo que ninguém visse,
De modo que ninguém visse,
Um beijo, tu me negavas?
Moreninha, se eu te pedisse,
De modo que ninguém visse,
Um beijo, tu me negavas?
Eu dava, eu dava.

Moreninha, se eu te encontrasse,
Na varanda costurando,
Na varanda costurando,
E me recebesses sorrindo,
Moreninha, se eu te encontrasse,
Na varanda costurando,
E me recebesses sorrindo,
– Que lindo! Que lindo!

Beijava teus pés pequenos
E o teu lindo rosto moreno
E o teu lindo rosto moreno

E as tranças do negro tom,
Beijava teus pés pequenos
E o teu lindo rosto moreno
E as tranças do negro tom,
– Que bom! Que bom!

8 – *No silêncio da noite somente*

Documento obtido de um velho informante em Itapetininga (Estado de São Paulo), em 1948.

No silêncio da noite somente,
Me é dado suspiros cantar,
Mas, nas horas ruidosas do dia
Meus gemidos preciso soltar.
Mas, nas horas ruidosas do dia
Meus gemidos preciso soltar.

No silêncio da noite somente,
Me é dado suspiros cantar,
Mas, nas horas ruidosas do dia } bis
Meus gemidos preciso soltar.

Não procurem saber por que gemo,
Não indaguem o que é a minha dor,
É segredo que eu guardo no peito, } bis
Não perguntem quem é meu amor.

9 – *Acordai donzela*

Variante de característica melódica de serenata, que era cantada com acompanhamento de violão, flauta e violino. Recolhida em São Carlos (Estado de São Paulo), em 1948, tendo na opinião do informante cerca de setenta anos.

Acordai donzela
Pois que a noite é bela
Vem ver o luar...
Vem ouvir os cantos
Tão cheios de encantos
Que vêm lá do mar.

São os pescadores,
Que cantando amores
Seguem barra-afora,
Remando a falua
Ao brilhar da lua
Em propícia hora.

São horas divinas,
Divinas de amores,

Acordai donzela Pois que a noite é bela Vem ver o luar... Vem ouvir os cantos Tão cheios de encantos Que vêm lá do mar São os pescadores, Que cantando amores Seguem barra a fora, Remando a faluaAo brilhar da lua Em propícia hora. São horas divinas, Divinas de amores, Tudo são encantos, Tudo são encantos, Para um trovador. cantos para um trovador

Tudo são encantos,
Tudo são encantos,
Para um trovador.

10 – Dormes, ó linda morena

Também é uma modinha típica de serenata, interpretada, desde os fins do século XIX, em Jacuí (Estado de Minas Gerais), e recolhida em 1947.

Dor - mes, ó lin - da mo - re - na,

Flor que sor - riu-me na vi - da,

Dor - mes se tens ou - tro amor,

Mi(nha) dor, que_im - por - ta, que - ri(da).

Po - rém se acor - da - res, in - gra - ta,

O - lha pra mim que sou teu,

Ve - ja o can - tor que ma - tas - te,

A - bre-me_a por - ta sou eu.

Dormes, ó linda morena,
Flor que sorriu-me na vida,
Dormes se tens outro amor,
Minha dor, que importa, querida.

Porém se acordares, ingrata,
Olha pra mim que sou teu,
Veja o cantor que mataste
Abre-me a porta sou eu.

11 – *Rosa colhia sozinha*

Esta versão de famosa modinha era cantada pela doméstica Josefina de Souza, em 1949, no bairro da Barra Funda, em São Paulo.

[partitura: Rosa colhia sozinha / Lindas rosas do jardim, / E nas faces também tinha / Rosas da cor do carmim.]

Rosa colhia sozinha
Lindas rosas do jardim,
E nas faces também tinha
Rosas da cor de carmim.

Eu perguntei-lhe, ó Rosa,
Qual dessas rosas me dás,
As das faces primorosas,
Ou estas que unindo estás.

Ela fitou-me sorrindo,
E logo enrubesceu,
Depois, ligeira, fugindo,
De longe me respondeu:

– Não dou-te as rosas das faces
Nem as que tenho na mão,
Daria se me estimasses
As rosas do coração.

PREGÃO

Explicação: Pode ser apenas falado e quando não o é, apresenta-se sob a forma de uma simples melodia usada pelos vendedores ambulantes ou de feira para anunciar a sua mercadoria.

1 – Fita, renda e botão

Pregão de um mascate da rua José Paulino, em São Paulo, do ano de 1948.

Fi-ta, ren-da e bo-tão,
Ren-da, bo-tão e fi-ta, Com-pra_a-qui do
Jor-ge, Que vo-cê fi-ca bo-ni-ta.

Fita, renda e botão,
Renda, botão e fita,
Compra aqui do Jorge,
Que você fica bonita.

2 – *Quem quer a boa pescada*

Ouvido no mercado central de São Paulo, no ano de 1948, de um vendedor de peixes.

[partitura: Quem quer a boa pescada, Quem quer o bom camarão, Quem quer a boa sardinha, Que há no nosso mercado.]

Quem quer a boa pescada,
Quem quer o bom camarão,
Quem quer a boa sardinha,
Que há no nosso mercado.

3 – *Olha a laranja-pêra*

Recolhido de um vendedor de laranjas da feira da Penha (São Paulo), em 1952.

[partitura: Olha a laranja pêra, Como esta não há outra não. É igual a uma morena, Que é uma flor ainda em botão.]

Olha a laranja-pêra,
Como esta não há outra não.
É igual a uma morena,
Que é uma flor ainda em botão.

4 – *Verdureiro, verdureiro*

Com esta melodia um verdureiro anunciava sua mercadoria, no bairro do Pari (São Paulo), em 1952.

Verdureiro, verdureiro,
Olha o tomate, o pimentão,
Venham todos a comprar
Mas fiado eu não vendo não.

5 – *Batata-doce*

Recolhido de um vendedor de batata-doce do bairro de Vila Mariana (São Paulo), em 1948.

Batata-doce
Tá quentinha,
Ói que beleza
De sobremesa.

Dona Teresa
Traz a bandeja,
E leva a sobremesa
Que beleza.

Olha a batata-doce
Depressa dona Maria,
Traga a bacia
Senão esfria.

6 – *Quem quiser comprar suspiro, ai*

Uma vendedora de suspiro de Botucatu, Estado de São Paulo, revelava sua presença nas ruas da cidade, cantando esta bela melodia, que foi anotada em 1945.

Quem quiser comprar suspiro, ai,
Vá in casa qu'eu dô dado, ai,
Eu tenho um pé de suspiro, ai,
Que dá suspiro dobrado, ai.

ROMANCE

Explicação: O romance ou rimance, forma literomusical, vinda da Idade Média, teve seu período áureo no século XV, na Espanha e em Portugal. Hoje, no geral em tom menor e compasso ternário, com texto dialogado ou apenas narrativo, ele subsiste no folclore brasileiro, cantado como modinha ou toada, brinquedo de crianças ou dorme-nenês e até mesmo moda-de-viola e parte integrante de certos folguedos como a marujada ou fandango, bumba-meu-boi ou boi-de-mamão.

1 – *Romance de D. Jorge e Dona Juliana*

No Estado de São Paulo, este é um dos mais divulgados romances ibéricos. Dele há variantes escocesas, italianas, suecas, alemãs, turanianas, fínicas e transilvanas. Em 1948, crianças do bairro de Campos Elísios, em São Paulo, cantavam esta versão:

– O que que tens, ó Juliana,
   Que estás triste a chorar?
– Ó minha mãe não é nada,
   D. Jorge vai se casar.

– Lá vem vindo o seu D. Jorge,
   No seu cavalo montado,

Vem com semblante risonho
Anunciar seu noivado.

– Boa tarde, ó seu D. Jorge,
Eu vou subir no sobrado,
Apanhar copo de vinho
Pra festejar seu noivado.

– O que puseste no vinho,
Minha vista escureceu.
– D. Jorge caiu do cavalo
Deu dois suspiros e morreu.

– Os sinos estão batendo,
Será que foi que morreu?
– Foi D. Jorge, ó minha mãe,
Quem matou ele fui eu.

Já vêm vindo dois soldados
Com suas armas ao lado,
Venham prender Juliana
Que matou um pobre coitado.

2 – *Romance de Santa Helena ou Santa Iria*

Antigo romance que tem por fundamento a história de Santa Iria, em Portugal, e o de Santa Helena, na Espanha, ambas martirizadas e degoladas, em Tomar e Soris, e cujas relíquias se encontram no fundo do Tejo, à frente de Santarém e na catedral de Burgos. Há numerosas variantes brasileiras, entre as quais a que registramos, quando entoada pela escritora Ruth Guimarães, de Cachoeira Paulista, em 1947.

Helena estava assentada
Bordando uma almofada
Dedal era de ouro,
Agulha era de prata,
Dedal era de ouro, morena,
Agulha era de prata.

Passou um cavaleiro,
Pediu-lhe uma pousada
Se papai lhe desse,
Eu também lhe dava,

Se papai lhe desse, morena,
Eu também lhe dava.

À meia-noite, em ponto,
Helena foi roubada,
Sete légua andada,
Sem dar uma parada,
Sete légua andada, morena,
Sem dar uma parada.

Na casa de meu pai
Eu era bem tratada,
Agora, em terra estranha,
Triste e abandonada,
Agora, em terra estranha, morena,
Triste e abandonada.

Passados sete anos
O assassino ali voltou,
E o seu corpo intacto
Cobriu de rosas brancas,
Cobriu de rosas brancas, morena,
E ali ele deixou.

3 – Romance do Antoninho

O romance do Antoninho ou do Menino que matou o pavão do professor é mais recente que os anteriores e os Pires de Lima o encontraram no Minho. Em Portugal, contudo, há outras versões, já recolhidas. No Brasil é também muito conhecido, havendo versões anotadas por diversos autores. Esta era cantada por Ruth Guimarães, em Cachoeira Paulista (1947).

— Antoninho vai à aula,
É preciso aprender.
— Minha mãe eu não vou não,
Porque sei que vou morrer. } bis

4 – Romance do filho que matou a mãe

Não se duvida que este romance também seja de origem portuguesa. Entretanto, nenhuma referência há dele na bibliografia consultada. A variante, ora divulgada, recolhida do pedreiro Salvador da Silva Vieira, de Mogi-Mirim (Estado de São Paulo), foi anotada em 1951, e chamada pelo informante "O crime de Mogi-Mirim". A música foge do esquema do romance, apresentando-se em tom maior e compasso binário.

Na cidade de Mogi-Mirim,
Sucedeu um crime cruel,
O filho matou sua mãe
Por causa de outra mulher.

Na cidade de Mogi-Mirim,
Sucedeu um crime cruel,
O filho matou sua mãe
Por causa de outra mulher.

José foi na casa de Alzira,
Achou Alzira chorando,
– O que você tem minha Alzira,
Que está assim soluçando.

– Eu só casarei contigo,
Se tua mãe matar,
Sei se nós se casar
Com ela você vai morar.

Maria estava dormindo,
Os anjos vieram acordar,
Acorda, Maria, acorda,
Seu filho vem te matar.

Maria já estava acordada,
Ouviu a porta bater,
Era seu filho José
Que o crime veio fazer.

– José, ó José meu filho,
Filho da maldição,
Se tu me matas, ó filho,
Não te darei o perdão.

– Não me incomodo com isso,
Mandado eu venho cumprir,
Mandado pela minha Alzira
Com ela quero dormir.

Quando foi no dia seguinte,
Deu-se grande desventura,
O José está na cadeia,
E a mãe na sepultura.

O José lá na cadeia,
Chorava e pedia perdão,
Ouvia a voz de sua mãe,
Este é o filho da maldição.

5 – *Moda do boizinho*

Este é um romance de animal, pois seu personagem é um boizinho, que, tomando a palavra, conta as suas desventuras e aventuras, desde o nascimento à morte. Inicialmente, foi revelado através de uma versão de Amadeu Amaral, recolhida em São Sebastião da Grama (Estado de São Paulo), no ano de 1921. Depois, tomamos conhecimento de outras de São Paulo, Minas Gerais, Goiás e Santa Catarina. O presente documento foi recolhido em 1954, na cidade de Bragança Paulista (Estado de São Paulo), e considerado pelos violeiros locais como coisa muito velha. Fugindo à norma dos romances tradicionais ibéricos, era cantado como moda-de-viola, na tonalidade maior e compasso binário.

Eu sou aquele boizinho,
Que nasceu no mês de maio,
Desde quéu nasci no mundo,
Foi só pra sofrê trabaio.

Eu nasci...
Lá nas margens do riozinho,
Por causa de minha cor,
Fui chamado Amarelinho.

Quando tava de ano e meio
Já fizero mansação,
Em vez de me amansá no carro
Me amansaro de carretão.

Carrero que me puxava
Era um mulato pimpão,
Chuchava cô pé da vara
Enfiava o ferrão.

Chuchava cô pé da vara
Só fazeno judiação,
Eu preguei uma chifrada
Que varô no coração.

Oiei pra'quela banda
Avistei dois cavaleiro,
Com dois laço na garupa
Dois cachorro perdiguero.

Era o senhô patrão,
Que já vinha negociá,
E o malvado carnicero,
Que já vinha me buscá.

Eu vó levá
Esse boi pro corte,
Não trabaia no meu carro
Boi que já deve uma morte.

Adeus campo de Varginha,
Terreno dos arraiá,
O zóio que me vê hoje
Amanhã não me vê mais.

Cheguei no matadoro,
Não encontrava saída,
O mió jeito que tem
É entregá a minha vida.

O malvado carnicero
Já correu afiá o facão,
Pra largá uma facada
Ai, bem perto do coração.

Eu já fiz um juramento
Pra quem meu coro tirá,
Que o mundo dá muita volta
E sem camisa há de ficá.

TOADA

Explicação: Nome genérico de várias melodias folclóricas brasileiras. Entretanto, nas pesquisas, recolhemos certo número de solfas com essa designação, de caráter alegre e alguma melancolia, cujos versos improvisados são seguidos de um estribilho fixo. A este grupo pertencem os exemplos aqui apresentados.

1 – *Marido chegô da roça*

Versão do documento "Marido chegô da roça", divulgado na primeira edição desta obra. O registro, entretanto, não é de Brodosqui, como a anterior, mas de Sorocaba (Estado de São Paulo), em 1948.

O ma-ri-do che-ga da ro-ça Can-
sa-do_e_a-bor-re-ci-do, Se_en-con-tra cô_a ca-ra
su-ja Cô fo-ci-nho_ar-re-tor-ci(do). Nhá
Tu-ca re-fu-gô man-guei(ra) Sa-iu_es-tri-
lan-do, que nem sa-ra-cu(ra), Sa-iu cho-rá, cho-ran-do,
Me-la me-lan-do que nem ra-pa-du-ra.

O marido chega da roça
Cansado e aborrecido,
Se encontra cô a cara suja
Cô focinho arretorcido.

Nhá Tuca refugô mangueira
Saiu estrilando, que nem saracura,
Saiu chorá, chorando,
Mela, melando que nem rapadura.

Ele disse pra muié
Muié vá fazê café,
Cara suja lhe responde
Vai fazê se tu quisé.

Nhá Tuca refugô mangueira,
Saiu estrilando, que nem saracura,
Saiu chorá, chorando,
Mela, melando que nem rapadura.

2 – *Eu conheço muita gente*

Esta solfa, sem os versos, foi divulgada, em 1889, por Santana Nery, no livro *Folklore Brésilien*, editado em Paris. O registro do autor é do ano de 1948, e o documento, segundo o informante, residente na Capital (Estado de São Paulo), procede de Pernambuco.

Eu conheço muita gente,
Igual ao camaleão,
Com a cabeça diz que sim,
Com o rabinho diz que não.

Segura, meu bem, segura,
Segura o camaleão,
Segura, meu bem, segura,
Segura o camaleão.

As virtudes deste bicho
São de grande estimação,
É filho do patronato,
É sobrinho da eleição.

Segura, meu bem, segura etc.

Responda algum sabichão,
Tem as cores do estadista
Que pra si serve a nação...

Segura, meu bem, segura etc.

3 – *Dia seis de setembro*

Melodia cantada na Capital (Estado de São Paulo), já por volta de 1896. Ela recorda a célebre revolta da armada de 1893. Seu registro é de 1949.

No dia seis de setembro
Houve grande novidade,
O povo assustado,
Bombardeio na cidade.

Pim-pão
Lá vem granada,
Não se assuste
Rapaziada.

Javari e Tamandaré
E o valente Marajó,
Juraram a seu comandantes
De deixar a cidade em pó.

Pim-pão etc.

Javari mandou uma bala
Foi cair em São Francisco,
Uma ruela arrebentou
Matou o povo como cisco.

Pim-pão etc.

Uma velha, muito velha,
Com perna de saracura,
Pôs-se toda a carreira
E foi parar em Cascadura.

Pim-pão etc.

Os caipiras do mercado
Já não vendem mais marmelo,
Só de medo do Almirante
Custódio Zé de Melo.

Pim-pão etc.

Meus senhores, minhas senhoras,
O negócio esteve feio,
Eu também andei corrido
Com medo do bombardeio.

Pim-pão etc.

4 – *Essa noite tive um sonho*

Toada recolhida na zona rural de Ribeirão Preto (Estado de São Paulo), em 1949.

Es - sa noi - te ti - ve_um so - nho,
Que nem que-ro me_a-lem - brá, Eu vi um bi-cho medo - nho Que que-ri-a me pe-gá. E por mais que dis-far-
ça-va, Des-se bi-cho tão da-na-do, Tu do_em mim cam-ba-le-
a-va Só de me-do do mar - va(do). Óia
eu num sei pru - quê, Que_as per - na num qué mexê, Pra po-dê fu-gi d'o - cê, Seu Sa-ci-pe-re-
rê, Vou a-trais d'um re-za-dô,_In-cu-men-dá_u ma_o-ra - ção,
Pra pe-di Nos-so Se - nhô, Pra_es pan-tá som-bra - ção.

Essa noite tive um sonho,
Que nem quero me alembrá,
Eu vi um bicho medonho
Que queria me pegá.

E por mais que disfarçava,
Desse bicho tão danado,
Tudo em mim cambaleava
Só de medo do marvado.

Óia, eu num sei pruquê,
Que as perna num qué mexê,
Pra podê fugi docê,
Seu Saci-pererê.

Vou atrais dum rezadô,
Incumendá uma oração,
Pra pedi Nosso Senhô,
Pra espantá sombração.

Criatura feiticeira,
É o danado assombração,
Me atrapaia a vida inteira
Com a sua tentação.

Óia, eu num sei pruquê etc.

Eu conheço este marvado
Como as parma desta mão.
Tem o corpo envenenado
E tem fel no coração.

É mais ruim que a ruindade,

Mais pió que a mussurana,
Tem na cara a farsidade,
Essa cara num ingana.

Óia, eu num sei pruquê etc.

Nota: diversos temas deste "Pequeno Dicionário Musical" foram gravados por Ely Camargo e diferentes conjuntos no LP "Folclore do Brasil", da Chantecler, SP.

Algumas fórmulas rítmicas de danças e folguedos

Cateretê (Piracicaba)

PALMEADO:

SAPATEADO:

Cururu (Piracicaba)

PANDEIRO:

RECO-RECO:

Samba-lenço (Arraial de São Bento, Piracicaba)

CAIXA:

CHOCALHO:

PANDEIRO:

Batuque (Tietê)

TAMBU: 2

QUINJENGUE: 2

MATRACA: 2

GUAIÁ: 2

Dança de Santa Cruz (Aldeia de Carapicuíba)

RECO-RECO: 2

PANDEIRO: 2

PUÍTA: 2

Fandango (Tatuí)

PALMEADO E
SAPATEADO: 2   OU

CASTANHOLAS
COM A PONTA
DOS DEDOS: 2

Dança de São Gonçalo (Bragança Paulista)

VIOLA PALMEADO
E SAPATEADO: 2

OU

Chiba (Picinguaba, Ubatuba)

PALMEADO E
SAPATEADO:

Folia do Espírito Santo ou Divino (Ubatuba)

CAIXA:

Folia de Reis (Ibirá)

CAIXA:

PANDEIRO:

Congada (Atibaia)

CAIXAS:

Caiapó (São José do Rio Pardo)

MATRACA:

ESPADAS:

PANDEIROS:

SURDO:

Moçambique (Piraju)

CAIXA: 2 ♪ | 𝄽𝄽𝄽 | 𝄽. 𝄽 | OU   ♪ | 𝄽𝄽 | 𝄽. 𝄽 |

GUIZOS: 2 ♪ | ♪ | ♪ |
(PAIÁS)

BASTÕES: 2 | ♪ | ❞ | ♪ | ❞

Cromosete
Gráfica e editora ltda.

Impressão e acabamento.
Rua Uhland, 307 - Vila Ema
03283-000 - São Paulo - SP
Tel./Fax: (011) 6104-1176
Email: cromosete@uol.com.br